잃어버린 것을 찾아드립니다

신비한 소녀와 고양이 신령님~

잃어버린 것을 찾아드립니다

~신비한 소녀와 고양이 신령님~

센푸키 마와루 지음
손지상 옮김

제우미디어

잃어버린 것을
찾아드립니다
~신비한 소녀와 고양이 신령님~
센푸키 마와루 지음
손지상 옮김

프롤로그

'모든 일'의 시작

—

5월. 새로운 만남과 헤어짐이 스쳐 지나가던 4월이 끝나고 골든위크도 마무리 되어 천천히 삶이 진정되기 시작할 때쯤, 어느 특별한 존재가 커다란 시장 한복판을 뛰어다니고 있었다.

"안녕하십니까아! 시장에 계신 여러분! 처음 뵙겠습니다! 안녕하십니까!"

선거철 후보자 같은 인사를 큰소리로 외치며 뛴다.

겉으로 보기에는 어린 소녀였다. 초등학교에 갓 입학했을 나이로 보이는 키에 와인색 원피스— 까만색 세일러복 스타일 옷깃이 붙은 옷에 다리에 딱 달라붙는 검은 타이츠를 입은 모습으로 총총거리며 시장을 뛰면서 돌아다닌다.

좌우에는 오래된 가게가 늘어섰고, 머리 위에는 비를 막는 아케이드 지붕이 쫙 깔린 빨간 벽돌 길 위를 이동하고 있다.

머리카락은 까맣고 어깨까지 내려오는 단발. 일자로 내

려온 앞머리가 뜀박질의 진동으로 사락사락 떨린다. 시장 사람들의 눈에는 익지 않은 꼬마였다. 게다가 귀에 안 익은 말도 하고 있었다.

“제 이름은 ‘미츠케루’*입니다아! 신입 신령입니다아! 잃어버린 것을 같이 찾아드려요! 물품 한정이기는 하지만 뭔가 잃어버리신 분이 있다면 저를 꼭 찾아주세요! 잘 부탁드립니다! 미츠케루예요—!”

눈앞에 마주한 손님이나 가게 주인들은 수상쩍어하는 표정을 짓다가도 “정말 흐뭇한 광경이네.”하고 말하기라도 하는 듯이 바로 표정을 폈다. 어린 여자아이가 소꿉놀이라도 하듯 신령님 흉내를 내며 놀고 있다고 생각한 탓이다. 씩씩하게 멀리 뛰어가는 소녀에게서 눈을 뗀 가게 주인과 손님은 다시 하던 일과 장보기로 돌아갔다. 하지만 소녀—‘미츠케루’가 갑자기 제자리에 우뚝 선 줄은 아무도 몰랐다.

계속 뛰어가던 미츠케루는 뒤를 돌아보며 “저기요오, 실례합니다!”하고 스쳐 지나가던 할머니의 뒷모습에 대고 큰 소리로 불렀다.

“떨어뜨리셨어요!”

* ‘見つける’, 일본어로 ‘찾아내다’라는 의미로, 사람 이름과는 거리가 멀다. 한국어로는 ‘찾음이’ 같은 느낌의 이름이다

벽돌 길의 벽돌 틈새로 떨어진 무언가를 주워 올린다. 딸랑, 하고 작은 소리가 울렸다. 방울이었다. 소리를 들은 할머니가 어머? 하고 발걸음을 멈추고 뒤돌아본다.

“혹시…… 내가 방울을 떨어뜨렸니?”

“네에! 이거 떨어뜨리셨…….”

그렇게 대답을 하려는 찰나에 미츠케루의 말문이 순간 막혔다. 뒤돌아본 할머니 눈. 선글라스를 쓰고 있는 안쪽 두 눈이 불편하다는 사실을 손에 든 시각장애인용 하얀 지팡이를 보고 알아차렸기 때문이다.

“지팡이에 매달아 놓은 실이 끊어졌나 보구나. 꼬마 아가씨가 아주 착하네? 학교는 벌써 끝났니?”

키를 확인할 만큼은 시력이 남아있는 모양인지, 아니면 목소리를 듣고 그렇게 상상한 것인지.

어찌 되었든 미츠케루의 대답은 이미 정해져 있다.

“아뇨오! 저는 신령님이라서 학교 안 다녀요!”

할머니는 순간 생각에 잠기더니 시장 사람들하고 똑같이 이해하고는 마찬가지로 미소를 지었다.

“아이고 그럼 그럼, 신령님이시지.”

“넵! 미츠케루예요! 아직 신입이긴 한데 잃어버린 물건을 같이 찾아드리는 신령이에요! 잘 부탁드립니다!”

미츠케루는 활짝 웃었고, 할머니는 미소 지었다. 바로 이 순간, 모든 것이 시작되었다.

사람에 따라 빈도가 다르기는 하겠지만 살면서 물건을 잃어버리는 일은 종종 있다.

소중하게 보관하던 물건을 잃어버리는 일이야 자주 벌어지지는 않지만 사소한 물건을 잃어버린 적 없느냐 물으면 다들 그런 적이 있다고 대답할 것이다. 별로 중요하지 않은 서류나 유인물, 평소 잘 안 쓰던 문구류, 자전거 열쇠…… 그런 것들?

소중히 보관하고 있던 물건도 가끔 홀연히 사라져 버리는 일이 있으니 방심은 금물이다.

때로는 뭘 잃어버렸다는 사실 자체를 잊어버려서 나중에야 잃어버렸구나 하고 알아차리는 일도 있다. 그럴 때 잃어버린 것은 꼭 물건만이 아니라, 감정이나 마음 같은 것일지도 모른다.

개인의 성격이나 쌓아온 인생 경험에 따라 차이가 있겠지만 사람은 살다 보면 누구라도 무언가를 잃어버리면서 사는 법이다.

모두가 생각지도 못한 순간에, 생각지도 못한 물건을 잃어버린다.

그리고 잃어버렸다는 걸 알아차리고 후회하기도 한다.

잃어버리는 사람에게도 여러 종류가 있듯 추적하고 찾아내는 방법에도 여러 종류가 있다.

모두가 생각지도 못한 순간에 생각지도 못한 사람과 만난다. 생각지도 못한 무언가를 발견하고, 얻고, 되찾는다.

—시장 사람들은 모르고 있었다.

—미츠케루가 사실은 진짜 신령님이고 신통력도 보통이 아닌 존재라는 것을.

—장차 더 많이 배워서 시장 사람들을 도와주는 존재가 되리라는 사실을.

지금은 아직 아무도 믿지 않는다.

벚꽃이 지고 바람이 신록의 향기를 품은 5월.

이 계절이 되면 모든 것이 새로 시작한다는 사실을 아직 그 누구도 모른다.

이 이야기는 잃어버린 사람과 잃어버린 물건을 함께 찾아주는 작은 신령님의 이야기다.

첫 번째

추억의 그림책

—

미츠케루는 갓 태어난 꼬마 신령님이다. 그런데도 신통력이 보통이 아니었다. 하지만 혼자서 바로 활동해도 좋다는 허락은 떨어지지 않았다. 오롯이 제 몫을 할 때까지는 선배 밑에서 수련을 쌓으라는 게 하늘나라의 뜻이었다.

미츠케루의 수련장으로 결정된 곳은 히타치몬 상점가라는 장소였다.

제2차 세계대전 직후 발족한 역사가 깊은 시장인 모양이다. 전국에 존재하는 많은 상점가형 시장이 도떼기시장에서 발전했듯 히타치몬 시장도 같은 부류였다. 미츠케루를 이리로 데리고 와준 오곡과 양잠의 신령인 와쿠무스비가 그렇게 알려주었다.

미츠케루는 와쿠무스비와 내력이 이어져 있던 건 아니었지만, 어찌어찌 인연이 닿아 와쿠무스비의 권속이 되었다. 와쿠무스비에게는 갓 태어난 미츠케루를 가르치고 이끌어줄 책임이 생겼다.

시장 뒷골목 공터에서 키가 큰 와쿠무스비를 올려다보

며 미츠케루가 물었다.

"제가 이 시장에 깃들어 일하게 되었다는 말은 시장이 그만큼 활기를 잃고 있다는 말씀이신가요?"

아니, 그렇지는 않다. 와쿠무스비는 미츠케루에게 대답했다. 히타치몬 시장은 소위 말하는 도심 공동화로 텅 비어버린 시장은 아니라서 가게 대부분이 아직 건재했다. 초등학교부터 대학교까지 다양한 범주의 학교가 근처에 점점이 배치되어있다. 젊은 사람이나 가족 손님이 모이기 쉽다. 역에서 가까운 것도 강점이다. 도심이라고까지는 하기 어렵지만 그래도 베드타운으로는 120% 제대로 활약하고 있다.

가게 주인 대부분이 나이를 많이 먹어서 몇 년 안에 세대교체가 꼭 필요해 보인다는 점이 눈에 걸리기는 하지만 지금 바로 망하는 일은 없을 것이다, 라는 게 와쿠무스비의 분석이었다. 시장 안 협동조합이 열심히 노력하는 것은 물론이고 시장을 옛날부터 지켜온 신령님, 즉 미츠케루의 스승이 될 선배가 노력해온 덕분이었다. 스승은 와쿠무스비와 미츠케루가 나누는 대화를 말없이 지켜보고 있었다.

"그럼 제가 여기서 뭘 어떻게 해야만 어엿한 신령님으

로 다 컸다고 인정을 받을 수 있는 거죠?"

"그대가 사람들의 신망을 얻고 사람들을 행복하게 하는 존재라고 우리에게 증명하면 된다."

"아하. 마침 제 최종 목표랑 사람들을 행복하게 하는 게 일치하네요……. 그러니까 말하자면 사람들을 계속 도와주라는 말씀이시죠? 그래서 인정받으면 저는 여러분에게 감시받을 필요도 없고 허가받을 필요도 없어진다, 그리고 마음먹은 대로 사람들을 행복하게 해줄 수도 있다, 이런 말씀이시죠?"

"그러하다. 물론 그리되기 위해서는 개개인이 그대에게 신앙심을 품는 일이 필수불가결한 일이 될 테지만 말이지."

"걱정마세요! 한번 해볼게요! 그런 건 금방 인정받을 수 있게끔 증명해 보일 테니까요! 그런데…… 어떤 걸 보고 성장을 판단하는 건가요? 무슨 기준으로 심사를 보게 되는 거죠?"

"그건 이 동네 수호신령에게 다 맡겨두었다. 설명해주게."

명을 받은 미츠케루의 선생님은 미츠케루에게 수첩 같은 것을 건넸다.

"뭐에요, 이게?"

탁상용 메모장처럼 생겼지만, 페이지를 뜯어내는 방식은 아니다.

표지에는 빨간 인주로 포동포동한 고양이 발자국 모양 도장이 찍혀있었다. 안을 확인해보니 시장에서 사용하는 스탬프 카드 같은 표가 그려져 있었다. 한 페이지에 네모난 표가 네 칸씩 찍혀있는 소박한 생김새다. 페이지는 전부 다 해서 스물다섯 페이지.

—의뢰를 하나씩 해결할 때마다 내가 도장을 하나씩 찍어주마.

—내가 도장을 백 개를 다 찍는 날이 네가 어엿한 신령님으로 인정받는 날이 될 것이다.

"알겠습니다아! 그럼 바로 시장분들에게 홍보 좀 하고 올게요!"

말이 끝나기가 무섭게 미츠케루는 전력 질주로 뒷골목 공터를 빠져나가 시장 중심가로 뛰쳐나갔다.

새 꼬마 신령에게 지금 필요한 것은 예의도 신통력도 아니라 자기 자신을 사람들에게 알리는 일이었다.

이것이 아까 미츠케루가 시장 한복판을 헤집으며 뛰어다니고 소리친 이유였다. 자기 능력이 무엇인지를 사람들에게 알려서 자기를 믿고 따라주기를 바라고 한 일이었다. 말하자면 신장개업 행사였다.

시장을 대강 한 바퀴 활개 치고 돌아다닌 뒤 미츠케루는 높은 계단을 한 칸씩 올라갔다. 살짝 높은 언덕 숲에 있는 히타치몬 신사. 역 앞이 시장 입구라고 한다면 히타치몬 신사는 상점가 가장 안쪽이었다. 신사 경내에는 미츠케루를 감독하라고 명을 받은 선배이자 스승—시장을 수호하고 지켜보는 수호신령이 산다.

토리이를 넘어 경내로 들어가면 납작한 돌을 깐 길이 건물까지 이어진다. 신사라면 보통 모시는 신령님의 신체를 두는 본당과 참배객이 손 모아 기도하는 예배당이 나뉘어 있는 곳이 많다. 하지만 히타치몬 신사는 예배당이 따로 없는 신사로 본당 바로 앞에 새전함이 놓여있었다. 다시 말해 다른 신사와 달리 히다치몬 신사는 토리이가 선 곳에서 바로 보이는 게 본당이다. 본당 안 감실에는 고양이 신상이 신체로 모셔져 있는데, 이 사실을 아는 사람은 시장 협동조합 조합원 말고는 없다.

시장이 한눈에 내려다보이는 신사 경내에는 여기저기 길고양이가 잔뜩 득실거린다. 여길 봐도 저길 봐도 온통 고양이 천지다. 고양이들은 본당 근처에서도 벌렁 드러눕는 일은 있어도 절대 본당 지붕 위를 올라가는 등 신령님에게 실례가 될 만한 장소에 진을 치는 일은 없었다.

어쩌면 당연한 일인 것이, 여기 있는 길고양이들은 죄다 선배 신령님의 권속이었다.

“아, 이제야 돌아왔구나?”

본당 쪽에서 보라색 하카마와 남색 옷차림을 한 노인이 걸어온다. 턱에는 흰 수염이 길게 늘어진, 사람 좋아 보이는 키가 작은 할아버지다.

“저기…… 누구세요?”

“아이고, 미안미안.”

미츠케루의 말에 노인이 주변에 보는 눈이 없나 확인하더니 뿅, 하고 사라졌다.

눈을 깜빡깜빡하는 미츠케루에게 “밑에, 밑에.”하고 발 근처에서 부르는 소리가 들렸다.

아래를 내려다보니 새하얀 털이 난 고양이가 있었다. 빨간 눈동자가 인상적인 미묘(美猫)였다. 미츠케루에게 ‘사람 말’을 걸었던 게 이 고양이었다. 아하, 하고 미츠케루가 안도한다.

“그래, 역시 나는 고양이 모습일 때가 가장 편하다니

까……. 그건 그렇고, 성과는 좀 어떠냐?"

"당연히 제대로 홍보하고 왔죠! 이제 저를 믿고 따르는 사람이 잔뜩 늘어날 거예요!"

"흐음, 그러면 좋겠지만. 그래야 나도 용돈 안 주고 좋을 테니."

그러자 크흐흠 하고 미츠케루가 소녀답지 않은 헛기침 소리를 냈다.

"아 진짜…… '니이' 씨, 너무하신 거 아니에요?"

'니이'라고 불린 '괭이수호신령'은 흔들흔들 꼬리치는 작은 엉덩이를 미츠케루에게 내보이며 몸을 돌리고 본당으로 돌아간다. 미츠케루와는 다른 의미로 흐뭇하기 그지없는 모습을 하고 있지만, 수십 년 동안 신령님으로 일해온 근면 성실한 수호신령이라고…… 와쿠무스비가 소개해주었다.

'아니 뭐, 난 딱히 별다른 능력이 있는 신령도 아니야. 고양이들 부리는 거 말고는 딱히 능력도 없고, 경력도 짧은 신령이지.'라는 게 니이 씨의 자기소개였다.

—아니 그럼, 그런 선배를 스승으로 둔 나는 뭐가 돼?

—선배 밑에 있는 나는 별 볼 일 없는 것보다 더 못한 거야?

어디 두고 보라고요, 하는 마음이 미츠케루에게 동기부여가 되었다.

니이 씨는 의욕이 활활 타오르는 미츠케루를 신경도 쓰지 않은 채 바람에 살랑살랑 나풀거리듯 가벼운 태도로 신사 경내를 둘러보았다.

“자, 자, 이 녀석들. 이제 교대시간이지 않으냐. 슬슬 시장 쪽으로 가서 일 좀 하고 오거라.”

니이 씨가 길고양이들에게 명령을 내리자 골골 소리를 내며 뒹굴뒹굴하던 고양이들이 뭉그적거리면서도 다들 일어나 경내를 나서 시장 쪽으로 향했다. 실은 히타치몬 시장에는 입지조건이나 환경 말고도 다른 상점가에는 없는 강점이 하나 있었다.

히타치몬 시장에는 길고양이가 잔뜩 산다. 게다가 낯도 안 가리는 소위 ‘개냥이’여서 사람들이 쓰다듬어도 가만히 있고 애교도 많았다. 개체마다 차이는 있지만, 스마트폰으로 사진을 찍어도 가만히 있었다. 이유는 괭이수호신령인 니이 씨가 그렇게 하도록 지시를 내렸기 때문이다.

“고양이처럼 벌레도 잡고, 사람들에게 애교도 부려봐라. 그럼 알아서 인간들이 예뻐해 주고 먹을 것도 줄 거야. 우리가 먼저 착하게 굴면 고양이 좋아하는 ‘집사’들이 외부에서 몰려들어서 동네 경기도 좋아지고 동네 경기가 좋아지면 우리 밥이랑 간식도 좋아지는 거야."

그렇게 말하는 니이 씨는 역시 고양이와 연이 깊은 신령님이었다.

히타치몬 신사는 양잠의 신 콘지키히메노미코토를 제신으로 모시는 코카게 신사에서 분사한 신사로, 니이 씨는 콘지키히메노미코토의 소속신에 해당한다. 와쿠무스비도 양잠과 관계가 깊은 신령이다.

히타치몬 신사는 잃어버린 고양이를 집으로 돌려보내는 '귀묘'라는 큰 복을 내려주는 신사라고 알려져 반려묘를 잃어버려 슬픔에 잠긴 '집사'가 찾아오곤 한다. 마네키네코에서 따와서 장사도 잘 되게 해준다고 시장 사람들은 믿고 있다. 협동조합이 어려울 때마다 괭이수호신령이 꿈속에 나타나 몇 번이고 도움을 주었다는 일화도 남아있었다.

고양이가 사는 시장. 고양이를 좋아하는 사람이 모이는 시장. 그게 히타치몬이 자랑하는 특색이다.

아까 전 미츠케루가 시장을 뛰어다닐 때도 길가에는 수많은 고양이가 있었다. 니이 씨가 가르친 대로 가게 주인이나 손님들에게 애교를 부렸다. 경내의 고양이들을 시장에 보낸 것은 그 역할을 분담해 교대시키려고 그런 것이었다. 고양이들이 하는 일이든, 아르바이트가 하는 일이든 순서대로 돌아가며 한다는 건 비슷하다.

"자, 고양이 녀석들 일은 됐고. 다음은 자네 차례야, 미츠케루."

"네? 저요?"

"뭐 좋다 이거야. 씩씩하게 홍보하러 다니는 모습은 좋았지. 하지만…… 지금 같은 바쁜 현대사회에서 신령님이 대뜸 '저기요! 제가 신령인데요!'하고 정면에서 돌직구를 뿌리고 다니는 게 통하겠느냐? 둔갑해서 육신을 받았으니까 다들 눈에는 보였겠다마는, 그 말을 누가 믿어줄까? 아무도 안 믿을 거다, 아마. 대부분은 쯧쯧 불쌍하게도, 좀 아픈 애구나, 아니면 신령님 놀이하는 모습이 아주 귀엽네, 정도 생각만 하고 말 거야."

"말도 안 돼! 에이! 설마…… 가 진짜요?"

"진짜지. 똑똑하고 아는 게 많으면 너무 서두르지 말고 좀 차분하게 생각부터 하고 행동하는 게 좋을 거야. 알겠지?"

—그런 소리 할 거면 가기 전에 알려주든가.

"참고로 내가 할아버지 모습으로 둔갑한 것도 다 자네 때문이야……. 말하는 것도 똑바로 안 듣고 뛰쳐나가서 내가 얼마나 고생했는데."

한숨을 내쉰 니이 씨가 헛기침을 한 번 했다.

"자네 같은 모습으로 시장을 24시간 쏘다니면 안 좋은 소문만 퍼진다고……. 도대체 뉘 집 자식이람, 학교도 안 가고 여기서 뭘 하고 있대? 뭐 이렇게. 그래서 적당한 설정을 꾸며서 이야기를 만들어 놨으니까, 잘 들어. 나는 여태까지 시장 협동조합에 맡겨놨던 이 신사에 새로이 파견 온 나이 많은 신주, 그리고 자네는 그 신주가 맡아서 키우는 친척 조카다. 가정사가 복잡하니까 너무 자세히 캐묻지 말아 달라고 협동조합 쪽에 인사차 미리 말을 해 놨으니 그렇게 알고 있어. 자네랑 나는 일단 저 집에서 산다고 해 놨고."

니이 씨는 신사 경내 한쪽 구석에 선 낡은 목조 단독주택을 앞발로 가리켰다.

"한동안 아무도 안 살기는 했는데 그동안 시장 사람이 청소를 잘 해둬서 안은 깨끗해. 가구도 있고 수도랑 전기도 다 있고. 에어컨까지 있으니까 저 집에서 먹고 자면 돼. 누가 수상하게 생각하거나 자기소개를 해야 할 때는 아까 말해준 설정대로 이야기해서 넘겨. 이름은 '미츠코'라고 해뒀어. '미츠케루'니까, 미츠코."

"와…… 센스라고는 찾아보고 싶어도 찾아볼 수 없는 작명이네요."

"다짜고짜 신령님이십니다, 에헴, 하는 어디 사시는 누구보다야 훨씬 신중하고 현명하다고 생각하는데."

미츠케루는 입술을 삐죽거렸지만, 니이 씨는 꼬리 끝을 휘적휘적 흔들면서 "어쨌든 간에."하고 고쳐 말한다.

"아까 그 엉망진창 자기소개가 결과적으로는 좋은 결과를 맺을지도 모르겠지만."

"지만…… 이라 하면요?"

"신령님 소꿉장난치는 귀여운 꼬마가 도와드릴게요, 하면 뭐 나쁠 것은 없지 하고 부탁할지도 모르지…… 그리고 진짜로 곤란해서 지푸라기라도 잡고 싶은 심정인 사람이라면 자네 같은 꼬마라도 도와달라고 할지도 모르고."

"그…… 렇네요."

"뭐, 첫 번째 관문은 통과했다고 봐야 할까? 어쩌다 뒷걸음쳐서 잡은 거지만."

"네……? 뭐에요? 이거도 시험의 일부였던 거예요?"

"글쎄? 답은 아무도 모른다. 라고만 해두지."

니이 씨가 의기양양한 모습으로 말하는 순간 꼬르륵, 하고 미츠케루의 배꼽시계가 울렸다.

"배가…… 고픈 모양이구만."

빨갛게 달아오른 미츠케루를 대신해 말한 니이 씨가 신사 경내로 발을 돌렸다.

"뭐라도 먹으러 갈까? 육신을 받아 둔갑하는 것도 간만이라 나도 오랜만에 밥을 먹어보겠는데."

가벼운 발걸음으로 계단을 향한다. 토리이를 거쳐 밖으로 나오니 미츠케루가 곁에 선다.

"어디 가보고 싶은 데라도 있는고?"

"라멘 가게요."

계단을 나란히 내려간다.

하늘은 끝도 없이 푸르게 뻗었다.

미츠케루가 고른 라멘 가게 '미사키정'은 시장의 큰길, 중심가라 불리는 긴 길의 중간에 있다. 심플한 옛날식 복고풍 간장 라멘이 메인인 가게로 항상 빨간색 포렴이 살짝 삐걱거리는 미닫이문을 위를 장식하고 있었다.

"아까 내가 육신을 입은 지 오랜만이라 식사도 오랜만이라고 했지?"

니이 씨가 미츠케루에게만 들릴 만한 작은 목소리로 말했다.

"네, 말씀하셨는데요?"

"그런데 고양이한테 라면을……? 아니 뭐 좋다 이거야. 이거 하나만 물어보자고. 고민도 안 하고 라면이라고 바로 결정한 이유가 뭐야? 다른 가게는?"

"다른 가게도 궁금하기는 한데요, 아까 뛰어다니면서 봤는데 이 가게가 가장 가성비가 좋아 보였거든요. 런치 메뉴가 한 그릇에 380엔이고 100엔으로 볶음밥 반 그릇 추가! 여기에 무려 50엔을 더 내면 한 그릇으로 해준다구요?"

"자네…… 그렇게 안 봤는데 어지간히도 먹보구만?"

"그렇게 먹을 수도 있죠…… 한동안은 니이 씨가 시주 받는 거 말고는 수입도 없다고 그러셨고…… 하지만 가만히 있어도 시간이 지나면 배는 고프잖아요."

히타치몬 신사는 특정한 신주가 상주하지 않고 시장 협동조합이 당번제로 돌아가면서 청소나 관리를 해왔다. 하지만 새전함 내용물은 어디로 가는지 아무도 모른다. 아침이면 어느새 텅 비어있었다. 사람들은 '시장 7대 불가사의' 가운데 하나로 꼽을 정도였다. 하지만 실은 니이 씨가 몰래 죄다 저금하고 있었다.

"이러쿵저러쿵 변명할 거 없이 바로 들어가자고요. 배

가 고프다고요! 지금 저는!”

머리에서 김을 뿜어낼 기세로 미츠케루가 미닫이문을 연다. 끼긱끽끽, 하고 교실 미닫이문 열리는 소리가 나더니 화아악 하고 라면 냄새가 밀려왔다.

“어머, 어서 오세요!”

애교 넘치는 미소로 말을 걸어준 사람은 미사키정의 간판 여종업원이었다. 앞치마에 머리카락이 들어가지 말라고 삼각 두건을 쓴 모습이 집에서 살림하는 복고풍 주부 차림새지만 나이는 아직 젊었다. 마르고 늘씬한 몸매에다 미인이었다.

가게 안에는 조리대 좌석을 중심으로 안쪽에 가족 손님용 좌식자리가 준비되어 있었다. 조리대 좌석의 가장자리부터 한 자리씩 띄워서 앉은 손님들은 면치기를 하느라 바쁘다. 가장 안쪽 세 자리가 비어있었다.

“고양이도 같이 왔네? 우유 줄까?”

“네……! 잘됐네요, 니이 씨!”

니이 씨가 골골 소리로 목을 울리며 고개를 푹 숙였다. 가게에는 고양이용 밥그릇도 준비되어 있어서 간판 여종업원이 우유를 부어서 가져다주었다. 이것도 다 히타치몬 시장만의 독특한 풍경이었다.

그 사이에 미츠케루는 자기에게 조금 높은 등받이 없는 동그란 의자를 기어올랐다. 등정에 성공하자 휴우, 하고 한숨을 돌린다. 타이밍을 맞추어 조리대 좌석 너머에서 가게 주인이 찬물과 물수건을 건네주었다. 가게 주인아저씨는 험악하고 완고해 보이는 얼굴에 새치가 듬성듬성 섞인 스포츠머리를 하고 있었는데, 얇은 무명 수건을 비틀어서 끈처럼 만들어 이마에 질끈 동여맨 옛날식 머리띠를 썼다. 걸걸하고 낮은 목소리로 미츠케루에게 질문을 던진다.

"주문은 뭐로?"

"네에! 간장 라면이랑 볶음밥 반 그릇이요!"

"어잇-! 요코! 볶음 반 하나!"

"반 하나!"

니이 씨가 마실 우유를 미츠케루 발 언저리에 놓은 간판 여종업원—요코라고 불린 아가씨가 풍로로 뛰어들어간다. 가게 주인이 라면을 끓이고 딸이 밥을 볶는다. 와아…… 하고 미츠케루는 그 광경을 바라보았다. 굳이 말하지 않아도 같은 타이밍에 요리가 나오도록 짜놓은 시스템을 통해 두 사람은 절묘하게 호흡을 맞춰 움직이고 있었다. 미츠케루는 바닥에서 떨어진 발을 달랑달랑 흔들면서 그 광경을 즐겁게 바라보았다.

주문한 음식이 나오자 미츠케루는 면을 후후 불어 식혀 가며 볶음밥 반 그릇을 사기 숟가락으로 잘게 쪼개기 시작했다. 다른 손님보다 느긋한 페이스이기는 해도 착실하게 내용물이 줄어들어 간다.

훌륭하게 다 먹고 나서 가게를 돌아보니 다른 손님은 이미 다 가고 없었다. 미츠케루는 으흐응— 하고 만족스럽게 배를 쓰다듬었다. 사실은 디저트로 아몬드 젤리도 먹고 싶었지만, 스승 돈으로 얻어먹는 주제에 그 정도까지 사치를 부리기에는 조금 양심에 찔렸다. 참자 참아, 하고 마음속으로 중얼거리고 있는데——

"얘, 얘. 이거 먹을래?"

간판 종업원인 요코가 냉장고에서 서늘하게 식은 아몬드 젤리를 보여주면서 활짝 웃었다.

"머, 먹어도 돼요……?"

"그럼. 오늘은 팔다가 남을 것 같으니까, 내가 그냥 줄게. 아버지…… 사장님한테는 비밀이야, 알았지?"

신령님이 인간에게 도움을 받다니! ……같은 생각 따윈 바로 갖다버렸다.

"네넵! 정말 감사합니다아!"

먹기 좋게 서늘해진 접시에 손을 모아 대고 작은 스푼으로 배끄러운 달콤함을 퍼 올려, 한입.

“맛있어요! 진짜 맛있어요오!”

그 사이…… 발 언저리에 엎드린 니이 씨가 살짝 부러운 눈치로 위를 올려다보았다.

다 먹은 식기를 반납하고 돈을 내는 사이 미츠케루는 다시 한번 요코에게 감사의 인사를 올렸다. 무섭게 생긴 사장님은 휴식시간이라 가게 뒷문으로 한 번 나가더니 아직 돌아오지 않았다.

“이 은혜는 평생 잊지 않겠습니다아!”

“아하하, 뭘 또 평생 못 잊기는. 됐어. 아, 맞다. 그러고 보니까 아까 시장을 막 뛰어다니던데? 미츠케루입니다! 신령이에요! 하면서?”

“아하! 들으셨구나. 맞아요! 잃어버린 물건을 찾아주는 미츠케루에요! 무슨 일이 생기면 언제든 불러주세요!”

“우후후. 고마워. 아주 씩씩하네? 나도 가게 일 하면서 기다릴 테니까 나중에 또 와!”

“네네! 내일도 올게요!”

등 뒤쪽에서 니이 씨가 살짝 한숨을 내쉬었지만 미츠케루는 무시했다.

엇갈려 잠그는 옛날식 똑딱이 동전 지갑을 닫으면서 가게 출입구로 향한다.

미츠케루가 미닫이문에 손을 대고 열기 직전, 문이 드르륵 열렸다. 들어오는 사람과 부딪칠 뻔해서 "으앗!"하고 미츠케루가 살짝 뒤로 물러섰다.

"어이쿠, 미안. 괜찮으냐."

한쪽 눈에 외눈 안경을 낀 기품있어 보이는 할아버지가 사과했다. "괜찮아요."하고 대답하자, 할아버지가 미츠케루가 먼저 밖에 나오게끔 물러서 주었다.

할아버지 뒤를 따라 키가 큰 청년이 들어왔다.

"어이고, 시계방 아저씨가 여기까지 어쩐 일이야? 제자까지 데리고 와서."

"마누라한테 가게 맡겨놓고 점심이나 먹으려고. 아직 점심 메뉴 하지?"

휴식시간이 끝나 돌아온 라면 가게 사장님과 할아버지가 주고받는 말이 닫혀가는 미닫이문 틈새로 새어 나왔다.

"시계방 아저씨랑 그 제자분이신가 봐요? 저분들도 시장 안에서 훌륭한 역할을 담당하는 거겠죠-."

"음, 뭐 그런 셈이지……. 내일도 점심은 라면…… 난 우유로 때우는 건가…… 아이고…….”

투덜대는 니이 씨를 무시한 미츠케루는 배가 불러 최고로 기분이 좋은 채로 신사 경내에 돌아갔다.

다음 날, 미츠케루는 약속한 대로 미사키정으로 점심을 먹으러 갔다. 다음 날도, 또 다음 날도. 6일 연속으로 점심은 라면으로 때웠다. 미사키정이 너무 좋았다.

7일째가 되는 점심도 마찬가지였다……. 이변은 그때 일어났다.

“어머, 어서 오세요.”하고 말을 걸어준 가게의 간판 종업원—요코의 모습이 평소와 달랐다.

누가 봐도 기운이 없어 보였다. 피곤한 걸까? 하고 생각해서 이유를 깊게 생각하진 않았지만, 이변은 그뿐만이 아니었다.

사장님이 외치는 “요코! 볶음 반!”하는 소리도 기운이 영 좋지 않았다. 요코는 한술 더 떠서 대답도 안 하고 말없이 웍 앞에 서서 작업만 할 뿐이었다. 분위기가 무거워서 부담스러웠다.

아무리 분위기가 무거워도 요리는 때를 맞춰서 나왔다. 맛은 최고였지만, 괜히 평소보다 살짝 맛이 떨어진 것 같은 기분이 들었다. 맛이 아니라 마음이 문제였다.

곤혹스러운 마음으로 미츠케루가 눈치를 보며 식사를 마치자, 사장님이 "요코."하고 쪽문 쪽으로 딸을 불러냈고, 두 사람은 밖으로 나갔다. 한참이 지나, 요코만 혼자 다시 들어와 삼각 두건과 앞치마를 내려놓고 다시 잰걸음으로 밖으로 나갔다. 얼마 안 있어 가게에는 사장님만 남게 되었다.

다 먹은 다음 계산은 사장님이 대신했다. "다음에 또 오거라."하고 인사를 해주었지만, 요코가 인사할 때와 비교하면 마음이 편하지가 않았다.

"도대체…… 무슨 일이 일어난 걸까요?"

가게를 뒤로 한 미츠케루가 니이 씨에게 물어보았지만, "글쎄."하고 영혼 없는 대답만 돌아왔다.

부우우, 하고 삐친 미츠케루가 신사 경내로 돌아가려고 발길을 옮기는 도중, 미사키정과 옆 가게 사이에 있는 작은 골목길에 문득 눈길이 머물렀다. 길이라기보다는 건물 틈새라고 해야 맞을 공간이었다. 어린 꼬마나 길고양이 정도나 겨우 다닐 만한 좁은 골목길이었다.

미츠케루는 누가 말하는 소리를 들은 것 같은 느낌이 들어서 신발이나 옷이 지저분해지는데도 신경 쓰지 않고 골목길에 발을 들였다. 니이 씨도 따라온다. 길 끝에 도달해 얼굴을 내밀고 좌우를 살피자 미사키정 쪽문이 보였다. 바로 옆에서 요코가 콧물을 훌쩍이며 눈물을 훔치고 있었다. 미츠케루는 망설임 없이 요코에게 다가가 말을 걸었다.

"무슨…… 일이에요?"

응? 하고 놀라 요코가 고개를 들었다.

"아…… 오늘도 왔구나, 미안해. 별일 아니야."

억지로 괜찮은 척 꾸며내는 모습에 미츠케루는 아무 말 없이 바라보기만 했다. 그러자 요코가 곤란함에 멋쩍게 웃으며 살짝 고개를 저었다.

"울면서 별일 아니라고 하면 당연히 아무도 안 믿겠지, 그렇지? 신경 써 줘서 고마워……. 아빠랑 좀 싸웠거든. 진짜 별거 아니야. 하필이면 가게에 왔을 때 싸워서…… 미안해, 언니가 괜히 기분 상하게 했지?"

"그런 거 아니에요. 라면이랑 볶음밥 반 그릇, 맛있었어요."

"다행이네. 내일은 언니가 정신 차리고 제대로 만들어 줄게. 내일도 꼭 와."

"네! 내일도 꼭 갈게요. 그러니까 걱정하지 마세요!"

위로할 마음에 건넨 말이었다. 마음이 잘 전달된 모양인지 요코는 아주 살짝 평소처럼 미소를 지어 보였다.

"착하네-."

"그럼요! 신령님이니까! 당연히 착하죠!"

니이 씨의 충고를 완전히 무시하는 발언이었지만, 요코는 딱히 문제 삼지 않았다.

"아, 오늘도 하는 거야? 뭐였더라…… 잃어버린 물건을 찾아주는 미츠케루였나……?"

아무리 아이가 하는 장난이라도 앞에서 대놓고 '애들 장난이잖아.' 같은 느낌을 줄 만한 표현은 피해야겠다고 생각한 모양인지 요코는 약간 돌려서 말했다. 그런 줄도 모르고 미츠케루는 신경도 안 쓴 채 미소 지으며 고개를 끄덕였다.

"네! 연중무휴에요! 아직 신입이기는 하지만 제대로 어떤 물건이든 찾아드려요!"

"그렇구나……. 찾아주는구나. 대단하네?"

언제나 씩씩한 게 자랑인 가게의 간판 종업원. 매일 찾아가는 가게라도 어디까지나 몇 번 얼굴을 마주 본 게 전부인 사람, 하지만 미츠케루는 요코의 소원을 놓치지 않았다.

"혹시 뭐 찾으시는 게 있나요?"

요코의 표정이 선명하게 바로 어두워졌다. 그 사실이 미츠케루에게는 도움을 청하는 모습으로 보였다.

"괜찮으시면 제가 좀 도와드려도 괜찮을까요?"

"응? 아니, 그래도……."

"아몬드 젤리도 그렇고, 항상 맛있는 식사를 내주시는 것에 보답해드리고 싶어요! 꼭 찾아드릴게요."

보통은 그저 소꿉장난하듯 역할놀이라고 생각하고 넘어갈 일이다. 하지만 정말 곤란해서 벼랑 끝에 몰려 어찌할 방법이 없는 사람은 지푸라기라도 붙잡는 심정으로 결국 바라고 만다.

——한 번 부탁해볼까, 하고.

시장을 오랜 세월 지켜봐 온 니이 씨는 경험을 통해 그 사실을 알고 있었다. 신령이라는 인간에게 있어 불확실한 존재로 계속 살아온 니이 씨에게는 자명한 일이다. 그래서 '첫 번째 관문은 통과'했다고 말한 것이다.

요코는 한참 동안 말없이 생각에 잠겼다가 결국 "그럼…… 부탁해볼까?"하고 고개를 끄덕이고는 어린아이 역할놀이에 끼기라도 하는 말투로 말을 이었다.

"혼자서 찾기도 지쳤고…… 그럼 우리 집에 와서 보물찾기라도 같이할래? 밤 영업시간까지는 아빠도 기분전환이라도 좀 하라고 해서, 저녁 동안에는 쉬는 시간이니까. 그럼, 찾는 걸 도와줄래?"

미츠케루의 첫 번째 의뢰인이 결정되는 순간이었다.

라면 가게를 하는 부녀가 사는 자택은 시장 주변에 펼쳐진 주택지 한구석에 있었다.

가게가 있는 상점가 중심길에서 갈라져 나와 몇 번이고 코너를 꺾은 끝에 단독주택이 늘어선 도로에 도착했다. 길가 하얀 선 밖으로 걷는 요코의 뒤를 미츠케루와 니이 씨가 종종걸음으로 따라간다. 요코는 뒤를 돌아보면서 차분한 발걸음으로 속도를 맞추었다.

"저기 보이는 게 우리 집이야. 아빠가 제자로 들어갔던 라면 가게 사장님께서 가게랑 함께 집도 물려주셨어…… 몸이 많이 안 좋으셨을 때, '내가 나이 먹어 얼마 안 남은 것 같으니까, 젊은 너희가 살아라.'하고. 겉보기에는 낡은 목조주택이지만, 의외로 안이 넓어."

멀리서 보이는 2층짜리 목조주택은 그 말대로 오래되어 낡은 티가 났다. 하지만 점점 가까이 다가가서 보니 외벽을 이루는 목재의 질이 무척 좋아서 요코가 설명한 것보다 훨씬 그럴듯하게 보였다. 현관은 라면 가게와 마찬가지로 미닫이문인 모양이었다. 그리고 그 미닫이문 앞에 누군가가 서 있었다.

키가 크고 젊은 남성이었다.

——어라? 어디서 본 것 같은데?

미츠케루가 고개를 갸웃거리는 순간, 요코가 "토모!"하고 이름을 불렀다.

"아…… 미안, 잠깐만 여기서 기다려줄래? 손님이 찾아온 것 같아서."

뒤돌아본 요코가 다급하게 설명을 마치고는 청년 쪽으로 달려갔다.

말소리가… 바람을 타고 미츠케루의 귀까지 전해져 온다.

"미안. 쉬는 타임이니까 슬슬 집에 오지 않을까 싶어서."

"아냐, 괜찮아…… 아빠랑 안 마주친 게 다행이지, 뭐."

"아니…… 그건 그거대로 괜찮았을 거야. 그냥 이걸 돌려주려고 했을 뿐이니까 아버님께 드려도 결국 마찬가지였을 거야."

토모는 오래된 보자기 꾸러미를 요코에게 전달했다. 크기를 보니 사각 도시락통인 모양이다.

"맛있게 잘 먹었어. 맨날 이렇게 고생시켜서 미안해."

“아니야…… 왜? 무슨 일 있어? 평소에는 내가 가지러 갈 때까지 기다리잖아.”

“마지막이니까…… 직접 전달하고 싶었거든. 내일부터는 이제 안 만들어도 괜찮아.”

요코의 몸이 눈으로 보일 정도로 딱딱하게 굳었다.

“제발 부탁이야, 그런 말만은 하지 말아줘.”

궁지에 몰리기라도 한 모습으로 요코가 토모에게 매달린다.

“내일도 만들어 줄게. 아빠는 내가 반드시 설득시킬 테니까…… 제발 부탁이야, 날 믿고 기다려 줘, 응?”

“아무리 그래도…….”

“부탁이야…… 부탁이니까, 제발.”

“알았어…… 이따가 연락할게.”

토모는 요코의 손을 부드럽게 감싸 쥔 뒤, 미츠케루가 있는 쪽— 시장 방향으로 걸어왔다. 스쳐 지나가면서, 순간적으로 미츠케루와 눈이 마주친다.

——앗! 며칠 전에! 라면 가게에서 봤던! 시계방 할아버지의 제자!

“미안해…… 괜한 모습을 보여줬네?”

목소리가 들린 방향으로 몸을 돌리자 요코가 허리를 굽

혀 시선을 맞춘 모습으로 쓴웃음을 지으며 말을 걸어왔다.

"문 열어 줄 테니까 들어가…… 우리 같이 열심히 찾아 보자?"

완벽한 호흡을 자랑하던 아버지와의 다툼. 요코와 친한 사이로 보이는 청년의 그늘진 모습. 그리고 물건을 열심히 찾는 요코. 미츠케루는 정황을 머릿속에 새기면서 실례합니다, 하고 인사하며 집 안으로 들어갔다.

할머니 집 같은 냄새가 나는 그리운 가옥, 사람에 따라서는 그런 표현을 할지도 모르는 요코가 사는 집은 따스한 분위기를 풍겼다. 집에는 아무도 없는 모양이다. 요코는 미츠케루를 2층으로 안내했다.

"찾는 물건은…… 그림책이야."

"그림책, 이요?"

살짝 가파른 계단을 올라 복도를 나아간 요코는 맞은편 문 앞에 멈춰 섰다.

"응, 엄마가 그림책을 많이 남겨주셨는데 그중에 한 권이야. ……들어와."

문을 열자 손때 묻은 냄새가 코를 간질였다. 오래된 책 냄새네, 하고 미츠케루가 직감적으로 알아차렸다. 요코가 어슴푸레한 방 안으로 들어가 2중으로 된 커튼을 열자――

"우와아!"

미츠케루가 자기도 모르게 탄성을 지른다. 방 한쪽 벽에는 텅 빈 책장이 서 있었고 바닥에는 책이 잔뜩 쌓여 있었다. 표지에는 히라가나로 적힌 제목과 어린이용 책에서 흔히 보는 삽화가 그려져 있다.

"설마 이거…… 다 그림책인가요?"

"맞아. 엄마가 갖고 있던 책이야."

"그런데 그게…… 이렇게나 많이요?"

"응, 깜짝 놀랐지? 엄마는 구연동화를 좋아하셨거든. 나한테도 많이 들려주셨어. 시장에 가게 하는 사람들 아이들까지 맡아서 돌보는 일을 하신 적도 있는데 그때도 자주 읽어주셨대."

요코는 살짝 자랑스레 이야기하다가 곧바로 적적한 표정으로 바뀌었다.

"하지만 내가 어렸을 때 아파서 돌아가셨어……. 아빠랑 엄마는 소꿉친구였대. 나는 엄마 기억이 별로 없는 편인데 그림책이랑 그림책을 읽어주던 엄마 목소리는 기억에 또렷이 남아있어."

"그중에 한 권을 찾아달라는 말은 다시 읽고 싶은 그림책이라는 건가요?"

"응……? 으음…… 이야기가 그렇게 되려나?"

"그 대답은 아슬아슬하게 정답이 아니라는 것 같네요."

"으응, 맞아. 실은 내가 다시 읽고 싶은 게 아니라 아빠가 읽었으면 싶은 책이야."

"혹시 그거, 아까 봤던 시계방 아저씨랑 관계가 있나요?"

요코는 순간적으로 말문이 막혔지만 곤란한 표정으로 쓴웃음을 지으며 고개를 끄덕였다.

"응, 그것도 정답. 그런데 언니 기분이 좀 이상하다. 왜 그럴까? 애들이 들을 이야기도 아닌데 이렇게 전부 이야기하면 안 되는데…… 아, 이렇게 말하면 실례겠지? 미츠케루는 신령님이시니까. 그치?"

미츠케루가 방긋 웃었다.

"그럼요. 진짜 신령님인걸요! 그러니까 제가 꼭 찾아드릴 수 있어요."

"믿음직스럽네, 정말."

요코도 웃음으로 대답한다…… 눈치가 빠른 아이가 역할놀이 하는데 끼어서 놀아주고 있다는 자세는 아직 무너지지 않았다.

"아저씨랑 싸운 원인이 아까 그분이었군요."

"응? 아, 뭐……. 아까 그 사람, '키쿠야 토모나리'라고 하는데 시계방에 제자로 들어가서 일하고 있어. 나는 토모라고 부르고. 2년 전에 시장 근처로 이사 와서 가게에 자주 찾아왔었거든. 그래서 친해졌는데…… 아빠 몰래 사귀기 시작했어. 벌써 1년쯤 되었나?"

"흠흠, 그렇군요……. 그런데 아저씨가 반대하는 상황인 거예요?"

요코가 다시 숨이 턱 막혔는지 곤란한 얼굴로 머리를 긁적였다.

"역시 너무 뻔한 상황이라 바로 보이나 보네……. 이런 꼬마 숙녀까지 훤히 꿰뚫어 볼 정도라니……."

조용히 중얼거리며 투덜거리던 요코가 완전히 항복한 듯이 말을 이었다.

"간단하게 말하자면 방금 네가 말한 대로야. 나는 토모를 좋아해. 결혼까지 생각하는 사람이라고 아빠한테 소개도 했어. 하지만 아빠는 반대하고 있어."

"이유가 뭐예요? 예의도 바른 것 같고 사람도 착해 보이는데, 괜찮은 분처럼 보이는데 말이죠……."

"응…… 아빠도 그렇게 생각은 하시는 모양이야. 하지

만…….”

요코가 나머지 이야기를 털어놓기를 주저한다. 하지만 결국 생각을 고쳐먹고 바로 이야기를 계속했다.

“토모한테는…… 전과가 있어.”

“네? 전과라는 말은 교도소에 다녀왔다는 말이에요?”

“응…… 그렇기는 한데 엄청 나쁜 짓을 한 게 아니라, 뭐라고 해야 하나? 좋아서 그런 짓을 한 것도 아니거든? 그냥 친구랑 어울리다가, 나쁜 사람이 친구한테 시비를 걸어서, 자기도 모르게 도와주려고 하다가 그만, 좀 다치게 하는 바람에…….”

요코는 침통한 얼굴로 다시 한번 말허리를 잘랐다.

“하필이면 다친 사람이 질이 정말 안 좋은 나쁜 사람이었던 것 같아. 일이 너무 커져 버린 거야. 그 사람은 경찰 쪽에도 인맥이 있는 사람이어서 어떻게 뒤집을 수도 없었다고 그러더라. 얼마나 억울하고 분한지 자기도 모르게 혼잣말을 하더라. 범죄기록이 남으면 이력서에도 기록을 남겨야만 하거든. 취직하려고 해도 받아주는 곳이 없어서…… 결국 시계방에 제자로 수행하러 들어간 뒤에야 겨우 일도 하고 생활도 안정되었대.”

“그랬군요…….”

미츠케루가 생각에 잠긴다.

요코는 아까 그림책을 아빠가 읽었으면 한다고 했다. 그렇다는 건 다시 말해…….

"혹시 지금 찾는 그림책의 내용이 남자친구분이랑 사귀는 걸 아저씨가 허락해주시게끔 할 만한 내용인 건가요?"

"맞아! 그 그림책 〈괴물 아저씨 우리 같이 손잡고 가요〉라는 제목인데, 혹시 들어 본 적 있어?"

"아뇨…… 죄송해요. 어떤 내용인가요?"

"엄청 간결한 이야기야…… 하지만, 아주 중요한 이야기."

옛날에 옛날에 어느 마을에 괴물이 모여 살았어요.

괴물은 사람에게 나쁜 짓을 많이 해서 다들 괴물을 미워했어요.

하지만 괴물이라고 다 못된 괴물만 있지는 않았어요. 착한 괴물도 있었답니다.

하얀 괴물은 어려운 사람을 많이 많이 도와줬어요.

사람들이 무서워해도, 싫어해도, 미워해도, 못된 짓을 해도 계속 계속 도와줬어요.

마침내 사람들이 말했어요.

괴물 아저씨 우리 같이 손잡고 가요.

하얀 괴물은 너무너무 기뻤어요.

하얀 괴물은 친구를 더 많이 많이 도와주고 소중히 대했답니다.

하얀 괴물은 사람하고 손을 잡고 사이좋게 행복하게 살았답니다.

"제법…… 메시지가 강한 이야기네요."

"맞아. 이 이야기는 내가 무척 좋아하기도 하고, 엄마가 가장 많이 읽어준 이야기이기도 해서 틈만 나면 계속 읽어달라고 했었어. 그때는 아빠도 항상 같이 옆에서 이야기를 들었지. 엄마가 이야기를 다 들려주면 항상 그러셨어. 생긴 모습이나 소문만 가지고 사람을 판단하면 안 된다, 다들 못된 사람이라고 말하는 사람이라도 그중에는 분명 착한 사람도 있단다…… 하고."

"아하, 요코 언니는 아저씨가 그때의 추억과 기억을 떠올려주기를 바라는 거군요?"

"응…… 엄마가 살아있었다면 분명히 나와 토모의 사이를 인정해주셨으리라 생각해. 말로는 아무리 해도 들어주지 않으니까 그림책을 찾아서 읽어보시라 드려보고 싶어.

읽고 깨달으셨으면 좋겠어. 한 번만 다시 생각해서…… 있는 그대로의 토모를 봐주었으면 해."

마음을 담은 이야기를 끝낸 요코는 제정신이 들었는지 쑥스러워하는 미소를 지었다.

"언니가 미안해, 조금 이해하기 어려운 이야기를 해버렸네? 듣기…… 힘들었지?"

"아뇨! 오히려 사정이 어떻게 된 건지 확실하게 알게 되어서 다행이에요. 새로운 정보를 바탕으로 바로 찾아볼까요? 이 방은 이미 찾으셨을 거 같기는 한데, 그래도 혹시 모르니까 한 번만 더 검색…… 아니, 살펴볼게요."

"부탁할게……. 혹시라도 놓쳤을지 모르니까. 무조건 이 방에 있을 거야. 확실해."

말한 것과는 반대로 요코는 어두운 표정을 짓고 있었다. 이미 몇 번이고 몇 번이고 찾아봤을 터였다.

하지만 미츠케루는 책을 하나하나 꼼꼼히 손에 들고 표지와 뒤표지를 확인해가며 찾는 그림책이 있는지 살펴보았다. 요코도 미츠케루와 같이 그림책을 찾기 시작했다.

10분이 지나고, 30분이 지나고, 1시간이 지났다.

하아, 하고 요코가 한숨을 쉰다.

“안 나오네……. 찾았니?”

돌아본 요코는 미츠케루가 그림책 안을 팔랑팔랑 넘겨 보고 있는 모습을 보았다.

“심심해?”

“아, 아뇨. 찾다가 포기한 게 아니라 살짝 마음에 걸리는 게 있어서.”

“아아, 읽고 싶으면 읽어도 돼. 의외로 재미있지 않아?”

“네에! 하나하나 되게 의미가 깊네요…….”

“응응……. 잠깐 좀 쉴까? 녹차 끓여 올 테니까 기다려.”

“고맙습니다……. 그런데 하나 여쭤봐도 될까요…… 아저씨 방은 2층에 있어요?”

“맞아. 1층은 부엌이랑 거실이랑 응접실. 2층은 이 방이랑 내 방이랑 아빠 방. 별로 넓은 편은 아니어서.”

“알겠습니다. 고맙습니다.”

미츠케루는 물어본 이유를 요코에게 말하지 않았다.

왜 물어보나 싶어진 요코는 이상하다 싶은지 고개를 갸웃거리며 방을 나섰다.

그런 뒤 미츠케루도 요코가 근처에 없는지를 확인한 다음 타이밍을 재서 방을 나선다.

“이 녀석아…… 뭐 하려고 그래?”

니이 씨가 항의하는 기색이 강한 말을 내뱉었지만 미츠케루는 대답하지 않았다.

한참 뒤…… 미츠케루는 부엌에서 물을 끓이는 요코에게 다가갔다.

"왜 그래? 무슨 일 있…… 어머!"

뒤돌아본 요코의 안색이 바뀌었다.

"찾았어요."

미츠케루가 두 손에 들고 내민 물건은 요코가 찾고 있던 그림책이었다.

들은 것처럼 하얀 괴물이 손을 잡고 있는 삽화에 제목이 적혀있었다.

"어머 세상에, 도대체 어디서 찾았니? 그렇게 찾아도 안 나왔는데!"

깜짝 놀란 요코에게 미츠케루는 미소로 대답했다.

"신령님이니까요. 흠흠."

요코가 숨을 삼킨다…… 설마 진짜로? 하는 표정이다.

"미안, 잠깐만 줘 봐!"

미츠케루에게서 책을 받아 든 요코가 현관으로 뛰쳐나간다.

"어……? 윽!"

구두를 벗는 참이던 라면 가게 사장——요코의 아버지 안색이 극적으로 바뀌었다.

"너 그거……."

부들부들 입술이 떨려온다. 요코도 거친 숨을 토한다. 한 번 침을 삼키고 말을 꺼낸다.

"기억나? 아빠? 기억…… 나지? 엄마가 몇 번이고 읽어줬던 이 책?"

"굳이 이런 이야기 하려고 일부러 찾아온 거냐! 그딴 책을! 이제 와서 그걸 뭐 어쩌라는 거야!"

아버지가 화가 가득한 고함을 질렀다. 하지만 요코는 물러서지 않는다.

"그딴 책이라니! 얼마나 중요한 내용이 적혀있는데! 절대 잊어버려서는 안 된다고 엄마가 그랬단 말이야! 아빠도 다 들었잖아, 그때!"

"조용히 안 해! 남의 방에 몰래 들어가서 꺼내와서는 무슨 자랑이라고 코앞에다 들이대고 앉았어!"

"뭐라고요……?"

요코가 미츠케루를 돌아본다…… 그렇다. 그림책을 찾은 장소는 아버지의 방이었다.

"그딴 책이 있든 말든 내가 눈 하나 꿈쩍할 것 같아? 시계방 그놈이랑은 절대 안 돼! 딴 남자 만나!"

"싫어! 도대체 왜 그러는 건데? 내가 한 말도 아니잖아, 엄마가 남긴 말이잖아! 아빠는 엄마가 한 말이 중요하지도 않아?! 그런 거냐고!"

대답 대신 메마른 소리가 울려 퍼졌다. 뺨을 때리는 소리였다. 찾아온 그림책도 마룻바닥에 떨어졌다. 얻어맞은 요코가 비틀거린다. 순간 멍하니 얼이 빠져있다가 온몸을 떨기 시작한다.

"때렸어……? 아빠는 사람도 아냐! 인간쓰레기야! 몰라! 다 싫어! 다 때려치워!"

눈물로 엉망진창 구겨진 목소리를 남기고 요코는 신발도 안 신고 맨발로 뛰쳐나갔다.

바득바득 이를 가는 요코의 아버지와 미츠케루 둘만 남은 상황.

"네가…… 감히 내 방에 맘대로 들어가서 이 빌어먹을 책 꺼내왔지?"

날카로운 눈빛으로 쏘아보았다. 아이 모습을 하고 있지 않았다면 지금 당장 얻어터졌을지도 모른다.

"자기가 잃어버린 물건을 찾아주는 신령이니 뭐니 헛소리를 지껄이고 다니는 모양인데, 신령님 흉내를 함부로 내면 천벌 받는 것도 몰라? 다시는 그딴 헛소리 하고 다니지 마라. 알겠어……? 뭐 하고 있냐? 얼른 가!"

요코의 아버지가 집으로 들어와 복도 벽으로 몸을 비켜섰다. 실례했습니다……, 라는 말을 남기며 미츠케루는 시키는 대로 따랐다.

밖에 나간 요코의 모습이 보이지 않았다. 미츠케루는 시장으로 돌아가면서 하늘을 올려다보았다.

"그래서…… 뭘 어쩔 셈이냐?"

옆에서 나란히 걷던 니이 씨가 올려다보며 물었다.

"있잖아요, 니이 씨. 이거 제 생각에는 말이죠……."

미츠케루는 질문에 답하지 않고 다른 말을 꺼냈다. 말을 꺼내기 직전 근처에서 거센 바람이 불었다. 봄바람의 흔적이 남은 강풍이 나뭇가지들을 흔들고 건물에 부딪쳐 휘오오오오오, 하고 커다란 소리를 냈다. 미츠케루는 니이 씨에게 목소리가 닿았는지가 확실하지 않아 불안했다.

"호오……. 그렇게 생각한 근거는?"

제대로 닿은 모양이다. 니이 씨는 테스트라도 하듯 미츠케루에게 질문을 되돌렸다.

"몇 가지 검색조건을 서로 비추어 본 결과예요. 아마도 그렇게 된 게 아닐까, 하고요."

"말은 추측이라고 하지만 거의 확신하고 있는 모양인데. 그래서 나한테 정답을 듣고 싶은 거 아니냐? 아쉽지만, 그렇게는 안 돼. 겨우 추측 수준에서 답 맞추기에 이용당하고 싶지는 않거든."

"그러면 더 근거를 모아서 결과를 내면 되겠네요. 알았어요. 검색조건을 하나 더 늘리러 가 보죠."

"어디로?"

"서점이요. 시장에도 있죠?"

"있기야 있지."

미츠케루는 종종걸음으로 시장 쪽을 향했다.

바람이 여전히 세차게 불었다.

◆ ◆ ◆

미츠케루가 시장에서 검색결과를 좁혀나가고 있을 즈음 토모는 누군가 자기 이름을 부른 느낌이 들어서 선잠에서 깼다. 가게 창문으로는 저녁놀이 들기 직전의 해님이 햇살이 들어오고 있었다.

귓속에 그리운 목소리가 남아있는 것 같다. 그런 착각이 들어 귓가를 쓰다듬었다.

어젯밤은 제대로 잠을 이루지 못했다. 어제 낮, 결혼 이야기를 셋이 있을 때 꺼낸 때부터 지금까지 계속 고민하고 있다.

쓸데없는 짓을 한 건가——라는 고민을. '큰집'에 처박혀 있을 때부터 계속 곱씹던 생각을 지금도 떠올린다.

큰집에서 나온 뒤로는 그 생각이 더욱 깊어만 갔다. 도와준 친구 놈은 부담스러워졌는지 교도소를 나와보니 연락이 닿지를 않았다. 보복을 두려워했던 것인지도 모른다는 생각도 이제 와서 하기는 하지만 당시에는 상당히 충격적이었다. 제대로 직장도 갖지 못하고 생활도 점점 빈궁해졌다. 농담이 아니라 목을 매달자고 생각한 적도 몇 번이나 있었다.

하지만 다가와 준 여성이 있었다. 쑥스러워서 제대로 표현하기는 어렵지만, 여신이나 다름없다고 진심으로 믿었다. 실제로 토모에게 있어 요코는 여신 그 자체였다.

하지만 요코와 만났을 때부터, 만나고 말았기 때문에, 어쩔 수 없이 이런 생각을 하게 된다.

——바보 같은 짓을 하고 말았구나, 정말로.

단 한 번의 실수. 과거의 그 실수가 소중한 사람을 지금 괴롭히고 있었다.

토모에게 그 사실은 끝없이 후회를 불러왔다.

상점가에서 오후 5시를 알리는 종소리가 울려 퍼졌다.

어린아이들은 집으로 돌아갈 시간이 되었지만 장 보러 온 손님들은 저녁 한정 시간제 할인상품을 찾아 발길을 옮기고 있을 시간이다. 술집 겸 음식점도 준비를 끝내고 곧 가게 오픈할 때가 되었다.

밤 영업 준비를 끝낸 미사키정의 사장은 복판길에서 나뭇가지처럼 갈라져 나온 골목길에 서 있었다. 흡연구역전용 재떨이 곁에 서서 담배를 피우고 있다.

시선 바로 앞에는 '시계방 각명당(刻明堂)'이라고 적힌 간판이 보인다. 슬슬 가게 문을 닫을 시간이다.

가게 앞쪽은 쇼윈도 식이라 가게 안 직원이 정리하는 모습이 보였다.

요코의 연인 키쿠야 토모나리다. 손님이 없는 탓인지 동작이 느긋했다……. 때때로 졸음이 찾아오는지, 눈을 비볐다. 아마도 어제 잠을 제대로 못 잔 모양이었다.

――잠 하루 안 잤다고 저 꼴이 뭐냐. 정신 못 차리지?

속으로 독설을 퍼부으며 라면 가게 사장은 짜증스레 담배 연기를 빨아들였다. 다 피우면 가게로 돌아가자고 마음을 먹고…… 금세 담배를 다 태우고 일어나려고 하던 때였다.

"잠깐 좀 볼까, 라면 가게?"

뒤에서 목소리가 들려왔다. 세련된 외눈 안경을 낀 노인이었다. 시계방 사장이다.

라면 가게 사장은 대꾸하지 않았지만, 시계방 주인은 담배에 불을 붙였다.

괜히 그냥 가기는 애매한 분위기가 되어서, 라면 가게 주인도 새로 한 대 피우기 시작했다.

"저 친구가 괜히 신경 쓰이지? 하긴…… 안 쓰이기도 어렵겠지. 사랑하는 딸내미 남자친구라는데."

"누가 남자친구래? 난 인정 못 해. 앞으로도 인정 안 해."

"그래?"

혐오를 숨기지 않는 말투였지만 시계방 사장은 신경도 안 쓰는 눈치였다.

――할 말도 없는데 뭘 보자고 하는 거야, 놈팡이도 아니고.

그렇게 생각하면서 라면 가게 사장도 아무 말을 하지 않았다. 아무 말도 걸어오지 않으니 말을 하기 어려웠다. 같이 있기가 부담스러운 분위기였다. 도저히 참기 어려워질 때쯤 시계방 사장이 말을 걸어왔다.

"토모나리가 제자가 된 지도 1년이 넘었나? 원치 않은 싸움에 휘말려서 빨간 줄이 간 모양이기는 해도 착한 놈이야. 진지하고. 나나 마누라가 안 봐도 요령 피우는 일 없이 열심히 하고. 내 새끼 내가 챙기는 꼴 같을 수도 있는데, 그래도 나는 요코랑 사귀는 데 부족함이 있거나 그렇지는 않다고 생각해."

"……."

"이 친구야, 이제 슬슬 오케이 하게."

"슬슬? 뭔 헛소리 하고 자빠졌어? 애초에 사귀고 있다는 말을 들은 지 하루 밖에 안 지났구먼."

"그 이야기가 아니라, 이 사람아. 그 아이들 말하는 게 아니라."

시계방 사장은 라면 가게 사장을 향해 든 검지를 허공에 대고 톡톡 두드렸다.

"자네 자신을 말이야…… 라면 가게."

라면 가게 사장은 대답하지 않았다.

거친 몸짓으로 담배꽁초를 재떨이에 비벼 끄고 도망치듯 잰걸음으로 자리를 피할 뿐이었다.

미사키정으로 돌아와 보니 가게 불이 켜져 있었다.

——분명 끄고 나왔는데?

경계하면서 가게로 들어섰다. 손님 자리에 작은 그림자가 보였다. 미츠케루였다.

"실례합니다. 맘대로 들어와서 죄송해요……. 쪽문을 안 잠그셨더라고요. 문단속을 더 철저히 하셔야 할 것 같아요."

전에는 방에 맘대로 들어오더니 이제는 가게까지 불법침입을 해? 이번에야말로 따끔하게 혼쭐을 내줘야겠군, 하고 생각했다.

하지만 그전에 먼저 미츠케루가 이야기를 꺼냈다.

"꼭 말씀드려야 할 중요한 이야기가 있어서요. 따님과 토모 씨가 사귀는 거, 이제 인정해주시는 건 어떤가요……. 아니, 인정하고 말고 이전에 그 이유부터 두 사람에게 설명해주는 게 옳은 순서 같아요."

"이유? 뭔 놈의 이유?"

"아저씨가 두 사람 사이를 반대하는 진짜 이유요."

미츠케루가 연달아 몰아쳤다.

"따님이 부인과 똑같은 고생을 겪게 하고 싶지 않다. 나 같은 전과자랑 결혼해서 고생하는 꼴은 안 보고 싶다. 그게 진짜 속마음이잖아요…….”

◆ ◆ ◆

미사키정의 사장…… 쿠루마 토모노리는 미츠케루의 말을 듣고 말문이 막혔다.

“걱정 안 하셔도 돼요. 다른 사람한테는 아무 말도 안 했으니까. 제가 혼자 진실을 찾아냈을 뿐이에요.”

“찾아냈다고……? 말도 안 돼, 도대체 뭘 어떻게 했기에…….”

어쩔 줄 몰라 하는 사장님이 자기도 모르게 말을 흘렸다.

“처음에 이상하다고 생각했던 건 그렇게나 많은 그림책을 발견했을 때였어요. 그림책들이 하나같이 본 적도, 들어본 적도 없는 제목이었거든요. 〈모모타로〉나 〈킨타로〉 같은 유명한 작품이 하나도 없었어요. 그중에는 아무리 좋게 봐도 그림을 잘 그렸다고는 말하기 어려운 작품도 있었죠. 물론 잘 그린 그림도 있기는 했지만……. 게다가 모든 그림책에 바코드가 없었어요. 표지에도 뒤표지에도 책 속에도 바코드는커녕 작가 이름도 쓰여 있지 않았죠.”

결론은 단 하나.

"모두 다 판매되는 책이 아닌 거예요. 전부 아내분이 직접 만드신 거죠? 그래서 시장에 있는 서점도 몇 군데 돌아봤어요. 제일 오래된 서점 주인분께서 기억하고 계시더라고요. 딸을 위해 그림책을 사주고 싶어도 형편이 어려워서 조금이라도 싸게, 하지만 원하는 교훈은 확실하게 이야기할 수 있었으면 좋겠다, 그런 부탁을 한 적이 있다고."

부르르— 사장님의 어깨가 떨렸다. 자신을 부끄러워하는 몸짓이라고 미츠케루는 받아들였다.

"그림책이 있었던 장소도 차분하게 생각해보면 바로 답이 나왔어요. 아내분이 그린 그림책은 모두 그 방에 있었다, 하지만 찾는 그림책이 보이지 않는다, 다시 말하면 누군가 가지고 나갔다. 가지고 나갈 사람은? 아저씨밖에 없었어요……. 방에 들어갔을 때 조금 살펴보니 바로 보이더라고요. 앨범도 몇 권 포함해서…… 어젯밤에 그림책을 보면서 같이 보셨던 거죠?"

"그것도…… 봤냐?"

"네, 묘한 앨범이었어요. 두 분은 소꿉친구라고 들었거든요. 그런데 어렸을 때는 사진이 두 사람 다 있었다가,

조금 지나니까 상황이 바뀌더라고요. 아내분은 젊었을 때 사진이 온전하게 있었는데, 아저씨 사진은 젊을 때 사진이 전혀 없었어요. 사진이 중간에 젊은 시절 때에만 딱 끊어졌다가 다음 사진에서 바로 라면 가게에서 일하는 사진으로 이어지더라고요……. 마치 특정 시간대의 과거를 숨기기라도 하려는 것 같다, 그런 생각이 들었어요. 물론 요코 언니에게서 남자친구 사정을 듣지 못했다면 그렇게 생각하지 않았을 수도 있겠지만요."

"……."

"괴물이 사람과 손을 잡는 그림책은 아내분이 가장 많이 요코 언니한테 들려줬던 그림책이었던 거 같은데요, 그림도 그게 가장 서투르게 그렸더라고요. 아마 가장 처음에 만든 그림책이 아니었을까요? 다시 말하면 가장 전하고 싶었던 메시지가 그 그림책에 담겨 있다고 봐도 되겠지요. 아내분이 요코 언니에게 이 이야기를 들려줬을 때, 아저씨도 같이 들었다고 들었어요. 그렇죠?"

사장의 몸 전체에 힘이 꽉 들어가는 모습이 엿보였다.

"신령님 흉내를 내더니…… 이제는 탐정놀이냐?"

"흉내가 아니에요. 아직 신입이지만 엄연한 신령이라고요. 옛날부터 이 시장의 수호신령으로 있었던 제 스승님에게 다 들었는걸요. 아저씨가 옛날부터 아주 열심히 노력하며 살아왔다고…… 아내분이 돌아가신 뒤 얼마나 괴로워하셨는지도, 그 괴로움을 이겨내고 극복하기 위해 필사적으로 요코 언니를 키웠다는 이야기도요."

사장이 눈을 부릅떴다.

"반대하고 싶은 마음을 이해하지 못하는 건 아니에요. 하지만 그림책을 다시 읽은 것도, 앨범을 보며 과거를 다시 떠올린 것도 다 고민하고 있어서가 아닌가요? 아저씨 스스로가 가장 잘 알고 있을 거예요. 사실 아저씨는 그 누구보다 두 사람이 잘 살기를 응원하고 싶지 않나요?"

어린아이에게는 어울리지 않는, 핵심을 예리하게 도려내는 준엄한 말이었다. 하지만 건방지다고 소리를 지르거나 꾸중을 하는 일도 없었다. 사장은 그저 입을 꾹 다물고 생각에 잠겼다.

"잘 생각해보세요…… 실례 많았습니다."

◆ ◆ ◆

미츠케루가 떠나고 난 뒤 토모노리는 응접실에 앉아 티테이블 위에 깍지를 낀 채 생각에 잠겼다.

개점시간은 다가오는데 '준비 중'이라는 표찰을 뗄 생각도 들지 않았다.

그저 애들 장난인 줄로만 알았는데, 그 아이의 지적은 지나치다 싶을 정도로 정확했다. 마지막에 남긴 말이 아직도 가슴에 깊이 박혀있었다.

'누가 그걸 모르냐고, 하지만…….'

여기서 두 사람 사이를 인정해주지 않으면 요코는 평생 자신을 원망할 것이다. 그리고 토모노리 또한 자기 자신을 원망하고 후회할 것이다. 하지만 간단히 승낙하고 나서지 못하는 이유도 있었다.

못난 자신 때문에 세상에서 가장 사랑하는 아내를 일찍 병으로 떠나보내야 했다. 벌은 충분히 받았다고 생각했다. 그런데 설마 이런 예상치 못한 복병이 있을 줄이야.

——딸이 자기랑 똑같은 남자를 골라서 데리고 올 줄이야.

'큰집' 안에 들어가 있던 것도, 들어간 계기도, 완전히 자신의 인생을 복사해 놓은 것만 같았다.

심지어 '토모노리', '토모나리'…… 이름까지 닮았다. 과거에 여신이나 다름없었던 그녀가 자기를 불러주던 오래되고 소중한 애칭까지 똑같았다. 토모…… 라고 아내가 자기를 불러주던 시기야말로 토모노리에게는 그 무엇과도 바꿀 수 없이 행복했던 시기였다. 아직도 꿈을 꾼다. 머릿속에 남은 메아리가 그리워져 귀를 쓰다듬는다.

정말로…… 누가 "토모."하고 부른 것 같은 느낌이 들었다.

당연히 아무도 없을 가게 안에 정말로 누가 있는 것 같은 느낌이 들었다.

다 이해하잖아요? 그런 말을 하면서 누가 마지막에 마치 덤으로 주기라도 하듯 자기 이름을 부른 것 같은 느낌이 들었다.

토모노리는 가게를 나와 길을 걸었다.

딸의 남자친구가 사는 장소는 집에 인사하러 왔을 때 들었다.

예전에 스승님이 가게와 집을 물려주시기 전에 자기가 살던 장소에 가깝다. 욕조도 없고 화장실도 공동으로 쓰는 작고 좁은 방의 목조 연립주택인 모양이다.

"아빠……?"

연립주택 앞에서 딸과 딸 남자친구를 마주쳤다. 저녁준비로 장이라도 보러 나가는 참이었나보다. 겸연쩍어하면서 토모나리가 깊게 허리를 숙였다.

"가게는……?"

"임시휴업."

딸이 숨을 삼켰다. 딸의 기억 속에서도 가게 문을 열지 않은 것은 거의 10년 만에 처음 있는 일이었다.

"발은? 괜찮으냐?"

"그냥 좀."

샌들을 빌려서 신은 모양이다. 한쪽 발끝으로 딸이 땅을 가볍게 두들겼다. 시선은 비스듬히 아래를 내려다보고 있었다. 눈을 마주치려고 하지를 않았다. 대신 고개를 들고 있던 토모나리 쪽을 보았다. 쳐다봐서 곤혹스러워하는 딸의 남자친구에게 말을 걸었다.

"왜 그랬을까…… 그렇게 생각하고 있나?"

무슨 말을 하는지 바로 알아차렸다…… 적어도 그랬으리라 생각한다. 하지만 반응이 없었다. 무슨 말을 한 것인지 전달이 되었나 불안해질 때쯤 다시 한번 반복했다.

"그런 짓을 왜 했을까. 안 했으면 좋았을 텐데. 열 받아서, 난리 치긴 했는데, 시간이 지나지 자기가 한 짓이 계속 발목을 붙잡아 버렸고. 왜 그랬을까…… 그렇게 생각하고 있나?"

"아빠, 지금 무슨 말 하는 거야?"

항의하는 목소리로 말하는 요코를 토모나리가 한 손을 들어 제지했다.

"네……계속 그런 생각을 했습니다."

"그런가."

그다음 할 말을 꺼내는 데는 용기가 필요했다. 속이 거꾸로 뒤집히는 느낌이 들었다.

억지로 속을 누르며 고백했다.

"나도 그랬네. 똑같은 생각을 하며 살았어."

두 사람은 지금 무슨 말을 들었는지, 토모노리가 지금 무슨 말을 하는 건지, 이해가 안 가는 눈치였다.

"나는 자네보다 긴 세월을 똑같은 생각을 하며 살아왔어. 나도 비슷하게 감옥에서 살다 나왔거든."

두 사람은 동시에 안색을 바꾸었다.

"하지만 요코 엄마가 '어떻게든 될 거야, 내가 있으니까. 내가 꼭 함께 있을 테니까. 절대로 떠나지 않을게.'하고 말하면서 내게 용기를 줬지. 좋은 사람이었어. 내게는 너무 아까운 여자였고…… 제대로 된 직장을 얻지 못하는 내게 이 동네에서 일할 자리를 찾아준 것도 안사람이었어. 안사람도 일을 다녔었지. 라면 가게로 독립할 때까지 고

생만 잔뜩 시켰어. 아침부터 밤까지 가게에서 일하는 나를 이해 해줬고, 요코를 돌보면서 일도 여러 개 동시에 했지. ……겨우 독립해서 내 가게를 차릴 준비가 되었을 때, 안사람은 결국 쓰러지고 말았어. 여기저기가 다 망가져서 더는 손쓸 수도 없는 상태였더군. 의사가 너무 오래 무리를 한 게 쌓여서 그렇다고 말한 순간은…… 지금도…….”

말문이 막혔다. 그대로 과거를 떠올렸다.

쓰러진 뒤로 의식을 되찾지 못하고 그대로 떠나서 작별인사도 제대로 못했다.

미안하다, 정말 미안해, 다 내 탓이야, 미안해 여보, 하고 관을 붙잡고 볼을 비볐다.

하지만, 울고 있는 토모노리의 귓가에 고양이 울음소리가 들려왔다. 고양이를 키운 적도 없는데 울음소리는 다른 방에서 들려오고 있었다. 무슨 일인가 싶어 살펴보러 가니 딸이 모르는 고양이랑 놀고 있었다. 하얀 고양이였다. 길고양이인가? 길고양이치고는 털 빛깔이 너무 깨끗했다.

“아빠, 왜? 아파?”

아직 엄마가 죽었다는 사실을 이해하기 어려운 어린 딸이 토모노리에게 달려와 앉으라고 채근했다. 어린 요코는 토모노리의 머리를 쓰다듬었다.

"내 손이 약손, 내 손이 약손! 맘 아픈 것도 내 손이 약손!"

씩씩하게 말하는 목소리가 어둠을 가르고 들어온 한 줄기 빛이었다. 아내가 남기고 떠난 딸을 꼭 안아준 토모노리는 미안하다, 하고 다시 한번 중얼거렸다. 고마웠다…… 죽어서도 아내는 자기에게 살아야 할 이유를 남겨주었다.

그 숭고함에 보답하기 위해 서원을 세웠다.

——적어도 요코만은 고생시키지 않고 행복하게 해줄게, 여보.

약속을 떠올린 토모노리는 몇 초 동안 가슴이 먹먹해져 아무 말도 하지 못했다.

이야기를 듣는 사람들도 같은 심정이였던 모양이다. 이제 다 커버린 요코는 짚이는 것이라도 있는지 입을 틀어막고 눈가에 눈물이 맺혀있었다.

"너희 둘 사이를 인정하지 않은 건, 다 내가 못난 것을 너희 탓으로 돌렸기 때문이다. 미안하다. 내 잘못이야."

"아, 아닙니다……."

토모나리는 몇 번이고 고개를 저었다.

"요코야, 미안하다. 네 말대로다. 엄마가 그랬지……. 엄마가 몇 번이고 너랑 나한테 그 그림책을 읽어주었지."

——겉모습이나 소문으로 남을 판단하면 안 돼.

——그중에는 분명 착한 사람도 있을 거야.

——그러니까 토모…… 당신도 이제 슬슬 용서해줘, 알았지? 누굴 용서해야 하는지, 다 알잖아. 그렇지?

"아빠!"

요코가 토모노리에게 달려들어 안겼다. 가슴에 매달려 엉엉 울기 시작했다.

"미안해요……! 아빠한테 그런 심한 말을…… 하고…… 미안해요……!"

토모노리는 한 손으로 딸의 등을 쓰다듬어 주면서 다른 한 손으로는 땀을 닦듯 눈가를 몇 번이고 훔쳤다. 눈물을 안 보이려는 아빠로서의 고집이었다. 그리고 그 눈으로 토모나리를 보았다.

"나중에…… 집에 다시 한번 찾아와라. 새삼스럽지만, 내 이야기를 다시 들려주지…… 셋이서."

처음 집에 찾아왔을 때처럼 토모나리가 깊이 허리를 숙였다.

"……잘됐네요."

속삭이는 목소리를 들은 토모노리가 주변을 둘러보았다.

목조 연립주택 구석에 숨어있는, 항상 간장 라면을 먹으러 오던 꼬마 숙녀의 모습이 보였다. 하얀 고양이도 있었다. 하지만 눈 깜빡할 새에 둘 다 사라졌다.

아니…… 착각한 거다. 헛것을 본 것이다. 그런 어린 여자애가 신령님이라니, 말도 안 되는 소리다. 하지만…… 분명 이번 일은 모두 그 아이 덕분이다.

토모노리가 생각한다. 어찌 되었든 간에 다음에 가게에 오면 차슈를 한 장 더 서비스해줘야겠다고.

◆ ◆ ◆

다음날, 미츠케루는 미사키정으로 발걸음을 옮겼다. 물론 점심때였다. 이제 8일 연속으로 오는 것이었지만, 니이 씨는 불만 없이 따라왔다. 미닫이문을 열자 식욕을 북돋아 주는 라면 향기가 밀려 들어왔다.

"앗! 어서 와!"

밝은 목소리로 요코가 맞이해 주었다. 지금까지 들었던 목소리 중에 가장 활기찼다.

"잘 왔어. 고마워."

다른 손님이 보기 부자연스럽지 않을 정도로만 감사 인사를 더했다. 조리대 좌석 너머에서도 "어서옵셔-."하고 굵직한 목소리가 들려왔다. 그러고 보니 사장님이 말을 하는 모습을 직접 보는 건 처음인 것 같았다.

자리로 기어 올라가니 사장님이 냉수와 물수건을 건네며 "평소대로?"하고 물어왔다.

"넵!"

씩씩하게 대답하자 "요코! 볶음 반 하나!"하고 외친다. 이어서 "반 하나!"하는 대답도 세트로 들려온다.

능숙하게 요리가 진행되는 가운데 미츠케루는 신이 난 양발을 흔들흔들하면서 그 광경을 지켜보았다. 평소처럼 천천히 식사를 진행하는 사이, 다른 손님이 다 나가는 타이밍이 생겼다. 요코가 살짝 다가왔다.

"이거, 이따가 먹을래?"

하얗게 빛나는 아몬드 젤리를 보고 미츠케루가 눈을 반짝였다.

"저, 정말 먹어도 돼요?!"

"그럼…… 되고말고."

"엥?"

대답이 조리대 좌석 너머 부엌에서 들려왔다. 요코와 사장님을 번갈아 바라보며 시선을 움직이는 미츠케루에게 요코가 미소를 지어 보였다.

"먹고 싶으면 언제든 말해. 하나 더 만들어 둘 테니까."

"지, 진짜요? 그래도 그건 좀……."

"고마워서 그래. 왜? 모자라? 라면도 무한리필로 먹을래?"

"그, 그건 말씀만 들어도 너무너무 매력적이기는 한데, 그러면 안 되는 거니까요! 그렇게 많이 받을 수는 없죠!"

"그럼 아몬드 젤리만이라도 받아줄래? 아니면 제대로 새전을 올리는 게 나으려나?"

"으으, 끄으으으……."

아몬드 젤리는 정말 좋지만 다른 물건으로 바꿀 수 있는 현금도 포기하기 어렵다. 고민하는 사이 요코의 미소가 더 깊어졌다.

"으이구. 그럼 받고 싶은 쪽으로 그때그때 정하는 거는 어때?"

"……."

미츠케루는 고개를 숙여 슬쩍 니이 씨를 쳐다보았다.

──하고 싶은 대로 하지? 하고 말하기라도 하듯 고양이 세수를 시작했다.

"그, 그럼 그렇게 할… 까… 요?"

"오케이! 정말…… 고마워, 밋짱."

——밋짱?

"매번, '미츠케루'라고 부르기는 좀 번거로운 것 같고, 더 귀여운 애칭이 어떨까 싶어서. 그래서 '밋짱'. 왜? 너무 가볍게 부르는 거 같아?"

"아뇨…… 정말 좋아요. 고맙습니다."

"다행이다. 자, 얼른 먹어 먹어!"

"넵!"

마침 그 타이밍에 다른 손님이 들어왔다.

근처에 사는 주부처럼 보이는, 제법 기품이 있는 여성이었다.

"어머, 어서 오세요!"

"요새 좀…… 바빠져서요. 오늘은 오랜만에 이 집 볶음밥이 생각나서."

"그러셨군요, 고맙습니다! 안쪽 자리로 모실게요."

요코가 접객을 하는 사이 미츠케루도 식사를 다시 시작했다.

식후 아몬드 젤리도 다 먹고 난 미츠케루는 가게를 나왔다.

나가려는 참에 부엌에서 "고맙습니다!" 하는 목소리가 들려서 기분이 좋았다.

신사로 돌아가는 시장 복판길을 걷는 미츠케루는 신이 나 있었다.

오늘만큼은 둘 다 받아줬으면 좋겠어── 하고, 요코가 100엔짜리 동전도 줬기 때문이다.

"첫 수입! 첫 시주웃! 시주! 시주!"

겨우 100엔, 그래도 100엔.

참고로 아몬드 젤리는 150엔이다.

"그래그래. 오냐오냐."

헉…… 하고 신이 나서 난리를 피운 스스로가 부끄러워진 미츠케루의 얼굴이 달아올랐다. 입도 다물었다.

"안심해라. 여태까지 준 돈 갚으라는 말은 안 할 테니까, 100엔 가지고는 부족할 테니까 시주금도 계속 나눠줄 거니 걱정 말고."

모양 빠지는 일이기는 하지만 다행이기는 했다. 식비는 현재 니이 씨가 받은 시주로 어떻게 버틸 수 있었다.

"니이 씨, 저 잠깐 어디 들렀다 갈게요."

"어디 가려고?"

"식생활을 충실하게 챙기려고요……. 지금 가면 아슬아

슬하게 시간이 맞을 거예요. 3시는 간식 시간! 100엔 동전만 있으면 7개나 살 수 있어요!"

"그래그래…… 막과자 집에 가려고? 보는 눈이 있으니까 좀 더 천천히 걸어가자꾸나."

니이씨가 어린아이를 달래듯이 말하며 뒤를 따랐다. 미츠케루의 속도가 느려졌다.

"그건 그렇고 이번에 제 활약은 어땠나요?"

"으음? 뭐라고오?"

"부녀간의 오해와 갈등을 능숙하게 해결했잖아요! 찾는 물건도 제대로 찾아줬고! '100점 만점' 아니에요? 니이 씨가 스승으로 붙어서 감독하고 도와주지 않았는데도 다 필요 없이 해냈잖아요! 앞으로도 필요 없는 거 아닐까요? 에헴!"

"뭐…… 생각은 자유고 맘대로 생각하면 되는 거 아니려나?"

"무슨 반응이 그래요?"

"내가 보기에는 꽤 위험천만했던 것 같은데? 뭐, 끝이 좋으면 다 좋은 거겠지."

"끄응……."

"답 맞추기를 도와줄까, 하고 생각할 정도로 근거를 모아온 것은 칭찬해 줄만 해. 하지만 근거를 모으는 방법이 문제야."

"끄응……?"

"나머지는 알아서 생각해…… 정답을 검색하는 게 네 특기 아니냐?"

"네에- 그럼요. 물론이죠. 그렇고 말고요. 다 찾아낼 거거든요! 제가 전부! 다 찾아내서 어엿한 신령님으로 인정받을 거거든요!"

"아이고 힘내십시오."

"그리고 하나 더 여쭙고 싶은데요. 라면 가게 사장님 스승님이라는 분에 관련해서 한 가지 걸리는 게."

가벼운 말투로 이야기하던 니이 씨가 말없이 다음 질문을 기다린다.

"요코 언니가 그랬죠. 그 집은 '내가 나이 먹어 얼마 안 남은 것 같으니까, 젊은 너희가 살아라.'라고 라멘 가게 사장님의 스승님이 물려준 거라고. 아무리 제자라고는 해도 좀 이상하지 않으세요? 집도 그렇고 가게도 그렇고 그냥 팔면 큰 재산이 될 텐데요. 은퇴하고 노후자금으로 쓰기엔 충분하지 않나…… 그런 생각이 들어서요."

"그래서…… 무슨 말을 하고 싶은 건가?"

"너무 친절한 행동이지 않나? 싶어서요."

"제자가 그만큼 귀엽고 걱정되었던 거 아니야? 아내도 일찍 떠나고, 애도 어리고. 동정한 거겠지?"

"혹시, 그 스승이었다는 분도 비슷한 처지였던 게 아닐까요?"

니이 씨는 입을 다물었다. 걸음도 멈추었다. 미츠케루가 돌아본다.

"라면 가게 사장님의 스승님도 마찬가지로 전과자였다…… 제가 도출한 결과가 사실과 다른가요?"

"……흐음. 근거는?"

"없어요. 그냥, 제 느낌이에요. 하지만 혹시라도 맞으면 우연도 이런 우연이 없네요…… 교도소 신세를 지는 사람이…… 그렇게나 많을까요?"

니이 씨는 대답하기가 어려웠다.

하지만 결국 미츠케루가 끈덕지게 기다리는데 견디지 못했다.

"그냥 때려 맞춘 것에 대답하고 싶지는 않지만…… 언젠가는 이야기해줘야겠다고 생각은 하고 있었으니까, 마침 잘됐네. 가르쳐 줄게."

니이 씨가 진지한 표정을 지으며 말했다.

"자네가 추측한 대로 스승도 사연이 있는 사람이었어. 자세한 사정은 모르지만 아마 전과도 있었던 모양이야. 하지만 나쁜 사람은 아니었어. 그래도 역시 전과가 있으면 인생이 힘들어지기 마련이지. 미사키정 사장하고 마찬가지로, 여기저기를 전전하다가 이 시장 안에 있는 라면 가게의 제자로 들어갔고……. 그 가게는 지금은 없어졌지만 말이야, 시장에서 오랫동안 일하고 나서 협동조합에 융자를 받아 가게를 차렸다더군. 평생 빚을 갚고, 그렇게 지켜낸 가게를 네가 도와줬던 그 부녀에게 넘겨준 거야. 뭐, 그건 어찌 됐든 상관없고 이제부터가 본론인데……."

니이 씨는 땅바닥에 앉았다.

"미츠케루, 너도 평범한 존재는 아니니 벌써 알아차렸을지도 모르겠지만, 이 세상에 살아가는 사람들은 앞날에 대한 희망을 품지 못하고 살아가고 있다. 먹고사는 데에 문제가 없어도, 튼튼한 집에서 살고 있어도, 따뜻한 옷을 잔뜩 준비해 놓았더라도, 언제까지 안정적인 생활을 유지할 수 있을까, 하는 불안한 마음을 한편에 품고 살고 있지. 그 불안을 떨쳐내기 위해 사람들은 더 풍족하고 여유로워지는 길을 걸으려고 한다. 좋은 학교에 들어가고, 좋은 회사에 취직해서 돈을 많이 벌고……. 하지만 그렇게 불안을 덜어내는 길은 항상 서로에게 뺏고 뺏기는 길이 될 수밖에 없지. 그런 길을 걷다 보면, 결국 그 길에서 아예 벗어나 버리는 사람도 많이 생겨난다. 애초에 그런 길이 아니라도 그냥 평범하게 사는 길에 익숙해지지 못하는 사람도 있어. 그런 사람들은…… 어떤 길을 걸어야 할까?"

니이 씨는 미츠케루의 대답을 기다리지도 않고 말을 이었다.

"이 시장은 말이야, 옛날부터 그런 사람들을 받아들여 온 장소다. 죄를 지은 자, 가족을 버린 자, 세상 풍습에 녹아들지 못하는 자…… 어떤 사연을 가진 사람이라도 '진심으로 올바르게 열심히 일하려는 자세만 갖추면 받아들여 주자.'하고 생각하고 받아들였던 거야. 그렇게 이 동네가 성장해온 것이고."

즉, 하고 말을 잇는다.

"……이곳은, 한 번 절망한 적이 있거나 마음속 깊은 곳에 괴로움을 품은 사람들이 많이 사는 곳이라는 거지."

미츠케루는 니이 씨가 다음 말을 하기를 기다렸다. 하지만 니이 씨가 아무 말을 하지 않아서 물어보았다.

"다 그런 사람만 사는 건가요?"

"다는 아니지. 옛날부터 대대로 가게를 이어온 사장도 있어. 하지만 살짝 사정이 있어서 다른 곳에서 이사 온 사람들이 많은 것도 사실이야……. 다들 숨기고 살고 있을 뿐이지."

"그렇군요. 그랬던 거군요."

미츠케루는 방긋 미소 지었다.

"뭐야, 겁먹으라고 말해줬더니 아무렇지도 않네?"

"당연하죠! 오히려 의욕이 더 생기는데요? 애초에 요즘 같은 세상에 절망 안 해본 사람만 사는 동네가 어디 있겠어요? 있을 리가 없죠……. 절망을 경험한 사람들이 사는 동네라…… 그 동네를 수호하고, 이끌어주고, 일하고 싶은 생각이 마구 들어요!"

미츠케루가 두 팔을 활짝 펼치더니 웅크린 채로 몸을 부들부들 떨었다. 감정을 채 억누르지 못하는 모양이었다.

"절망을 안고 있는 사람들, 다시 말하면 희망을 계속 찾고 있는 사람들이기도 하죠! 그런 사람들에게…… 제가 답을 제시해주는 신령이 되는 거죠! 될 수 있어요!"

"답을 제시…… 한다라…… 음, 뭐 알아서 열심히 잘 해보거라."

미츠케루와 니이 씨가 다시 걸음을 옮겼다.

"과자~ 과자~ 과자 먹으러 갑니다~♬"

즉흥적으로 노래를 지어 부르며 발걸음을 서두른다. 바로 앞에 막과자 집이 보였다……. 도착 직전, 미츠케루가 "어!"하고 니이 씨를 돌아보았다.

"그러고 보니 도장은요? 아직 안 찍어주셨는데요."

"신사에 도착하면 절반 찍어주마. 내 고양이 발바닥으로 찍어줄 건데, 상관없지?"

"절반이요? 왜 하나가 아니고요? 아니 그 전에 반만 찍을 수가 있기는 해요?!"

"방금 말했잖냐. 꽤 아슬아슬했다고. 그러니까 감점이야. 이의는 받지 않는다."

받아들이지 못하는 미츠케루와 감점 이유를 말해주지 않으려는 니이 씨. 당연히 티격태격 입씨름까지 일이 번졌지만, 결국에는 미츠케루가 한 발짝 물러설 수밖에 없었다.

"아! 됐어요, 그럼 반만 받을게요! 어차피 금방 다 채울 거니까요!"

안될 거면 빠르게 포기하고 다음 일로 넘어가는 것이 미츠케루의 장점 중 하나일지도 모르겠다.

◆ ◆ ◆

살짝 시간을 되돌려보자. 미츠케루가 떠난 직후, 미사키정에서는 요코가 생글생글 웃으며 접객을 계속하고 있었다.

요코는 조리대 좌석에 앉은 주부(가끔 찾아오는 '신도 카나에'라는 단골손님)가 신기하다는 눈으로 미닫이문 쪽을 바라보고 있다는 사실을 깨달았다. 요코가 물었다.

"왜 그러세요?"

"꼬마 아이가…… 대낮에 라면 가게에 있는 게 신기해서요."

"그렇긴 하죠? 그래도 저 애는 꼬마가 아니라 신령님이니까요."

"신령님?"

"잃어버린 물건을 찾아주는 미츠케루. 모르세요? 얼마 전에 시장을 뛰어다니면서 큰 소리로 선전했었잖아요?"

"그래요……? 그런 놀이가 요새 유행하는 건가?"

요코가 웃는다.

"정말로 힘들 때는 저 애한테 한 번 도와달라고 하세요. 꼭 찾아주니까요."

흐으음……. 카나에가 수상쩍어하면서도 맞장구를 치는 사이 사장님이 조리대 좌석 너머에서 라면과 볶음밥을 내밀었다.

여기에서는 이걸로 끝이었다. 하지만 바로 다음 이야기가 이 순간과 이어진다.

신도 카나에가 미츠케루를 찾을 날은 눈앞으로 다가와 있었다.

두 번째

그대로 남아있어

—

신도 카나에는 항상 아침 일찍 일어난다. 자기 일이 바빠서가 아니라 남편 신도 스구루가 바쁘기 때문이다. 상사회사에 근무하는 남편은 출장이 잦아 세계 각지를 돌아다닌다. 일본에 있는 기간에도 회의준비다 뭐다 해서 바쁜 스케줄을 소화하는 모양이었다.

아침 다섯 시에 일어나 여섯 시에는 집을 나선다. 도시락을 싸는 것도 보통 일이 아니지만 카나에는 열심히 같은 루틴을 반복했다.

그런데 하필이면 오늘 늦잠을 잤다.

꿈을 꾸다가 눈을 뜨니 자명종 시침이 일곱 시를 가리키고 있었다.

황망히 이불에서 뛰쳐나와 거실로 향했지만, 남편의 모습은 보이지 않았다.

싱크대 안에는 커피 자국이 남은 머그잔과 빵 부스러기가 흩어진 쟁반이 놓여있었다. 일부러 보란 듯이 그렇게 처박아놓은 것만 같은 느낌이 들어서 카나에는 긴 한숨을 내쉬었다.

늦잠 잔 자기도 잘못이 있지만, 굳이 혼자 알아서 먹고 갈 거면 물이라도 한 번 끼얹고 갔으면 좋을 것 아닌가?

하지만 설령 그런 생각이 들어도 퇴근하고 오면 미안하다고 먼저 말하자고 마음먹는다.

비꼬고 빈정거릴지도 모르지만, 꾹 참자.

일하고 와서 피곤하다고 무시할지도 모르지만 그럼 나도 그냥 무시하고 말자.

세 가지 분기로 시뮬레이션을 끝낸 카나에는 아침 식사 준비에 들어간다.

함께 사는 가족은 남편만 있는 게 아니다. 저번 달에 초등학교 5학년으로 막 올라간 아들 히로키도 있다. 아침 식사 준비가 다 끝날쯤에 일어날 것이다.

예상대로 히로키는 30분 뒤 졸린 눈을 비비면서 일어났다. 자다 일어나 까치집을 진 모양이 제 아버지랑 똑같다. 카나에는 방금 들었던 짜증스러운 기분이 다시 떠올라 가슴 속이 불편하다.

"일어났니. 가서 얼른 세수하고 와."

응, 하고 똑바로 대답한 아들이 화장실로 향한다. 얼굴 생김새나 풍기는 분위기나 제 아버지를 닮았어도 성격은 어머니를 닮았다. 말하면 꼬아서 듣는 법도 없다. 고집 피우는 일도 적다. 착하게 잘 큰 아이다.

토스트에 어제 먹다 남긴 샐러드를 꺼내놓으면 알아서 잘 먹는다. 그 사이 카나에는 냉장고 안을 살펴보고 저녁 장 볼 때 필요한 순서를 따졌다.

"엄마, 엄마. 미츠케루라고 알아?"

"뭐……? 누구?"

"미츠케루. 알아?"

돌아보니 히로키가 고개를 갸웃거리며 묻는 모습이 보였다.

"몰라?"

"첨 듣는데……."

무슨 '학교 7대 불가사의'에 나올 것 같은 느낌이 드는 이름이라, 카나에는 경계심을 높였다. 그런 귀신이나 무서운 이야기 따위는 딱 질색이었다.

"미츠케루는 있지, 잃어버린 물건을 같이 찾아주는 힘이 있대."

"흐음. 그럼 착한 귀신이야?"

"귀신이 아니라 자기가 신령님이라고 말하는 여자애. 시장에서 살아."

"누가 가르쳐줬어?"

"요스케가. 요스케는 자기 누나한테 들었대."

요스케라면 같은 반 남자애고 누나라는 아이는 중학생 정도 되었을 터였다. 심리테스트나 사랑을 이루어 주는 주문 같은 것을 한창 즐길 나이기는 하다. 그런 시기는 카나에도 겪었다.

"뭐 잃어버렸을 때는 부탁하러 가면 된대."

"그럼 엄마도 뭐 잃어버리면 가서 부탁해봐야겠네? 너는 뭐 잃어버린 거 없어?"

"없어. 잃어버린 거."

히로키는 꾸물거리면서 빵을 다 먹는 데 집중하기 시작했다. 카나에도 식탁 앞에 앉아 저녁밥 계획을 세우면서 기계적으로 빵을 깨물었다.

그러고 보니 이 시간에 히로키랑 말을 나누는 것도 오랜만이었다.

밥을 먹는 동안 대화하는 일은 거의 없다. 아침 뉴스 방송을 보면서 말없이 먹는 것이 일상이다. 텔레비전 탓도 있지만, 시간적 여유가 거의 없는 것도 이유가 될지도 모른다.

식사를 마친 히로키는 싱크대에 식기를 쌓아 놓는다. 방으로 돌아가 옷을 갈아입고 나와서 란도셀만 등에 메면 준비가 끝난다. 아직 어린데도 꽤 꼼꼼한 성격이라 준비는 전부 자기 전에 다 해놓는 모양이었다. 알림장에 평가 항목 가운데 하나인 '물건을 잃어버리고 오지 않아요.'칸에 적힌 성적은 항상 좋다.

"다녀오겠습니다."

"다녀와."

마중이 끝나고 문이 닫히는 순간, 후욱…… 하고 깊은 한숨을 내쉰다.

오늘은 아르바이트도 쉬는 날이니 좀 쉴 짬이 났다.

'저녁…… 장을 미리 보기는 해야겠지만.'

휴일이라고는 해도 나중에 장을 보러 나가야만 한다. 외출하면 동네 사람 보는 눈도 있다.

일단은 부스스한 머리카락을 빗는 것부터 시작한다. 안방 화장대 앞에 앉아 거울 속 얼굴을 보니 평소보다 더 많이 잤는데도 여전히 피곤함에 찌들어 보였다. 왠지 슬픈 기분이 들었다.

머리를 다 빗은 뒤 거울 앞에 놓은 반지 걸이를 향해 손을 뻗었다.

그 순간 깨달았다.

"음…… 응?"

없다. 항상 그 자리에 두는 결혼반지가 없다.

화장실 세면대에 빼서 뒀거나 부엌 싱크대 근처에 빼서 놓은 게 아닐까 싶어 자리에서 일어선다.

하지만 어디에도 없다. 무의식중에 툭 놓아두었을 만한 장소를 쭉 훑어서 찾아봤지만 역시나 없었다.

"어디 있지…… 왜 없지?"

머릿속으로 침착하자, 진정, 진정, 하고 반복한다.

괜찮아, 금방 찾을 거야.

그렇게 스스로 말을 걸면서도 한편으로는 마음속 깊이 불안이 차오르는 것을 느꼈다.

그 안 좋은 예감이 적중했다.

12시를 지났을 때쯤 카나에는 안방 침대에 앉아 고민에 잠겨있었다.

방바닥에는 방금까지 옷이 잔뜩 쌓여 있었다. 혹시 몰라 옷장 안까지 다 뒤집어서 찾아보았기 때문이다. 그런 기억은 없지만 빨래 갤 때 혹시라도 손가락에서 빠져 섞여 들어갔나 싶어서 조사해 보았다. 아쉽게도 헛수고로 끝났다.

옷장을 다 조사한 다음에는 스스로 할 수 있는 범위 안에서 최대한으로 가구를 옮겨가며 찾아보았다. 바닥을 기어 다니면서 먼지투성이가 될 정도로 구석구석 찾아보았다. 하지만 아무리 찾아도 나오지 않았다. 다른 방도 마찬가지로 찾아보았지만, 성과는 얻지 못했다.

꼬르륵 소리가 나지 않았다면 밥 먹을 생각도 하지 못했으리라.

사다 놓은 냉동 볶음밥을 전자레인지에 데우면서 힌트가 될 만한 생각이 떠오르지는 않을까 곱씹어 보기도 하고, 스마트폰으로 귀금속을 잃어버렸을 때 찾는 법에 대해 검색도 해보았다. 정확하게는, 찾는 방법이라기보단 잃어버렸다가 사람들이 보통 어디서 많이 찾아냈는지 참고하기 위해 '여기서 찾았습니다' 같은 체험담을 검색했다.

하지만 도움이 될 만한 정보가 없다. 옷에 섞여 들어가 옷장 속에서 찾았다는 이야기나 쓰레기통을 확인했더니 나왔다는 이야기가 많다. 둘 다 이미 찾아본 장소다.

오래 내버려 두고 있던 잡지 틈에서 불쑥 튀어나왔다는 이야기는 신선했지만, 애초에 오래된 잡지 자체를 집에 두지 않았다.

그 외에 눈에 띄었던 이야기는 '이런 주문을 외우면서 의식을 따랐더니 정말로 찾았어요!' 같은 이야기뿐이었다.

"무슨…… 애들 장난도 아니고 그렇게 해서 찾으면 이 고생을 왜 하겠어?"

자기도 모르게 바보 취급을 하고 만다. 하지만 목소리는 자기가 생각한 것보다 심하게 떨렸다. 마음의 여유가 없다는 증거라 더욱 불안해져만 갔다.

한없이 큰 한숨이 터져 나오려던 찰나, 전자레인지 소리가 한 타이밍 먼저 울려준 덕분에 목구멍 안에서 가라앉힐 수 있었다.

데운 볶음밥을 수저로 떠먹는다. 별로 맛이 안 느껴진다. 미사키정 특제 볶음밥이 그리워지게 만드는 맛이었다. 며칠 전에 막 다녀온 참인데.

"하아……."

방금 가까스로 멈췄던 커다란 한숨이 지금 튀어나오고 말았다.

"어디 간 거야, 진짜……."

천장을 쳐다보는 순간 문득 히로키가 한 말이 머릿속에서 되살아났다.

"맞다, 그때 분명, 미사키정에서……."

——그렇긴 하죠? 그래도 저 애는 꼬마가 아니라 신령님이니까요.

——잃어버린 물건 찾아주는 미츠케루. 모르세요?

——정말로 힘들 때는 저 애한테 한 번 도와달라고 하세요.

——꼭 찾아주니까요.

"그 꼬마아이……?"

어차피 애들 장난. 좋게 봐줘도 어린아이들이나 믿는 마법의 주문 수준일 뿐이리라. 하지만 그런 장난 같은 주문과 의식으로 정말 물건을 '찾았다!'라는 증언이 인터넷에 잔뜩 있었다.

설사 장난이라도, 그것이 반지를 찾게 만들어 주기만 한다면 지푸라기라도 잡는 심정으로 매달리고 싶었다. 그만큼 카나에는 완전히 지쳐버렸다.

저녁 장도 보러 나가야 한다.

카나에는 일단 스마트폰을 내려놓고 밥을 다 먹는 데 집중했다. 식사를 끝내자마자 나갈 준비를 시작한다. 8층짜리 고급 빌라를 나와 시장으로 향했다.

시장에 도착한 카나에는 주변을 둘러보면서 될 수 있으면 길 한가운데로 걸으려고 했다.

그날 미사키정에서 봤던 여자아이의 모습을 찾아볼 마음도 있었지만, 무언가를 경계하는 눈치도 엿보였다.

실은 어떤 이유로 인해 카나에는 시장에 오는 일이 드물었다. 평소에는 시장보단 멀리 있는 대형 할인마트를 애용하고 있었다.

물론 와본 적은 있기에 채소가게나 정육점, 생선가게를 차례로 돌았다.

장바구니 대용으로 쓰는 에코백이 점점 무거워져 갔지만 찾는 꼬마 숙녀의 모습은 보이지 않았다.

'지금 나…… 뭐 하고 있는 거람.'

도대체 자신이 무슨 기대를 품고 있는 것인지 모르겠다는 생각이 든다. 믿지도 않는 신령님 따위 찾아서 뭘 어쩌겠다는 건지…… 설령 그 꼬마 아이를 발견한다고 해서 정말로 반지를 찾아줄지도 의심스러운 상황인데.

만약 찾아준다면 얼마나 다행일까? 하지만 현실은 비정하다. 그런 짓을 한다고 해서 반지를 찾을 리가 없다.

'나 정말…… 바보야, 뭐야?'

갑자기 순간적으로 자기 자신이 비참하게 느껴졌다. 소중한 물건을 잃어버린 스스로를 용서할 수 없는 감정이 다시 솟아오른다.

이러면 안 되지, 하고 카나에는 고개를 거칠게 좌우로 저었다. 더 생각에 잠겼다가는 울음이 터질 것만 같았다. 깊이 가라앉는 기분과는 반대로 맑게 갠 하늘은 상쾌한 기분이 들 만큼 끝없이 펼쳐져 있었다. 머리 위를 가려주는 시장의 아케이드 지붕 너머가 너무나도 밝다.

5월다운 햇살이 따스한 맑은 하늘이다. 잃어버린 물건을 찾는 데는 기분전환도 필요하리라. 바깥 공기를 잔뜩 들이마셨다. 딱 한 번만 더 찾아보면 나올지도 모르지——.

'자, 이제 돌아가자.'

기분을 고쳐먹고 발걸음을 옮기려는 순간 그 목소리는 들려왔다.

"앗! 할머니! 또 방울 떨어뜨리셨어요-!"

씩씩한 여자아이의 목소리였다. 반사적으로 돌아보자 미사키정에서 보았던 그 꼬마 아이가 보였다.

"아이고…… 전에 그 꼬마 아가씨 아니니? 내가 또 떨어뜨렸니?"

"네! 끈이 해진 모양이네요. 끈을 새로 다셔야 할 것 같은데요?"

"응…… 그런가보다…… 고맙구나."

시각장애인용 하얀 지팡이를 짚고 있는 할머니에게 친절하게 말을 건다. 조금 거리가 떨어진 곳에 하얀 고양이가 있는 게 보여 카나에는 눈살을 찌푸렸다.

"그럼 저는 이만, 조심하세요!"

할머니가 떠나는 모습을 바라보며 여자아이는 "휴우." 하고 이마의 땀을 닦는 몸짓을 보였다. 어린아이다운 몸짓이었다.

"왜요, 니이 씨……? 흠…… 네?"

혼잣말을 하나 싶더니 여자아이가 몸을 빙글 돌려 카나에와 눈을 마주쳤다.

"어…… 아하~!"

움찔, 카나에는 발을 주춤거린다.

그러는 사이 꼬마 아이가 뛰어온다.

"저기, 처음 뵙겠습니다! 안녕하세요!"

"아, 안녕……?"

인사를 나누자마자 여자아이는 카나에를 지그시 올려다보았다.

반응을 살피는 사이 미소를 보이며 "음, 음."하고 몇 번이고 고개를 끄덕인다.

"저를 찾고 계셨군요?"

"응? 어, 그게……."

"괜찮아요. 이래 봬도 나름 신령인걸요! 누가 절 찾고 있는 것쯤은 바로 알아봐요!"

아, 하고 꼬마 숙녀는 무언가를 깨달은 모습을 보였다.

"제 소개가 늦었네요! 저는 신입 신령 미츠케루에요. 잃어버린 물건이나 흘린 물건들을 찾는 힘이 있지요."

"그…… 그렇구나……."

"믿지… 못 하시는… 것 같네요……."

갑자기 속마음을 들킨 카나에가 더욱 동요했다.

"으으음… 안타깝네요. 저로서는 어서 빨리 모두에게 신뢰를 얻어서 모두에게 잃어버린 물건을 찾아주며 도움을 드리고 싶은데 말이죠……."

중얼중얼 말하는 사이 카나에는 미츠케루 등 뒤에서 다가오는 니이 씨의 걸음걸이를 알아차리고 한 걸음 뒤로 물러섰다.

"앗, 죄송해요. ……그렇구나, 고양이를 무서워하시는군요?"

"어머! 그걸 어떻게 알았니?"

카나에는 어렸을 때 친구가 키우는 고양이가 할퀸 이후로 고양이를 무서워했다. 히타치몬 시장이 고양이로 유명하다는 사실은 이사 오기 전에도 알고 있었지만, 그쪽으로 장 보러 가지 않으면 그만이라고 남편에게 논파 당해 타협해버리고 말았다. 그런 이유로 카나에는 조금 멀더라도 평소에는 대형 할인마트에서 장을 보았다.

하지만 당연히 그런 사실을 처음 만나는 여자아이가 알 리가 없었다.

"이 정도쯤이야, 금방 알 수 있어요. 신령이니까."

——설마 진짜 신령님?

"니이 씨는 고양이 모습을 하고 계시기는 해도 평범한 고양이가 아니에요. 할퀴지 않아요. 친구분이 키우던 고양이랑은 전혀 다를 거예요."

이번에야말로 카나에는 할 말을 잊고 말았다.

"내가 잃어버린 물건도…… 혹시 뭔지 알 것 같아요?"

"어느 정도는요. 하지만 가능하면 직접 이야기를 듣고 싶어요. 어떤 마음으로 소중히 간직해왔던 물건인지, 왜 그렇게 필사적으로 찾고 있는 것인지……. 그리고 마음을 들여다보는 건 보통 피곤하고 힘든 일이 아니거든요. 연속으로는 좀 힘들어요. 지금은 저를 믿어주시기를 바라는 마음에 조금 무리해서 힘을 썼지만요."

"그랬구나…… 아니, 그러시… 군요……?"

"믿음이 좀 가셨나요?"

카나에는 한 호흡 쉰 다음 살짝 고개를 끄덕였다.

"고맙습니다. 잃어버리신 장소는 자택이죠?"

"아, 네."

"그렇다면 실례해도 될까요? 반드시 찾아드리니까요!"

카나에가 미츠케루를 데리고 자택으로 향했다. 니이 씨는 카나에를 배려해 거리를 둔 채로 뒤쫓아갔다.

◆ ◆ ◆

집으로 돌아간 카나에는 미츠케루를 식탁으로 안내하고 차를 끓이기 시작했다. 어린 여자애 모습을 하고 있다 하더라도 손님은 손님이다. 부탁을 하는 입장이기도 하니, 충분하게 대접을 해주자고 생각했다.

접객용 티컵과 비장의 간식 바움쿠헨을 접시에 올려 티테이블 중앙에 세팅했다.

"와아, 비싸 보이는 양과자네요!"

눈을 반짝이는 모습이 나이에 걸맞게 애처럼 보였지만, 말투는 아주 똑 부러졌다.

"컵도 예뻐요…… 후후, 홍차도 기대되네요! 니이 씨!"

미야옹, 하고 니이 씨가 작게 울음소리를 냈다.

분명…… 어른스럽고 착해 보이는 고양이였다. 카나에를 겁내지 않아서 그런지 방구석에 드러 누워있었다.

"저기…… 니이 씨를 제 무릎에 앉혀놓고 이야기해도 될까요?"

"아, 아아…… 그럼요. 그러세요."

"고맙습니다!"

물이 끓을 때까지 미츠케루는 무릎 위에 앉힌 니이 씨와 놀면서 기다렸다. 의자에 앉으면 발이 안 닿기 때문에 두 발은 항상 흔들흔들 파닥파닥 흔들린다.

"아, 컵은 두 개 부탁드려요."

"어머…… '니이 씨'도 컵으로?"

"아니요. 저랑 아주머니 것까지 두 개. 접시는 세 개. 포크는 두 개로 부탁드려요."

설명하는 사이에도 다른 사람을 끌어들이는 듯한 매력 있는 미소는 사라지지 않았다. 카나에는 그런 미츠케루를 보며 목소리가 맑고 시원하니 노래를 부르면 참 돋보이는 음색이겠는데, 하고 상상했다.

그릇에 담은 과자와 컵에 담긴 진한 적갈색 홍차를 두 눈으로 마주친 순간, 그 미소는 아까보다 훨씬 더 빛났다.

진하게 탄 다즐링 티의 향기가 코를 간질인다.

"우와아아아…… 맛있을 것 같아요-."

그럼그럼, 하고 니이 씨가 동의하듯 고개를 끄덕였다.

"니이 씨는 제가 다 먹은 뒤에 드세요!"

먀아아오옹, 니이씨는 그 말에 살짝 불만스러운 듯 울음소리를 냈지만, 곧 별다른 반박 없이 미츠케루의 무릎 위에 식빵 덩어리처럼 몸을 웅크렸다. 정면에 앉은 카나에가 보기에는 동그랗게 변한 등허리 선만 보였다.

"그럼, 잘 먹겠습니다-! 같이 먹죠! 혼자 먹는 것보다 둘이 같이 먹는 게 더 맛있는 법이니까요."

카나에 입장에서는 아주 고마운 말이었다. 실은 이 바움쿠헨은 카나에가 제일 좋아하는 간식이기도 했다.

디저트 포크를 이용해 한입 크기로 베어낸 뒤 살짝 찔러 입에 넣었다.

――하아아, 자기도 모르게 감탄사를 담은 한숨이 흘러나왔다.

"아, 굉장히 맛있어요-!"

통통해진 볼을 한 손으로 감싸 쥔 미츠케루가 행복한 미소를 지었다.

카나에와 미츠케루는 정신없이 과자를 먹었다. 미츠케

루가 뭔가 물어보면 바로 대답해야겠다고 마음의 준비를 단단히 하고 있었는데, 일단 과자에 집중할 생각인 모양이었다. 미츠케루는 천천히 맛을 음미하고 싶은 것처럼 보였지만, 막상 손은 멈추지 않는다. 남은 바움쿠헨이 점점 줄어가면서 포크로 쪼개어 먹는 크기도 점점 작아졌다. 남은 양이 줄어들 때마다 아깝다는 티를 내는 모습이 아주 사랑스러웠다.

고작 몇 분밖에 지나지 않았지만 미츠케루는 과자를 다 먹었다. 그 모습을 지켜보던 카나에도 마지막 한입을 먹어 치운다.

"하아아…… 정말 행복한 시간이었어요……."

홍차가 든 컵을 차분히 들어 올린 미츠케루가 부드러운 미소를 지었다. 미소의 빛깔이란 여러 종류가 있는 거구나, 하고 카나에는 있는 그대로 감탄했다.

미야오옹, 하고 무릎에 앉은 니이 씨가 울음소리를 냈다.

"네- 네-, 알겠어요, 알았다고요. 너무 재촉하지 말아요."

미츠케루는 컵을 내려놓고 니이 씨를 일으켜 세웠다. 그리곤 둘이 겹쳐 앉은 자세로 미츠케루는 포크로 바움쿠헨을 떠서 하얀 고양이의 코앞에 비행기 놀이를 하듯 들이밀었다. 마치 갓난아기처럼 입을 벌린 고양이가 한입을 머금는다.

순간, 흐냐아앙— 하고 하얀 고양이의 표정이 호호 할아버지가 미소 짓는 표정처럼 변했다.

"귀여워……."

분명 고양이를 무서워했던 카나에는 자기도 모르게 두근, 하고 가슴이 옥죄어와 어쩔 줄 모르는 기분이 되었다.

"괜찮으시면 품에 안아 보실래요?"

"네에……?!"

"괜찮아요. 절대 할퀴지 않아요. 친구분 고양이와 있었던 일도 억지로 안으려고 하다가 할큄을 당하신 것 같던데, 니이 씨는 괜찮을 거예요."

——진짜 다 꿰뚫어 보는구나.

미츠케루가 니이 씨를 두 손으로 들어 올리자 몸이 쭉 늘어났다. 떨어뜨리지 않으려고 조심스레 니이 씨를 받아 든 카나에가 자기 무릎 위에 올려두었다.

아…… 따뜻하다.

평범한 고양이가 아니라는 말은 들었지만 살아있는 존재답게 따스한 피가 흐르는 체온이 느껴졌다. 히로키가 갓난아기였을 때 느꼈던 따스함과 비슷하다.

"한번 먹여보세요."

니이 씨 몫의 접시가 스윽, 하고 카나에 앞으로 다가온다. 니이 씨는 바둥거리지도, 싫은 기색도 없이 카나에 무릎 위에서 얌전히 바움쿠헨을 먹어 치운다.

머리나 등을 쓰다듬어 주자 기분이 좋은 모양인지 목을 울리며 고롱고롱 소리를 냈다. 어린 시절 상상 속에서나 그리던 이상이 이루어져 마음속 깊이 치유되는 것을 느꼈다.

"잘 먹었습니다."

니이 씨가 바움쿠헨을 다 먹은 뒤 미츠케루는 꾸벅 감사의 인사를 했다.

"잃어버린 물건 때문에 마음이 보통 어지러우신 게 아닐 텐데, 이제는 좀 진정이 되셨나요?"

"아아…… 네."

"너무 그렇게 딱딱하게 대하지 않으셔도 되어요. 말씀 편하게 하세요!"

고롱고롱하고 니이 씨도 목을 울린다. 몸을 뒤트는 모습도 어쩜 이렇게 귀여운지.

"그러면 바로 본론으로 들어갈까요?"

미츠케루는 영차, 하고 엉덩이를 살짝 들면서 자세를 고쳐 앉았다. 그리곤 미소와 함께 질문을 던졌다.

"자, 그래서 뭘 잃어버리신 건가요?"

♦ ♦ ♦

"결혼반지…… 였군요?"

"응……."

카나에는 미츠케루의 말대로 편한 말투로 바꿔 이야기하며 고개를 끄덕였다. 눈앞에 앉아있는 게 신령님이라도 역시 이렇게 편하게 말을 하는 게 더 어울리는 느낌이다.

"하필 잃어버리면 곤란한 물건이 없어지고 말았군요…."

식탁 위에 두 팔꿈치를 댄 채 두 손으로 턱을 받치고 양볼을 감싸 쥔 미츠케루가 곤란하다는 표정을 지었다. 그 말을 들은 카나에는 풀이 죽어 양어깨를 축 늘어뜨렸다. 그렇게 중요한 물건을 잃어버리다니, 나란 여자는 대체 얼마나 한심한 인간이란 말인가, 하는 생각이 들어 기운도 쭉 빠졌다.

"아, 너무 그렇게 실망하실 필요는 없어요. 의외로 다들 많이 잃어버리는 물건이니까."

"정말……?"

"다들 말만 안 할 뿐이에요. 못 찾아서 몰래 새로 사는 사람도 있으니까요."

그런 해결방법은 카나에도 생각을 하기는 했지만 바로 버린 해결책이다.

남편을 속일 수는 있어도 자기 자신을 속이지는 못한다. 분명 몰래 새로 산 반지를 매일 끼고 다닐 때마다 서글픈 감정에 휩싸일 것이다.

더 무서운 것은 그조차 익숙해져 버려서 잃어버린 사실에 대한 죄책감마저 잊어버리게 되는 일이었다.

딱히 소중한 물건이 아니니까.

잃어버리면 새로 사면 되니까.

그런 식으로 생각하게 되는 것 자체가 카나에 자신에게는 가장 무서운 일이었다.

"그래도 괜찮아요. 잃어버린 사람은 많지만 그만큼 찾은 사람도 많으니까요. 저도 니이 씨도 도와드릴 거예요."

"고마워…… 잘 부탁해."

"네! 맡겨주세요! 우선은…… 어디서 잃어버렸는지 검색조건을 확실하게 하고 싶은데요. 잃어버리기 전에 마지막으로 어디서 빼놓았는지 기억하세요? 아니면 반지가 맘대로 빠졌던 일이 있었나요?"

"맘대로 빠진 일은 한 번도 없었던 것 같아. 사이즈도 딱 맞고 오히려 빼는 게 힘들 정도니까……."

"빼놓은 적은 있나요?"

"응. 설거지나 빨래 같이 물에 닿는 일을 하기 전이나 목욕탕에 몸 담그기 전에는 항상 빼. 그리고 뺄 때마다 침실 화장대에다 두거든. 어제도 자기 전에 빼서 화장대에다 놓아둔 기억이 확실하게 있어."

"그렇군요……. 그런데 오늘 아침에 일어나서 보니까, 없었다."

"응."

"어떤 반지죠?"

"금색이고, 작은 다이아가 세 개 박혀있어."

"우와— 꽤 호화로운 반지네요?"

"응……. 결혼 전에 남편이 무리해서 사줬던 반지야."

그렇게 말하자마자 카나에는 또다시 괴로움을 느꼈다. 그만큼 소중하게 여기고 있었는데 왜 잃어버린 것일까?

"알겠습니다. 역시 집 안에서 잃어버린 것 같네요. 이 사실만 알아도 큰 수확이죠. 안 그래도 집 안에서 기운이 강하게 느껴지거든요."

"느껴지니?"

"어렴풋이…… 지만요. 이래 봬도 신령이라."

팡팡, 하고 가슴을 두드리는 모습이 의외로 믿음직스러웠다.

"하지만 집 안을 다 검색하기에는 집이 좀 커서 걱정되기는 하네요……."

미츠케루가 주변을 쭉 둘러본다.

8층짜리 대형 고급 빌라다 보니 방도 많고 면적도 넓다. 안방, 거실, 다다미방, 아이 방——소위 말하는 쓰리룸 구조다.

"아이 방에서 잃어버렸을 가능성은 없는 거죠?"

"가끔 청소하러 들어갈 때 말고는 안 들어가. 어제도 안 들어갔고, 그러니까 거기서 없어지지 않았을 것 같긴 해……."

"그럼 남은 건 다른 방이네요. 가장 의심이 가는 안방에서 일단 같이 찾아보도록 하죠."

"거긴 이미 전부……."

"혼자 찾으셨던 거잖아요? 하지만 이번엔 저랑 니이 씨랑 같이 찾으니까요. 일단 다시 한번 단체로 찾아보는 것도 나쁘지 않을 것 같아요. 간식도 다 먹었고 차도 마셨으니까, 아까처럼 없어진 직후에 혼란스러움에 정신없이 허둥지둥 찾았을 때랑은 또 다를 거예요. 하나하나, 차례차례, 차분하게…… 말이죠.”

미츠케루가 하는 말을 들을 때마다 이상하게 마음이 차분해진다.

“먼저 니이 씨와 같이 안방으로 가 계실래요? 제가 일단 다른 방에서 잃어버린 물건의 기운이 느껴지는지 한 번 검색부터 해볼게요.”

카나에가 계속 안고 있던 니이 씨가 먀아옹, 하고 높은 소리로 울었다. 미츠케루는 고개를 끄덕여 답한 뒤 식탁 앞을 나와 화장실 쪽으로 걸어갔다.

카나에는 니이 씨와 함께 안방으로 들어갔다. 일단은 화장대 앞에서 물건을 하나하나 꺼내놓기 시작했다. 서랍 안도 열어서 들여다본다. 서랍 안에 든 화장도구도 마룻바닥 위에 하나하나 놓아가면서.

혼자 찾을 때는 난잡하게 두면서 찾았는데 이번에는 제대로 늘어놓으면서 찾았다.

“실례하겠습니다.”

미츠케루가 예의 바르게 인사한 뒤 안방으로 들어왔다.

"역시 다른 방에는 없었어요. 분실물의 기운은 침실에서 강하게 느껴져요."

"여기 있어?"

"네. 찾아보죠. 반드시 찾아낼 거예요."

방긋 미소 지으며 안심시켜 준다.

——왠지는 몰라도 찾을 것 같은 느낌이 들기 시작했어.

반지를 잃어버렸을 때 진정하려고 자기 자신에게 들려줬던 때와는 정반대의 말을 카나에는 생각하기 시작했다.

하지만 이 좋은 예감은 어지간히도 실현될 줄을 몰랐다.

"검색결과가 안 나와요……."

옷장 안에서 꺼낸 옷을 꼼꼼하게 다 개어놓은 미츠케루가 미간을 좁히며 아쉬워했다.

화장대 주변에는 역시 보이지 않는다. 그 주변 바닥은 물론 가구 틈새도 각자 나뉘어서 찾아보았지만 아무리 찾아도 보이지 않았다.

마른빨래는 바로 옷장에 넣기 때문에 어쩌면 그 안에 있을지도 모르니까——라는 이유로 한 번 더 옷을 모두 꺼내서 살펴보았지만, 좀처럼 성과가 나지 않았다.

미츠케루가 꼼꼼하게 다시 갠 덕분에 옷장 안은 제법 깨끗하게 정리되었다. 하지만 아무래도 마음까지 정리되지는 않았다.

니이 씨는 텅 빈 옷장 안을 이리저리 돌아다녔지만, 중간부터는 지겨워졌는지 바닥에 드러누워 버렸다.

"잠깐 좀 쉴까요?"

"그……그럴까?"

너무 몰아붙여도 좋을 게 없다. 그렇게 냉정하게 생각하게 된 것도 옆에 누가 있어 줬기 때문이다.

"그런데 아까 전부터 마음에 걸리는 게 있었는데, 물을 쓰는 일을 하기 전에 반드시 반지를 빼신다고 하셨죠? 그건 반지가 상하지 않게 하려는 마음 때문…… 인가요?"

"응."

"정말 소중히 여기던 반지인가 보네요. 그건…… 고가의 물건이라서 그런 건가요?"

"그것도 그렇지만, 그냥 반지도 아니고…… 사기 직전에 이런저런 사연이 좀 있어서 특별히 소중하게 여기는 반지거든."

"오, 무슨 특별한 사연이라도?"

"그런 대단한 에피소드는 아닌데, 그냥 살 때…… 남편이 돈도 없으면서 좀 무리해서 샀거든. 그냥 그게 다야."

"남편분과는 어떻게 만나셨나요?"

"직장에서 만났지. 내가 후배고 남편이 같은 부서 선배였어."

"선후배 사이셨구나! 선배가 잘 대해주셨나 보네요?"

"으음…… 선배로서 일은 친절하게 가르쳐줬었지?"

"다른 부분은 안 그랬나 봐요?"

"응, 엄청 무뚝뚝한 사람이었거든."

일에 대해서는 물어보면 꼼꼼하게 대답해주기는 했어도 다른 점에서는 인사 말고는 거의 말을 섞은 기억이 없다.

"그 사람이랑 결혼하게 될 줄은 처음에는 상상도 못 했지……."

카나에가 옛날 일을 떠올리는 참에 니이 씨가 먀아아——하고 울었다.

옷장 속 발아래를 앞발로 통통, 하고 두드린다. 사진앨범 책등이었다.

"니이 씨, 눈치 없게 지금 뭐 하는 거예요?"

미츠케루가 다가가 니이 씨를 들어 올렸다. 니이 씨는 꼬리를 붕붕 휘두르며 항의한다.

"으음……? 여기 뭐가 있긴 한가 본데요, 혹시 봐도 되나요?"

"응? 어, 음…… 봐도 돼."

어쩌면 반지가 있을지도 몰라. 기대감과 함께 카나에는 책장의 책들처럼 세워서 꽂혀있던 앨범을 몇 권 뽑아 들었다.

니이 씨는 그 안에서 핑크색 책등이 있는 앨범을 골라 앞발로 능숙하게 팔랑팔랑 넘겼다.

"사진…… 이네요."

"응. 이건 회사 송별회 때 사진 같은데……."

"누구 송별회죠?"

"내 송별회……. 회사 매출이 안 좋아져서 몇 명이 한꺼번에 잘렸거든."

"흔히 말하는…… 정리해고군요."

"응."

카나에가 쓴웃음을 지었다. 어려운 말도 잘 아는 아이다.

"내가 일하던 부서에서 정리해고 당하는 사람은 나 말고는 없었어. 송별회 때 옆에 앉아 준 사람이 지금 남편이었지…… 그 사람이 나한테 사과했었단다."

――똑바로 일 잘하는 사람을 이렇게 자르면 안 된다, 다시 생각해달라.

윗사람에게 직접 항의했는데 인건비 문제로 어떻게 방

법이 없다.

미안하다.

"더 오래 같이 일하고 싶었다고 하더라고…… 아줌마는 그 말 듣고 엄청 기분이 좋았었어. 그때 깨달았던 것 같아. 회사에서 필요 없는 사람 취급을 받아도 별 영향을 안 받은 줄 알았는데, 역시 마음에 상처를 받았던 거구나, 하고. 평소 별다른 접점이 없는 부장님한테 듣는 것보다 항상 옆에서 일을 같이하던 선배한테 들으니까 괜히 더 용기가 나고 힘이 솟고 그래서…… 말없이 옆에서 나를 그렇게 생각해주고 있었던 거구나, 하고 감동하게 되더라고."

"그래서 두 분이 같이 찍은 사진이 몇 장 있는 거군요?"

"응. 같이 일했던 애한테 찍어달라고 부탁했었어."

"두 분 모두 참 보기 좋은 미소를 짓고 계시네요…… 살짝 쓸쓸한 느낌이 엿보이기는 하지만."

"그러네…… 헤어지는 자리여서 그러려나?"

"그래도 이 마지막 사진은 아주 멋진데요?"

"그건 내가 부탁한 다음에 찍은 사진이라서. 동료가 아니라도 고민이 있으면 상담을 하거나 안부도 물을 겸 만날 수 있을까요? 하고 부탁했거든."

"와아, 적극적이에요!"

미츠케루는 꿈이라도 꾸는 듯한 시선으로 황홀한 상상에 뺨을 복숭앗빛으로 물들였다. 신령에 나이가 어려 보이기는 해도 결국 여자애는 여자애인 모양이다. 사랑 이야기라면 크게 관심을 가지는 그런 여자아이.

"그럼, 그때부터 연락을 주고받기 시작한 거죠?"

"응……. 새로운 직장을 잡아서 축하한다고 한턱내겠다고 해서 만나기로 했었어."

"착한 분이네요."

"응."

결혼하고 난 뒤에야 '실은 그때부터 마음이 있었다.'라고 고백한 부분은 일부러 말하지 않고 그냥 넘어갔다.

"그래서 두 분이 사귀는 관계까지 발전한 거군요?"

"응……."

그렇게 되기까지는 오래 걸리지 않았다.

몇 번 술자리 초대를 받아서 같이 시간을 보내는 와중에 남편이 먼저 말을 걸어왔다.

——나도 지금 다니는 회사, 그만두려고요.

알고 지내던 회사가 사업확장을 계획하고 있어서 자리가 났는데 같이 일하지 않겠냐는 제안을 받았다고 한다. 문제없이 회사를 옮겨 계속 다닐 수 있을지는 모르지만,

제대로만 풀리면 월급도 올라갈 테니, 모험해볼 생각이라고 했었다.

"그렇게 길게 밑밥을 깔더니, 내 눈을 보고 이렇게 말했어."

——앞으로 잘 풀린다면, 내 곁에서 내조를 해주지 않겠어요?

"깜짝 놀라기는 했는데, 놀라기보다도 웃음이 터져버렸어. 사귀는 사이도 아닌데 프러포즈부터 한 거나 다름없으니까."

"우와아…… 그래도 되게 낭만적인 이야기네요. 두근두근해요."

먀아아, 하고 니이 씨가 고개를 끄덕였다.

"사귀기 시작하면서부터 여러 가지로 일이 있기는 했는데, 무엇보다 처음에는 돈이 없어서 고생이었지……. 내가 이직하기까지 시간이 좀 걸려버려서 저금도 다 까먹고 그랬거든. 남편 쪽도 인간관계 인맥 쌓기 이런 거 때문에 밤에 술자리도 많이 갖고 그래서 저금이 별로 남은 게 없었고."

"그래도 결혼을 하겠다고 마음을 먹으셨던 거네요?"

"그렇지."

——좋아했으니까.

“식을 올리지 못하는 대신에 적어도 반지 정도는 제대로 갖추자, 그렇게 말하더니 금은방을 같이 돌자고 그랬어. 나는 아무거나 괜찮다고 했는데, 같이 가게를 일일이 돌아서 물건을 같이 골라주더라고. 그중에서도 가장 마음에 드는 게 있었는데…… 예산을 넘는 가격인 거야. 그런데 무리해서라도 사자고 하더라고. 됐어, 그냥 다른 거로 하자고 몇 번이나 말렸는데 절대 물러서지 않았어.”

“아마도…… 가게를 같이 돌면서 남편분이 옆에서 계속 당신이 어떤 반응을 보이나 관찰을 했겠죠.”

“나도 그렇게 생각해. 다 좋다고 말은 그렇게 해도 내 눈이 빛나던 순간이 나올 걸 생각하고 계속 지켜본 거겠지. 말은 안 해도 그런 배려를 할 줄 아는 사람이었으니까.”

전부 다 이야기한 카나에가 문득 천장을 올려다본다.

“맞아…… 지금은 이렇게 넓은 집에서 살고 있지만 정말 그때는 돈이 없어서 엄청 고생했어.”

“그럼 지금은 행복하시겠네요.”

미츠케루의 말에 카나에는 고개를 솔직하게 끄덕이지 못했다.

“음…… 글쎄, 행복한가?”

자기도 모르게 카나에가 흘린 말을 들은 미츠케루는 침묵으로 대답했다. 그 탓에 카나에는 자기도 모르게 불평을 늘어놓게 되었다.

"요새는 일이 바빠서 대화도 거의 안 나누게 되었어. 밤에는 늦게 오지, 아침에는 일찍 나가지…… 사소한 다툼도 늘어났고."

신령님이라고는 해도 어린아이 모습을 한 존재에게 이런 말을 해도 되나 싶다. 하지만 멈춰 지지가 않는다.

"옛날에는 바빠도 이러지는 않았는데. 왔어요? 다녀왔어요. 하고 인사도 제대로 했는데. 종일 무슨 일이 있었는지도 그날 다 이야기 나누고, 둘이서 좁은 연립주택에서 살아서 잘 때는 이불 하나에 둘이 자고…… 항상 함께했는데. 그랬는데. 그 사람, 애랑도 이야기 잘 안 하는 모양이야."

여기까지 이야기를 한 카나에가 입을 다문다.

"미안. 이런 이야기를 해 버려서."

웃어넘기려고 했다.

하지만 지금까지 계속 방긋 웃고 있던 미츠케루는 웃음으로 맞장구를 쳐주지 않았다.

"외로우신 건 아닌가요?"

지적을 받은 순간 동요하기도 전에 눈물이 먼저 쏟아지려고 했다. 당황해 고개를 돌리고 입을 틀어막는다.

어떻게…… 안 걸까? 진짜 신령님인 걸까?

“괜찮으세요?”

“으…… 응. 괜… 찮아…….”

고개를 끄덕였지만 역시나 한번 터져 나오기 시작한 눈물은 멈추어지지 않았다.

“지금이…… 돈은 더 많지만 있지, 옛날이, 더 사는 거 같았어. 아이도 태어나고 행복해졌어야 했는데…… 왜 지금보다 옛날이 더 행복한 걸까…….”

“남편분을 이제 사랑하지 않는 건가요?”

“그런…… 걸까?”

“저는 아니라고 생각해요. 그럴 리가 없어요.”

이번에는 딱 잘라 단언했다.

“어떻게 그렇게 확신할 수 있어……?”

“그렇잖아요? 반지를 잃어버려서 이렇게 힘들어하시는데요.”

미츠케루가 방긋 미소 짓는다.

“반지를 잃어버려서 온 방을 다 뒤집고, 샅샅이 뒤지고, 저한테까지 부탁하셨잖아요. 필사적으로 찾고 있잖아요?

반지가 단순히 금전적인 가치가 있어서, 아까워서 그렇게 열심히 찾은 게 아니지 않나요? 아닌가요?"

"……."

"아까 그러셨잖아요. 추억이 담겼다고. 가난한 남편이 엄청 많이 가게를 돌아다니면서, 같이 일일이 걸어 다니면서, 돈이 없는데도 무리해서 사 준 반지라고."

미츠케루가 지은 미소는 아까와는 전혀 다른 어른스러운 느낌을 주는 미소였다.

"모든 조건을 바탕으로 찾아낸 검색결과를 말씀드릴게요. 소중하게 생각해온 게 비싼 결혼반지였을까요? 아뇨, 추억이라는 결과가 나왔어요. 가장 소중한 사람과 함께한 추억이라고, 제가 낸 결과에는 그렇게 나왔어요. 그러니까 더는 사랑하지 않는다는 것은 성립이 되지 않는 말이죠. 사랑하기 때문에 그렇게 필사적으로 찾고 있는 거니까요."

쏟아져 나오는 말에 카나에는 멍하니 입을 벌리고 있을 수밖에 없었다.

무슨 말이라도 대꾸를 해야 할 텐데. 하고, 입을 움직이려는 순간 현관 자물쇠가 열리는 소리가 났다. 침대맡 자명종 시계를 살펴보니 벌써 시간이 16시를 넘었다. 히로키가 학교 끝나고 집에 돌아올 시간이다.

“거의 잃어버리기 직전이었던 진짜 분실물…… 진짜로 되찾아야 할 것이 무엇인지…… 이제는 잊지 말고 잘 간직하길 바라요.”

뒤돌아보니 미츠케루와 니이 씨의 모습이 사라져 버리고 말았다.

반지는 아직 못 찾았지만, 꼭 찾아야 할 이유는 없어진 셈이다——왠지 그런 말을 들은 것 같은 기분이 들었다.

“다녀왔습니다.”

“왔니…….”

“누구 왔어?”

“아니, 아무도 없어.”

카나에는 펼쳐 놓은 앨범을 덮었다. 그리고 스마트폰으로 남편 스구루에게 메시지를 보내기로 마음먹었다.

‘이야기할 게 있는데. 바쁜 건 알지만 오늘이나 내일 시간 좀 내줘.’

여기까지 단숨에 키패드를 두들긴다. 총알 같은 소리가 울린다. 다 쓰고 보내기 버튼을 누른다…… 고 마음 먹고 손가락을 들기 직전, 한발 먼저 계산이라도 한 듯 스마트폰이 진동하며 메시지를 받았다.

‘오늘 할 이야기가 좀 있어. 일찍 들어갈게.’

……스구루가 먼저 메시지를 보냈다.

스구루가 퇴근할 때까지 카나에는 안절부절못한 채로 시간을 보냈다.

히로키는 저녁 식사를 일찍 마치고 학원으로 향했다.

시각은 20시.

곧 남편이 퇴근하겠다고 말한 시간이 된다.

좌불안석하는 이유는 반지를 잃어버려 켕기는 구석이 있기 때문이 아니라 '할 이야기가 있다'라는 말을 들어서다.

경험상 이런 식으로 이야기를 꺼내려 들 때마다 좋은 일인 경우가 없었다.

어느 쪽에게든 좋지 못한 일을 말해야 할 때나 쓰는 방식이다.

오늘 아침 늦잠 자서…… 그거 때문에 화가 난 건지도 모른다.

그런 생각이 차라리 낙관적이다. 더 심한 예상을 한다면 이혼하자는 말을 꺼내는 것일지도 모른다.

'우선은…… 퇴근하고 와서 무슨 말을 하는지 일단 들어보자.'

최근에는 계속 바빠서 겉으로 보기만 해도 피곤함에 절

어 짜증이 난 상태가 느껴질 정도였다. 싸우기 싫어서 카나에가 먼저 거리를 두고 말았지만 잘 생각해보면 이야기를 들어주고 내조를 했어야만 했던 게 아닌가 싶다.

그러니까 일단 무슨 이야기를 하든 다 들어주자고 마음먹었다.

그런 다음, 사과하자.

그리고 반지를 잃어버렸다고 솔직하게 털어놓자.

물론 불안한 마음은 있었지만, 그보다 더 크게 각오를 다지자고 결심했다.

초인종이 울리고 현관 쪽에서 자물쇠를 여는 소리가 들린다.

달음박질로 현관으로 향하니 양복 차림인 남편이 초췌한 얼굴로 구두를 벗는 중이다.

"왔어……."

"왔어?"

불안한 마음을 감추고 가능한 한 웃는 얼굴로 맞이하고자 했다.

하지만 웃는 얼굴을 본 스구루는 오히려 더 곤란한 표정을 지었다.

"배 안 고파? 아니면 먼저 씻을래?"

"아니…… 이야기 먼저 할게…… 옷부터 좀 갈아입고."

넥타이를 풀며 안방으로 향하는 뒷모습을 바라보며 거실 의자에 앉아 기다렸다.

편한 옷으로 갈아입은 스구루가 맞은 편에 앉는다.

"좋은 소식……?"

"아니…… 미안, 나쁜 소식."

역시, 하고 속으로 중얼거린다. 배에 힘을 꽉 주고 "무슨 소식?"……하고, 말을 걸다가 헉, 하고 깨닫는다.

티 테이블 위에 얹은 스구루의 왼손 약지에 반지가 없었다.

"당신, 반지는?"

스구루는 윽…… 하고 몸을 뒤틀었다.

"혹시…… 잃어버렸어?!"

카나에는 자기도 모르게 소리치고 말았다. 혼내는 줄 알았는지 스구루는 괴로워하며 인상을 쓴 채 고개를 끄덕였다.

"보니까 없더라고……. 회사 화장실에서 손 씻다가 없는 걸 그때 알았어. 회사 사람들한테도 같이 찾아달라고 부탁하고 뒤졌는데 아무리 찾아도 없어. 어제 자기 전에 분명 끼고 잤는데 말이야. 그렇다고 어디서 잃어버렸는지도 모르겠고…….”

“…….”

“진짜 미안해. 그냥 반지가 아닌 건 나도 잘 알아, 하지만 그게…….”

스구루의 반지는 카나에의 반지만큼 비싸지는 않았지만, 형태도 색도 똑같이 쌍으로 맞춘 반지다.

“잃어버린 걸 깨달았을 때, 옛날 생각났어?”

질문을 받은 스구루는 잠시 생각에 잠기더니 얌전하게 기가 죽은 얼굴로 “어…….”하고 고개를 끄덕였다.

“허세 부려서 비싼 거로 샀었지…… 당신과 마찬가지로 평생 소중히 여기겠다고 약속했었어……. 그런데 그걸 잃어버렸으니, 내가 한심한 놈이지. 미안해.”

그 말을 다 끝내기도 전에 카나에는 웅크리고 눈물을 쏟고 말았다.

“미안해. 정말 미안하다니까.”

“그게 아니야…… 기분 상해서 우는 게 아니라…….”

——제대로 표현해야지, 말로.

“당신이랑 나랑 같은 마음이라는 게 너무 기뻐서 우는 거야…….”

웅크리고 눈물을 흘리는 카나에는 자신의 머리를 쓰다

듣어 주는 남편에 대해 생각한다.

——다 말하자, 제대로.

그 조그마한 신령님이 말씀하신 대로다.

우리는 아직 잃어버리지 않았다.

♦ ♦ ♦

다음 날 아침, 카나에는 스구루와 함께 7시쯤 사이좋게 같이 일어났다.

카나에가 아침 식사를 준비하는 사이 스구루는 화장실에서 세수한다. 텔레비전에서 뉴스 캐스터의 목소리가 들린다. 아침 식사 준비가 다 끝나고 스구루가 옷을 다 갖춰 입었을 때쯤 히로키가 잠에서 깼다.

"응? 아빠? 회사 안 가?"

"이제 갈려고. 앞으로는 굳이 빨리 안 가도 되는 날에는 천천히 출발하려고 해."

"그렇구나……. 비 안 와?"

스구루가 자기도 모르게 웃음을 터트렸다. 카나에도 웃음을 터트렸다. 어제까지만 해도 생각지도 못한 가슴이 따뜻해지는 아침이었다. 이렇게 가족이 서로 웃음을 터트리는 일이 얼마 만일까?

카나에와 스구루는 둘 다 반지를 끼고 있지 않았다. 어제는 여러 이야기를 서로 나누느라 시간이 너무 많이 지나서 찾지를 못했다. 하지만 초조해하는 일은 없다. 느긋하게 찾아보자, 그렇게 두 사람이 이야기를 나눈 끝에 정했다. 못 찾으면 그때 가서 생각하자.

반지보다도 오랜만에 둘이서 제대로 이야기를 나눈 것 자체가 큰 수확이었다.

서로가 상대를 제대로 받쳐주지 못했다. 자기 일에만 신경 쓰느라 상대방에 대한 배려가 없었다. 그런 이야기를 히로키가 돌아올 때까지 계속 나누었다.

히로키는 "둘 다 오늘따라 느낌이 달라."하고 당황스러워했지만, 오늘 아침 모습을 보니 역시나 기뻐하는 눈치였다.

8시 직전이 되자 스구루와 히로키가 출발할 준비를 시작했다.

스구루가 안방에서 회사 가방을 들고나온다. 히로키는 아직 안 나왔다.

그 틈을 타…… 카나에는 스구루에게 살짝 입을 맞추었다.

"다녀와."

"끝나고 바로 올게."

대화를 주고받는 사이 히로키가 현관에 모습을 보였다.

"다녀오겠습니다."

"다녀와."

미소로 배웅한 카나에도 "자, 그럼."하고 안방으로 돌아간다. 화장대 앞에 앉아 머리를 빗으려고 한다. 거울에 비친 표정은 밝게 빛나고 있다. 적어도 어제보다는.

"……?"

빗을 집으려던 손이 멈춘다.

바라보는 것은 거울이 아니라 그 앞에 놓인 반지 걸이였다. 항상 반지를 놓아두는 그 자리에 분명히 잃어버려서 못 찾았던 반짝임이 두 개.

"어째서……?"

반지였다. 둘이 함께 샀던 추억의 반지가 있어야 할 장소에 둘 다 온전히 자리 잡고 있었다.

그렇게 찾아도 안 나왔는데 어느새 제자리로 돌아와 있었다.

이유를 모르겠다.

하지만…… 이런 식으로 도와주는 존재가 달리 또 있을까?

반지보다 먼저 찾아야 할 것이 무엇인지 알려주고 모습을 감추었다고만 생각했다. 하지만 그게 다가 아니었다.

카나에는 반지 두 개를 손바닥 위에 올리고 꼭 쥐면서 생각에 잠긴다.

그 작고 귀엽고 간식을 맛있게 먹는, 고양이를 데리고 다니는 신령님이 약속한 대로 반지를 찾아주었다는 것을.

분명…… 아마도.

◆ ◆ ◆

같은 날. 시침을 빙글 한 바퀴 돌려 15시 반.

카나에가 스구루에게 반지를 찾았다 연락하고 나서 아르바이트를 하러 가 있을 사이, 히로키는 학교를 마치고 하교하는 길이었다. 집으로 돌아가 방에 들어간 히로키는 란도셀을 내던지고 서둘러 집을 나선다. 어머니가 돌아오려면 한 시간 정도 남았다. 충분히 시간이 남아있을 터였다.

집을 뛰쳐나간 히로키가 향한 곳은 시장이었다.

여러 갈래로 나뉜 시장 골목길에서 중심가로 들어가 막과자집으로 향한다.

오래전부터 자리를 지키는 막과자집으로 할머니가 가게

를 본다.

가게 안에는 미츠케루…… 미츠코가 있었다.

"오늘은 아몬드 젤리도 꼭 참고 왔다고요! 어디 보자, 이거랑… 저거랑… 또 이거랑……."

히로키는 막과자를 고르고 있는 미츠케루의 어깨를 두드렸다.

"네? 앗! 히로키! 학교 끝났나 보죠?"

"응. 저기, 이거…… 고마움의 표시."

히로키는 미츠케루에게 무언가를 건넨다. 며칠 전에 사둔 막과자 세트였다. 내용물은 스콘부(다시마초절임), 라무네(구슬사이다), 마블초코였다.

"와아아! 다 내가 좋아하는 것만 들어있네요! 오오…… 진짜 먹어도 돼요?"

"응! 다…… 잘 풀렸으니까."

그 말을 들은 순간 미츠케루는 방긋 미소 짓는다.

"그건…… 다행이네요. 잘 됐어요."

"고맙다는 말을 하고 싶었어. 미츠케루가 하라는 대로 했더니 정말 엄마랑 아빠가 다시 친해졌거든."

"좋네요- 잘 풀린 것 같아서 다행이에요."

"응! 하지만 어떻게 그렇게 쉽게 금방……?"

질문을 받은 미츠케루는 "으음……."하고, 살짝 분한 표정을 지어 보였다.

하지만, 바로 미소를 되찾았다.

"나중에 다 알게 될 거예요. 꼭."

두 사람…… 히로키와 미츠케루는 막과자집에서 자주 보고 이야기를 나누는 사이였다.

어느 날, 기운이 없어 보이는 히로키를 발견하고 미츠케루는 이유를 물었었다.

히로키가 부모님의 사이가 안 좋아서 걱정이라고 해서, 상담을 해주었다.

그 뒤…… 한참 생각에 잠겼던 미츠케루는 니이 씨를 지긋이 바라보았다.

그리고 히로키에게 말한 것이다.

——하룻밤만 부모님의 결혼반지를 숨겨놓아요.

——두 분이 서로 사랑하고 있다면, 분명히 해결될 거예요.

"잃어버렸기 때문에 비로소 발견하는 것도 있는 거예요. 의외로 이런 경우도 많죠."

"흐응……."

"그건 그렇다 치고, 정말 맘에 드는 훌륭한 과자들이군요! 스콘부에 라무네, 마블초코까지! 어쩜 이렇게 제 취향을 정확히 알고 제대로 골라왔는지 기특해요!"

자기 취향 막과자를 앞에 두고 발을 동동 구르는 미츠케루의 발아래에서 니이 씨가 길게 하품을 한다.

"……."

"왜 그러죠, 히로키?"

"미츠케루는 진짜 신령님이야?"

"당연하죠!"

"그렇구나……. 그런 소리를 해서 그런가? 왠지 모르게 아줌마 같은 구석도 있는 거 같아."

순간, 미츠케루의 말문이 막혔다. 잠시 후 얼굴이 빨갛게 달아올라 불을 뿜듯 소리친다.

"아니잇!! 지금 숙녀한테 무슨 말을 하는 거예요――!!!"

◆ ◆ ◆

막과자집에서 히로키와 헤어진 미츠케루는 니이 씨와 함께 히타치몬 시장을 산책했다. 걸어가면서 히로키에게 받은 막과자를 찔끔찔끔 먹기 시작했다. 폭언을 한 벌로

캐러멜까지 추가해서 뜯어냈다. 먹는 모습을 올려다보며 건넨 니이 씨가 말했다.

“참…… 맛있게 먹는구만, 자네.”

어이없어하는 말투인 니이 씨에게 네에, 하고 대답하는 미츠케루.

“아무리 먹어도 질리지 않는걸요! 맛있어요! 행복해요!”

“나는 어제 먹은 바움쿠헨이 더 맛있던데 말이야.”

“네- 네…… 물론 그게 더 비싸고 맛있기는 하죠. 잃어버린 물건도 제대로 찾아줬으니까. 뭐라고 하죠? 그거 있죠, 요즘 말로…… 윈윈? 인가 그거라는 거죠.”

“일본의 신령 입에서 서양말이 웬 말이냐!”

“뭐예요. 아까는 바움쿠헨이 좋다면서요?”

“그거랑 이거는 다른 거다!”

“편할 때만 다른 것은 안된다!”

“일단 이래 봬도 고양이거든? 원래 변덕스럽고 제멋대로인 게 고양이의 성격이야. 하지만 가끔은 도움을 줄 때도 있지. 앨범을 꺼내라고 신호를 보내준 타이밍도 기가 막혔잖아, 안 그래?”

미츠케루는 진지한 표정을 지었다.

“끄응…… 억울하지만 인정하지 않을 수 없네요. 역시

대단해요. 완벽한 타이밍이었어요."

사실은, 애초에 반지를 숨긴다는 이번 아이디어 자체가 니이 씨가 내놓은 아이디어였다.

"뭐, 저번에는 내 도움 따위는 필요 없다고 까불었으니까. 이번에 위엄을 좀 보여줄 필요가 있었거든. 자네도 너무 까불지 않고 자중하게끔 말이야."

"끄으응……."

"다만 그 애한테 미리 들은 어머니의 정보를 잘 이용해서 마치 신통력이 있는 신령인 것처럼 연출한 건 아주 잘했어. 칭찬할만해."

솔직히 말하면, 지금의 미츠케루에게는 마음을 읽어내는 독심술이나 잃어버린 물건의 기운을 읽어내는 힘은 없었다.

어머니가 고양이를 싫어한다는 점이나 그렇게 된 경위, 부부가 만나게 된 과정, 앨범이 있는 장소, 이 모든 내용을 히로키에게 물어봐 미리 파악해 둔 것이다. 모든 것이 계산대로 돌아간 덕분이었다.

"나한테 분하다고 생각하는 것보다 그 애가 행복해졌다는 사실을 곱씹고 즐거워하는 게 더 보기 좋았어. 그 마음가짐을 잊지 말도록."

"알고 있다구요— 당연한 거 아닌가요? 제 성격이 그렇게까지 나쁘진 않다구요!"

미츠케루가 입술을 삐죽거린다. 초콜릿 조각이 입술 주변에 붙어버렸다.

"진짜로…… 잘 풀려서 다행이야. 잘 안 풀릴 가능성도 충분히 있었으니까."

"그랬나요? 몇 마디 나눠보기만 해도 아주 이성적이고 중심이 잘 잡힌 여성이라고 느꼈어요. 우리 도움이 없더라도 진정으로 찾아야 할 게 무엇인지를 깨달았을 것 같았는데."

"그건 소중한 반지를 잃어버렸으니까 가능했던 거야. 잃어버리지 않으면 잃어버리는 중인지도 알아차리지 못하는 경우가 아주 많아. 누구나 다 소중한 무언가를 잃어버리고 나서야 그게 소중했다는 사실을 뒤늦게 깨닫는 법이지. 사람도, 신령도……. 어려운 문제지."

"그렇네요. 세상이 풍요로워지기는 했지만, 그 점은 옛날이나 지금이나 똑같을지도 모르겠어요."

"자네는 그런 말을 할 만큼 나이를 먹지도 않았잖아."

"지식은 풍부해요!"

"하지만 자네의 뿌리가 되는 모습은 아직 만들어진 지

가 십몇 년 정도밖에 되지 않았으니까, 신령이 된 지도 얼마 안 됐잖아? 아직 아기야, 아기. 특히 신령으로서는 더더욱……. 뭐, 이렇게 짧은 시간에 신령이 된 걸 보면 특이하고 드문 존재이기는 하지만 말이야. 능력도 강하고."

"우후후후. 그렇죠? 대단하죠?"

"하지만 별종이니까 내가 와쿠무스비에게 명을 받아 스승 노릇을 하면서 감독도 하는 거 아니겠나? 그걸 잊으면 안 돼. 건방지게 까불면서 어른인 척하지 않도록 주의할 것."

"끙…… 어린애니까 안 된다는 법은 없는 거잖아요."

"그건 이번에 자네에게 상담을 부탁한 그 남자애처럼, 이란 말인가?"

"맞아요. 니이 씨는 그대로 몇 년이 지나면 히로키의 부모님이 서로 막다른 곳까지 갈지도 모른다고 생각하고 있었죠? 다시는 돌이킬 수 없는 곳까지 밀려나 버릴지도 모른다, 히로키는 그 사실을 깨달았기 때문에 더더욱 고민하고 있었던 거예요."

"그렇지……. 그 아이도 가족을 지킨 셈이지."

"그럼요. 히로키도 사랑하고 있는 거예요. 자기 부모님을. 그러니까 지킨 거죠…… 자기 가족을. 아주 훌륭해요."

"어쩐 일로…… 자네와 내가 똑같이 생각하고 있구만."

미츠케루가 헉, 하고 놀라며 허둥지둥 당황하기 시작했다.

"따, 따, 따, 딱히! 니이 씨를 따라 한 건 아니거든요!"

"누가 뭐래? 나도 알아. 신사로 돌아가면 도장 하나 찍어줄게……. 대신 스콘부 반만 떼어 줘. 괜찮지?"

"에이……."

"항상 용돈 주는 데 그 정도도 못 줘?"

떨리는 손으로 미츠케루가 스콘부를 내민다.

어디서 봤는지 시장 여기저기에 숨어 사는 길고양이가 모여들었다.

"안 줄 거에요!"

"어머, 미츠케루!"

미츠케루와 니이 씨를 포함한 고양이들이 갑자기 들려온 목소리에 한꺼번에 반응했다.

근처 중학교의 교복을 입은 여학생이 가벼운 달음박질로 다가오고 있었다. 일본 인형처럼 윤기가 흐르는 단정하고 긴 머리칼이 눈에 띄는, 어딘가 모르게 일본전통미인 같은 느낌을 풍기는 여자였다.

"앗! 마이하마 언니! 안녕하세요!"

"후훗, 안녕하세요. 니이 씨도 안녕하세요."

냐아, 하고 니이 씨가 울음소리로 대답한다.

"지나가다 봐서 인사하려고 왔어요."

"굳이 안 그러셔도 되는데, 고맙습니다! 응……? 아, 혹시 하교하는 중이었나요?"

살펴보니 길 건너 쪽에 같은 교복을 입은 여학생이 있다. 미츠케루 쪽을 살펴보고 있다.

"친구분이랑 같이 가는 중에…… 정말 감사드립니다! 무척 기뻐요!"

"후훗, 기뻐해 주니 저도 기쁘네요……. 나중에 또 문제가 생기면 도와주세요."

"네! 언제든 부탁해주세요!"

미츠케루와 마이하마 사에코는 서로 미소를 나누며 멀어진다.

◆ ◆ ◆

"미안, 기다렸지?"

미소를 지으며 돌아온 마이마하 사에코를 친구로 보이는 여학생이 이상하게 보면서 맞이한다.

“뭐야, 재? 아는 애? 혹시 동생 여친?”

“무슨 말 하는 거야? 요스케는 아직 초등학생이라고.”

“초등학생이라도 있는 애는 있잖아. 유치원 다니면서 키스 경험 있는 애도 있다는데 뭐.”

“아냐아냐. 요스케는 그렇게 발랑 까진 애가 아니라고.”

미츠케루를 상대할 때는 기품 있는 말투를 쓰던 마이하마 사에코도 친구랑 말할 때는 편한 말투로 이야기한다. 어찌 됐든 이 친구는 사에코에게 있어 특별한 존재였다.

“그 여자애가 전에 잃어버린 스마트폰 찾아줬었거든.”

“아하…… 얼레? 근데 그거 자기가 신령님이라는 여자애가 찾아줬다고 하지 않았나?”

“맞아, 저 아이가 바로 그 아이야. 미츠케루.”

“에엥? 재가? 잠깐…… 벌써 어디 갔네, 에이, 뭐 좀 물어보고 싶었는데.”

“신령님을 함부로 ‘재’라고 부르다니…… 천벌 받아도 모른다?”

“아하하…… 하지만 어차피 그냥 콘셉트 잡고 노는 거 아냐?”

그러자 마이하마 사에코가 친구를 혼낸다.

“평소에 행실과 마음을 바로 해야 하는 법이야, 안 그러면 갑작스럽게 일이 터질 때 곤란해져. 알았지?"

"조신한 거로는 어떻게 너한테 이기겠어? 게다가 넌 예쁘기까지 하니까 완벽하지."

사에코가 시선을 어디 둘지 몰라 하면서 머리카락을 손으로 만지작거린다.

"부끄럽게 왜 그래."

어떤 기분인지 다 들킨 사에코는 곤란한 표정으로 웃었다.

"으이구…… 빨리 집에 가자. 아까도 말했지만 주고 싶은 게 있으니까."

"아, 맞다. 근데 뭔데 그래?"

"그건 미리 알려주면 재미없지…… 후후후."

사이 좋게 걸어가는 두 사람이 미츠케루의 도움을 청하게 되는 순간은 이틀 후의 일이었다.

세 번째

찾지 말았어야 했던 것

—

마이하마 사에코가 미츠케루를 만난 것은 며칠 전으로 거슬러 올라간다.

사에코의 부모님은 시장에서 옷 가게인 '샛별'을 운영하고 있었다. 밑으로는 초등학교 5학년이 되는 남동생 요스케가 있다.

누나인 사에코는 집에서도 학교에서도 요조숙녀로 정평이 나 있었다.

옷 가게는 시장이 생겨났을 때부터 자리 잡았던 오래된 가게로, 젊은이부터 중장년층까지 폭넓은 고객층을 대상으로 한 상품을 갖추고 있었다. 사에코는 중학교에 입학한 뒤로 가게 일을 돕기 시작했다.

가게에서 하는 일은 다양했다. 단순히 가게를 보는 것에서부터 요새 유행이 무엇인지 체크하는 일, 여기에 더해 일본무용 교실을 운영하는 어머니를 도와 수강생들이 전통의상을 매무새를 갖춰 올바르게 입을 수 있도록 돕는 도우미 일까지 맡아서 할 때도 있었다. 덩달아 사에코도 어머니에게 일본무용을 철저하게 교육받았다.

그뿐만 아니라 데릴사위로 들어온 아버지는 본래 패션 디자이너를 했고, 지금도 주문을 받아 옷을 만드는 일을 하고 있었다. 제조회사에서 하청을 받는 게 아닌, 가게 손님에게 직접 의뢰를 받는 형태로 맞춤복 서비스를 제공하는 것이 '샛별'만의 특징이었다. 그리고 사에코는 그 일도 돕는다. 아버지에게는 없는 신선하고 젊은 감성으로 시장에서는 좋은 평판을 얻고 있었다. 특히 또래 여자아이들에게는 압도적으로 반응이 좋았다. 가족이 모두 신뢰하고 있는, 정말 잘 교육받고 똑 부러지면서도 겸손하고 조신한 장녀 그 자체였다. 당황해서 허둥대는 일도 거의 없었다.

이 모든 게 사에코라는 사람의 됨됨이었다. 그러나 며칠 전 사에코는 평소와 달리 드물게도 크게 당황할 수밖에 없는 사건을 겪었다.

그날은 다른 동네에서 옷 구경을 하고 온 날이었다. 집으로 돌아오고 나서야 스마트폰이 없어졌다는 사실을 깨달았다.

평상시에 잃어버린 거라면 자기가 잘못한 것이라 치고

끝났을 수도 있지만, 하필이면 타이밍이 안 좋게 그날은 아주 친한 친구인 '신키바 후카'와 약속을 한 날이었다.

"나 오늘 클럽활동 합숙하러 가잖아? 밤에 자유시간 있는데 할 거 없으니까, 전화로 수다나 떨자! 알았지!"

후카는 테니스부원이다. 사에코에게 후카는 아주 소중한 친구다. 너무나도 특별한 존재다.

이미 시간이 16시를 지났고 해가 떨어지고 있다. 후카가 전화를 걸기까지 앞으로 2시간 정도밖에 남지 않았다. 혹시라도 전화를 찾지 못하면 후카와 한 약속을 어기고 만다. 사에코에게 있어 그것은 무조건 피하고 싶은 결과였다.

다른 전화로 연락하려고 해도 후카 전화번호를 모른다. 연락처 정보는 죄다 잃어버린 스마트폰에 들어있다. 후카 연락처를 아는 반 친구 연락처도 스마트폰 안에 있다.

혹시 누가 받을까 싶어서 집 전화로 자기 스마트폰에 전화를 걸어 보았지만 전원이 꺼져있었다. 그러고 보니 애초에 배터리가 얼마 남지 않았었다.

스마트폰은 항상 학교 가방 앞주머니에 넣어둔다. 전철에서 내릴 때 어머니에게 연락이 와서 받을 때까지는 손에 들고 있었다. 걸어가면서 앞주머니에 넣는다는 게 잘

못 넣어서 떨어트린 모양이다.

사에코는 황급히 역으로 뛰어갔다. 분실물 보관센터에 가서 역무원에게 물었다. 헛수고였다.

아는 가게에 달려가 협동조합 분실물 관리자에게도 전화를 걸어보았다. 제자리걸음이었다.

하필이면 근처에 사는 학교 친구가 후카 뿐이라는 점이 최악이었다. 오늘 밤에는 부모님도 집을 비운다고 했다. 사면초가. 모든 것을 포기해야만 했다. 다리가 후들거리는 채로 집으로 돌아가는 길에 올랐다.

"저기, 무슨 일 있으세요? 문제가 있어 보이는데요?"

축 처져 있는 참에 누가 말을 걸어왔는데 어린 여자아이였다.

한눈에 봐도 잘 교육받고 자랐구나 싶은 품위 있어 보이는 어린 소녀. 동생 요스케보다 조금 어린 나이인 것 같다.

"뭘…… 잃어버렸거든요."

"뭘 잃어버리셨죠?"

"그게…… 스마트폰이요."

소녀는 눈살을 찌푸렸다.

"그것참 큰일이군요……."

하지만 바로 방긋 미소 짓는다.

"하지만 괜찮아요! 저요, 미츠케루라고 해요. 이래 봬도 신령이랍니다. 잃어버린 물건이나 떨어뜨린 물건을 찾아 주는 게 제 특기에요. 괜찮으시면 제가 도와드릴까요?"

사에코는 쓴웃음을 지었다. 소녀를 바보 취급해서 그런 것은 아니다. 그저 너무 상황이 안 좋아서 힘없이 웃는 것 말고는 달리 보일 반응이 없었다.

"말만으로도 고마워요……. 하지만 이젠 무리인 것 같아서. 바로 찾아내는 게 아니면 제시간에 맞추지 못할 것 같아요. 그저 찾기만 한다고 되는 게 아닌 상황이거든요."

"무슨 말씀이시죠?"

"친구랑 약속했어요. 중요한 전화를 받아야만 하는데……. 조금 있으면 약속 시각인데……."

"저기…… 시간, 그 정도로 없나요?"

"응…… 이제 한 시간도 안 남았어요."

으윽, 하고 소녀가 끙끙거렸다.

"그, 그렇군요…… 조금 빡빡하네요. 제 원래 힘을 다 쓸 수만 있으면 바로 찾아드릴 텐데. 지금의 저는 그런 시간제한이 붙은 분실물을 찾기엔 좀 약한 상태라서……. 아, 잠깐만요. 으, 으음…… 흐으음……."

소녀는 무언가 떠오른 모양이었지만 고뇌했다.

"아니, 그래도 중요한 전화라고 하셨죠? 그러면 부탁을 해야 하는 게 맞는데…… 니이 씨도 분명히 도와주시기는 할 테고…… 윽, 제 힘만으로는 부족해요! 도와주세요. 이 분의 잃어버린 물건을 찾는 데 힘을 빌려주지 않을래요?"

부탁을 받은 하얀 고양이는 바닥에 드러누워 사에코를 빤히 쳐다보았다. 그다음 소녀에게 시선을 옮긴다. 쌀쌀맞은 눈초리였다.

"그, 그건 저도 잘 알아요. 원래는 니이 씨 역할이 아니죠. 제 역할이죠……. 하지만 이분이 친구한테 중요한 전화가 걸려올 예정이라고 하잖아요. 중요한 약속이래요! 제발 도와주세요…… 네?"

흐으음? 하고 말하고 싶기라도 한 듯 하얀 고양이가 한쪽 눈을 치켜떴다.

니이 씨라고 불린 하얀 고양이는 빨간 눈동자로 다시 한 번 사에코를 보았다.

신비로운 시선이었다.

"그렇게 중요한 약속이냐고 여쭙고 계세요."

"네? 아…… 네, 맞아요. 중요하죠……."

순간 사에코의 마음속에서 설마? 하는 생각이 소용돌이

쳤다.

미츠케루라는 신령님은 모르는 신령님이다. 들어본 적도 없었다.

하지만 히타치몬 시장에는 오래전부터 어른들이 신봉하는 수호신령이 있었다. 고양이들을 다스리고 사람들을 지켜주는 신령님. '귀묘'라는 힘을 발휘하고 사업의 번창을 불러오는 '마네키네코'라고도 불리는 괭이수호신령님.

"음…… 약속이라면 할 수 없네, 약속은 지켜야지, 라고 하시네요."

미츠케루가 말한 순간, 니이 씨는 자리에서 일어났다.

먀아아아아아오오옹, 하고 굵직한 목소리로 울부짖었다.

어디서 나타났는지 고양이 몇 마리가 모였다. 네 마리, 다섯 마리…… 순식간에 여덟 마리로 늘어났다.

고양이들은 머리를 푹 숙이고 니이 씨에게 모여들었고 니이 씨는 한 마리 한 마리 눈을 맞춰간다.

곧 니이 씨는 새끼 고양이 한 마리에게 다가가 움직임을 멈추었다.

흠흠, 하고 이야기를 듣는 것처럼 고개를 끄덕이더니 니이 씨는 작게 울었다.

"따라오라, 라고 말씀하고 있어요."

하얀 고양이가 안내하는 대로 사에코가 뒤따라갔다.

시장 복판길을 빠져나와 역 방향으로 향한다. 역 바로 앞 부근에서 골목길로 꺾어 들어갔다.

뒷골목이라는 이미지가 딱 어울리는 좁은 길에 작은 싸구려 토킹바가 보였다. 이 동네에서 나고 자란 사에코조차 와본 적이 없는 장소였다. 니이 씨가 뒤를 돌아보더니 꼬리를 작게 흔들었다.

"가게 안으로 들어가 봐, 라고 하시네요."

오픈 준비 중이던 토킹바 주인에게 물어보니 사에코의 스마트폰을 주웠다고 했다.

방금 길가에 떨어져 있던 걸 주웠는데 가게 준비하느라 나중에 경찰서나 시장 조합에 연락하려고 했었다고…….

"정말 고맙습니다…… 고맙습니다."

사에코는 토킹바 주인에게 몇 번이고 고개를 숙이며 인사했다. 그리고 그 이상으로 미츠케루와 니이 씨에게도 몇 번이고 반복해서 감사 인사를 했다.

"아, 아니, 그렇게까지 고마워하지 않으셔도 돼요. 언젠가는 연락이 가서 손에 들어왔을 거고……."

"이렇게 빨리 찾게 된 건 다 괭이수호신령님이랑 괭이

수호신령님에게 부탁을 드린 미츠케루 덕분이잖아요. 덕분에 약속을 어기지 않게 됐어요. 정말 감사합니다."

미츠케루의 발 언저리에서 니이 씨는 새침한 표정으로 고개를 흔들었다. 냐우웅, 하고 위엄 어린 울음소리도 덤으로 붙여서. 미츠케루가 통역해 준다.

"저기, 니이 씨가 이 시장의 괭이수호신령이라는 사실은 비밀로 해달라 하시네요. 정체가 들키면 편하게 여기저기 드러누워서 놀지 못한다…… 라고 하세요."

사에코는 예의 바르게 인사를 올렸다.

"걱정하지 마세요, 잘 알겠어요."

"하지만 저는 많이 홍보해주세요! 잃어버린 물건, 떨어뜨린 물건, 다 찾아주는 신령님, 미츠케루입니다! 아직 신입이지만 꼭 찾아냅니다! 곤란할 때는 언제든 찾아주세요!"

미소 짓는 미츠케루에게 영향을 받은 사에코도 웃음을 짓는다.

미츠케루의 미소에는 다른 사람 얼굴에까지 미소가 피어나게 하는 무언가가 담겨있는 듯했다.

"잘 알겠어요, 미츠케루. 앞으로도 문제가 생기면 신세를 질 테니 잘 부탁드려요."

이렇게 마이하마 사에코와 미츠케루는 만나게 되었다.

훗날 이것이 운명적인 만남이었구나, 하고 사에코가 몇 번이고 회상하게 되는 그날 밤의 일이었다.

그 뒤로 며칠이 지나, 사에코가 집으로 돌아가는 길에 미츠케루를 발견해 말을 건 날로부터 이틀이 지나서 벌어진 일이었다.

사에코는 친구 후카와 함께 시장을 걸어가고 있었다.

목적지는 막과자집이었다.

오늘은 후카가 클럽활동도 쉬는 날이어서 시각은 16시를 막 넘은 참. 시장은 사람으로 가득하고 근처 학생들이 군것질하는 모습이 보인다.

막과자집에 도착했다. 가게 앞에는 초등학생들이 몇 명 모여있다. 팽이를 돌리며 노는가 본데 분위기가 점점 달아오르고 있었다.

그리고 남자아이들밖에 없는 그 틈새에 여자아이가 홀로 끼어 들어가 있었다. 미츠케루였다.

"이, 이상하네요. 이렇게 던지면 돌아야 하는데?"

팽이 줄을 감아 팽이를 허공에 던져 보지만 바닥에 뒹구르르 구르기만 할 뿐 제대로 서서 돌 줄을 모른다.

"되게 못해~!"

"미츠케루, 완전 똥손이네~!"

남자아이들의 집중포화를 정면으로 맞은 미츠케루는 반쯤 울 것 같은 표정을 지었다.

"이, 이론은 전혀 문제없는데! 어떻게 하는지는 다 아는데!"

땅바닥에 드러누워 있는 하얀 고양이 니이 씨가 아이고오, 하고 말하기라도 하는 듯 실눈을 뜨고 쳐다보고 있다.

"저기…… 진짜 괜찮은 거지?"

사에코 옆에 선 후카가 불안해하며 묻는다.

"걱정 마. 우리 둘이서만 찾았을 때는 못 찾았잖아…… 그치?"

후카는 미츠케루를 전혀 믿지 않는 모양이었다. 하지만…….

"네가…… 그렇게까지 믿고 추천한다면, 믿을게."

친구를 향한 신뢰가 두터웠다. 미소 짓는 사에코가 남자아이들 사이로 들어간다.

"안녕."

남자아이들의 시선이 집중된다.

"아, 요스케네 누나다."

동생 친구——이름이 신도 히로키였나? 오랜만이네, 하고 대답하려고 하는데 "앗!"하고 미츠케루 표정이 확 밝아진다.

"마이하마 언니! 안녕하세요!"

"네, 미츠케루. 안녕하세요…… 너무 갑자기 부탁해서 송구스럽지만, 곤란한 사람이 있어서 데리고 왔어요."

"곤란한 사람…… 이라면 어떤?"

"미츠케루에게 부탁을 드리고 싶다고 말하는 친구를 데리고 왔답니다."

사에코가 돌아보면서 후카에게 시선을 보낸다.

"제 친구 신키바 후카에요. 물건을 잃어버려 곤란해하고 있답니다."

미츠케루의 미소가 더욱 깊어진다.

막과자집 앞 남자아이들 무리에서 벗어나 길가에 여자 셋의 무리가 새로 생겼다.

"미츠케루예요! 신령입니다! 잘 부탁드립니다!"

"아…… 네, 신키바 후카입니다. 잘, 부탁, 드립니다."

소문으로는 들은 적이 있지만, 진짜 신령님이라고 스스로 말하고 다닐 줄이야. 후카가 어색한 말투로 이야기하는 데에는 그런 생각을 품고 있다는 게 강하게 느껴졌다.

"으음…… 그러니까, 어디부터 설명해야 할까……."

후카가 도움을 청하자 사에코가 대신 설명한다.

"실은 후카가 펠트 천으로 만든 굿즈를 잃어버렸어요. 제가 선물한 물건이고 크기는 키 홀더 정도 되는데……."

"꽤 작은 물건이네요…… 어디서 잃어버렸나요?"

"어제 학교에서 잃어버린 모양이에요. 분명 가방에 넣어놨는데 오늘 둘이서 찾아봐도 나오지를 않아서요. 그래서 또 이렇게 어려운 부탁을 드려서 죄송합니다만……."

"설마 이번에도 빨리 찾아야 하는 물건인가요?"

"맞아요. 다만 제가 부탁했을 때보다는 시간 여유가 좀 있어요. 내일까지 어떻게든 꼭 찾아야만 해요."

고양이가 가득한 시장과는 달리 학교 안에서 잃어버린 물건이라면 니이 씨가 사용하는 방법은 아마도 쓰는 게 불가능할 터였다. 하지만 그런 사에코의 불안을 미츠케루는 단숨에 날려버렸다.

"꽤 어렵네요. 하지만 안심하세요!"

미소 지으며 팡, 하고 가슴을 두들긴다.

"내일까지라면 괜찮아요. 이번에는 제가 꼭 찾아드릴게요!"

"정말로? 정말 찾아줄 거야? 아니, 주실 거예요?"

아무 말 없이 듣고만 있던 후카가 몸을 내민다.

"네! 걱정하지 말고 맡겨주세요! 바로 학교로 출발하죠. 저쪽이었죠?"

"이쪽이에요."

사에코와 후카가 길을 안내하고 미츠케루와 니이 씨가 뒤따라간다.

"와! 학교다! 학교! 신난다아!"

즐거워하는 미츠케루의 목소리를 뒤로 한 채 후카가 사에코의 귓가로 다가갔다.

"뭔가 어린애 같으면서도 어른스러운 말투로도 말하는 꼬마네? 진짜 신령님 같은 느낌 막 드는데?"

사에코가 피식, 웃었다.

"말했잖아…… 진짜 신령님이라고."

"응, 으응……그런가?"

학교에 도착하는 사이 후카는 때때로 뒤를 돌아보며 미츠케루를 관찰했다.

두 사람이 다니는 하타치몬 중학교는 역에서 20분 정도 떨어져 있는 곳에 있었다.

교문에 도착하자 미츠케루가 "아, 잠깐만 기다려주세요."하고 두 사람을 불러 세웠다.

"신키바 언니가 그 물건을 잃어버린 게 일요일에 있었던 일인 거죠?"

"응, 맞아…… 요."

"굳이 그렇게 불편하게 말하실 필요 없어요! 그냥 편하게 말씀하세요."

"아, 진짜?"

그러라고 하자마자 바로 말투가 변한 후카가 처음으로 미소를 지었다.

"죽는 줄 알았네. 사에코는 몰라도 나는 존댓말이 불편해서…… 아, 나는 그냥 후카라고 부르면 돼."

"알겠어요. 그럼 저도 편하게 그냥 밋쨩이라고 불러주세요!"

"밋쨩! 알겠어! 자…… 그럼, 이제 잃어버린 물건 이야기로 돌아가면, 맞아. 잃어버린 날은 일요일이었어. 그런데 그건 왜?"

"그렇다면 어제 아침부터 어떤 흐름으로 하루가 진행됐는지 저한테 알려주실래요?"

"딱히 문제는 없는데…… 물건을 잃어버린 건 아마 학

교 끝나고 나서일걸?"

"그래서 더 알아야 하는 거예요. 물건을 잃어버릴 때는 대부분 허둥대거나, 마음에 걸리는 게 있거나, 고민하는 게 있어서…… 그렇게 평상심을 잃고 다른 생각에 빠졌을 때가 많거든요."

후카가 살짝 놀란 모습을 보였다.

"그러니까 하나하나 차분하게 곱씹어서 검색조건으로 삼는 거예요. 그날 하루의 흐름을 전부 말이죠."

방긋 미소 짓는 미츠케루, 그리고 그런 미츠케루를 신기하게 바라보는 후카. 두 사람을 지켜보던 사에코가 후훗, 하고 기품이 넘치는 웃음을 흘리며 후카에게 귓속말을 했다.

―(거봐, 대단하지?)

―(응? 으응, 그런 것 같기도 하고. 좀 깜짝 놀랐어.)

"그리고…… 여태 그럴듯한 이야기를 늘어놓고 필요한 과정이라고 하긴 했는데요, 사실 그게 말이죠……."

부끄러운 듯 아래를 내려다보는 미츠케루에게 두 사람의 시선이 집중된다.

"저는 학교에 가본 적이 없어서요…… 학교에 관련된 지식은 물론 있지만…… 실제로 다니는 분들이 어떻게 하루를 보내는지 이야기를 듣고 상상해보고 싶어서……. 그런 이유도 조금 있어요…….”

후카와 사에코는 서로 얼굴을 마주 보았다.

“정말 죄송합니다! 물건을 잃어버려서 곤란하실 텐데 이런 사리사욕에 눈이 먼 소리를 하고 있다니……!”

“음…… 풉! 푸하! 푸하하하하!”

후카가 호쾌한 너털웃음을 터트렸다. 사에코도 쿡쿡 웃음을 지었다.

“에이, 뭘 그런 거 가지고 그렇게 죽을죄를 지은 것처럼 그러고 있어? 괜찮아! 그런 걱정은 안 해도 되니까. 화도 내지 않을 거야. 어디 보자, 그럼 언니들이 학교 구경을 할 수 있게 안내부터 시켜줘야겠네. 일단 어제 다녔던 동선을 따라가면서 하나하나 소개해줄게!”

“정말…… 감사합니다! 잃어버리신 물건은 반드시 찾아 드릴 테니, 걱정하지 마세요!”

“응. 새삼 다시 인사하게 됐지만, 잘 부탁해. 밋쨩.”

“네!”

마음을 다잡은 세 명은 잃어버린 물건을 찾는데 돌입했다. 우선 후카가 교문을 훑어봤다.

“보이는 대로, 여기가 교문이야. 시립 히타치몬 중학교.

들어가면 바로 교정이고 안쪽에 보이는 게 우리 반 교실이 있는 건물. 여기서는 안 보이지만 뒤쪽에도 교실이 있는 건물이 하나 더 있어.”

“구름다리로 연결된 뒤쪽 건물에는 음악실이랑 화학실험실이랑 교무실도 있어요.”

흠흠, 하고 미츠케루는 흥미진진하게 이야기에 귀를 기울였다.

“왼쪽에 보이는 게 체육관이야. 지금은 농구부랑 배구부가 쓰고 있을 것 같은데. 운동장에 녹색 체육복을 입고 있는 애들은 축구부랑 육상부가 섞여 있어.”

“테니스부 코트도 있어요. 후카는 항상 거기서 연습을 한답니다.”

“아, 테니스부시군요!”

“게다가 후카는 여자부원 가운데 에이스랍니다. 후후.”

“에이스! 듣기만 해도 멋지네요!”

후카는 에이, 아니야, 하고 고개를 가로저으며 쓴웃음을 짓는다.

“어제는…… 아침 연습이 없는 날이어서 사에코랑 같이 등교해서 교실로 바로 갔어…… 맞지?”

“맞아. 특별히 평소랑 다른 일은 없었어요…… 일단은

교실로 가볼까요?"

"넵! 부탁드립니다!"

미츠케루가 씩씩하게 대답하자 고등학생 두 명이 안내해주었다.

운동장 옆길을 걸어가는 중에 미츠케루는 운동장을 뛰고 있는 학생들을 신이 나서 바라보았다. 녹색 체육복은 학교 지정 체육복인지, 가슴 언저리에는 학교 이름이 자수로 새겨져 있었다.

계단을 올라 건물 안으로 들어서자 바로 신발장이 보였다. 두 사람은 바로 실내화로 갈아신었다.

미츠케루도 신발을 벗고 니이 씨를 안아 올렸다.

"미츠케루, 손님용 슬리퍼가 어른용밖에 없는데……."

"어른용으로도 괜찮아요!"

사이즈가 맞지 않는 슬리퍼를 신은 미츠케루가 복도를 걷는다. 내디딜 때마다 파탕, 파탕, 하는 소리를 내며 아장아장 걷는 모습이 귀여워 후카와 사에코가 미소 지었다.

"우리 교실은 3층이야. 계단 조심해."

굴러떨어지면 미츠케루는 물론이고 품에 안은 니이 씨까지 대참사에 휘말린다.

미츠케루가 신중히 계단을 오른다.

3학년 1반 교실 앞에 도착한 두 사람은 걸음을 멈추었다.

“여기가 교실인데 지금은 수예부가 쓰고 있어서 못 들어가…….”

“방과 후에는 각 교실이 문화부 클럽활동 부실이 되거든.”

“그렇군요, 과연 다른 교실에도 사람이 있는 것 같아요.”

복도에 학생들 이야기 소리나 웃음소리가 울렸다. 방과 후치고는 시끌시끌하다.

“우리 중학교는 다른 학교와 비교해 봐도 문화부 계열이 활발한 편이야. 주말에는 시장에서 가게를 열 때도 있는데, 들어본 적 있어?”

“죄…… 죄송합니다, 처음 들어봤어요.”

“가게 장소를 빌려서 만든 물건을 팔거나 벼룩시장 같은 느낌으로 가게 부스를 만들거나 할 때도 있어요.”

“컴퓨터부는 중장년층을 위한 컴퓨터 교실도 하더라고?”

“마을 부흥계획의 하나로 시장 협동조합이 기획했다고

들었어요."

가슴 깊이 감탄했는지 미츠케루가 탄성을 터뜨렸다.

"공수도부도 품새나 연무 시범 같은 거 보여주지 않나?"

"어, 맞다맞다맞다. 했어."

사에코가 후카에게 편한 말투로 동조한다.

"뭔가 학교축제 느낌이랑 비슷하네요!"

"아, 맞아. 그거랑 비슷한 것 같아. 실제로 우리 학교축제는 시장 이벤트에 참가했을 때의 연장선 같은 느낌도 있지."

"마지막엔 캠프파이어랑 포크 댄스도 하는데, 그때가 가장 분위기가 무르익는 것 같아."

"포크 댄스! 뭔가 연애의 향기가 느껴져요!"

눈을 반짝이는 미츠케루에게 사에코가 "어머."하고 흥미를 보인다.

"미츠케루도 연애 이야기 좋아해요?"

"네에! 엄청 좋아해요! 두근두근!"

"후후, 그렇군요. 그럼 나중에 진짜로 두근두근할 거예요. 그치?"

사에코가 후카에게 시선을 보내자, 후카는 "야!"하고 무언가 서둘러 말을 하려 했다.

"응……? 왜 그러시죠?"

"아, 아냐아냐아냐! 신경 쓰지마…… 어제 하루를 되돌아보는 중이었지? 교실에 도착한 다음에는 뭐 했더라?"

후카가 화제를 돌리려 하자 사에코가 대신 미츠케루에게 전했다.

"딱히 특별한 일은 없었다고 생각해요. 쉬는 시간에 저랑 이야기를 나누거나, 반 친구랑 이야기하거나…… 오전 중에는 교실 이동이나 체육 수업도 없었으니 점심때까지는 아무 문제 없었을 것 같아요."

"점심도 교실에서 드셨나요?"

"옥상. 나랑 사에코는 도시락 싸 오거든."

"옥상에서 도시락이라니! 청춘의 향기가 물씬 풍기네요!"

"아하핫. 마침 말이 나온 김에 한번 가볼까? 거기서…… 음, 뭐, 살짝…… 일도 있었고."

후카가 얼굴을 빨갛게 물들이며 고개를 숙였다.

흠? 하고 미츠케루가 수상쩍게 여길 때는 이미 후카가 계단을 오르고 있었다.

부드러운 바람이 옥상에 불고 있었다.

"우와-! 분위기 좋네요!"

미츠케루가 두 팔을 날갯짓하며 옥상을 빙글빙글 돌았다. 요사이 며칠 연속으로 날씨가 좋았다. 어제 점심때도 옥상은 이렇게 기분 좋은 공간이었으리라.

"여기 벤치에서 점심을 먹었어."

그렇게 말한 뒤, 후카가 벤치 끝에 앉았다. 재현이라도 하듯 사에코도 벤치 가운데에 앉았다.

미츠케루도 사에코 옆에 뿅, 하고 뛰어올라 앉아 봤다. 발이 땅에 닿지 않아 흔들흔들 허공에 흔들린다.

"아까 말을 들어보니 점심 도중에 뭔가 일이 있었다고 하셨는데요……."

"아, 으응…… 뭐 큰일이 터진 건 아닌데 말이지……."

후카가 다시 얼굴을 붉히며 고개를 숙였다.

"후후…… 펠트 천 굿즈를 줘서 고맙다는 말을 할 때 사건 하나가……."

사에코가 기억을 떠올린다.

"우리 집이 옷 가게를 하고 있다고 저번에 말했었지요? 가게에서 히타치몬 시장을 대표할 만한 상품을 만들고 싶다고 아버지께서 말씀하셨었어요. 그래서 시험 삼아 만들어본 것을 후카에게 선물로 줬지요."

사에코는 미츠케루의 발밑에 몸을 둥글게 말고 있는 니이 씨를 보며 말했다.

"히타치몬 시장의 수호신, 괭이수호신령님의 모습을 빌려 만든 부적이에요. 펠트 천 주머니 형태로 만들었는데 안에 소원을 적은 종이를 넣어서 선물하거나, 자기가 소원을 빌어서 목에 거는 식으로 사용하는…… 그런 거죠."

"와아, 멋지네요! 분명 괭이수호신령님께서도 복을 담아 줄 거예요!"

니이 씨는 기지개를 켜면서 몸을 뒤튼다. 쑥스러워서 그러는 것인지도 모른다.

"그…… 부적을 내가 사에코한테 받은 게 그저께였어."

사에코가 미츠케루에게 인사를 건넨 날이었다.

"그때는 그냥 샘플이라고만 들어서 안에 종이가 들어있는 것도 못 들었었거든. 근데 어제 점심때 고맙다는 말을 하려고 하는데 그게 어떤 의도로 만들었나 설명을 들어서……."

후카가 웅크리고 머리를 어깨 속으로 파묻었다가 다시 일어섰다. 왠지 모르게 우물쭈물 망설이는 것처럼 보였다.

"또 하나, 색만 다른 부적으로 제가 선물했어요. 그거는 종이가 안 들어있는 거로."

"그게……이거."

후카가 가방에서 펠트 천으로 만든 부적을 꺼냈다.

하늘색 펠트 천 위에 귀여운 고양이 그림이 자수로 그려져 있다.

사에코가 미소 짓는다.

"이쪽은 좋아하는 남자애한테 선물로 주라고, 선물해줬어."

"네……!?"

꿈틀, 하고 미츠케루가 반응했다.

"이 굿즈, 커플용이에요. 후카에게 준 것은 빨간색 펠트 천. 남녀커플용으로 만들려고 색을 다르게 했어요."

으으…… 하고 후카가 끙끙거렸다. 사에코는 개의치 않고 이야기를 이어갔다.

"제가 후카에게 선물한 빨간색 고양이 안에는 '후카의 사랑이 이루어지기를.'이라고 적힌 종이가 들어있어요."

"그런데…… 그걸 바보같이 내가 잃어버렸다는 거지…… 하필이면 재수 없게……."

"참고로 좋아하는 남자애는 같은 테니스부예요."

"좀 더 자세히 듣고 싶어요!"

미츠케루도 신이 났다. "물론 들려드리지요."하고 사에코가 웃었다. 후카는 두 사람과는 반대 방향으로 시선을 피했다.

"그 남자애도 3학년인데 후카랑 같이 1학년 때부터 테니스부에 있었어요. 같이 보내는 시간은 길어도 서로 의식하기 시작한 지는 얼마 되지 않았대요."

"어떤 계기가 있었나요? 당연히 있었겠죠?!"

"네, 우리 학교 테니스부는 현에서도 꽤 강호 팀으로 알려져서 근처 학교랑 합동 합숙훈련을 갔거든요."

사에코의 말에 따르면, 계기는 바로 그 합숙훈련 중에 일어났다고 한다.

테니스에는 1:1로 경기하는 단식경기 말고도 2:2로 대결하는 복식경기 종목이 있다. 복식 중에서도 남녀가 한 조를 짜는 혼합복식 종목이 있었다.

"중학교는 원래 혼합복식 시합을 별로 하지 않아요. 하지만 합숙 때는 재미 삼아 토너먼트를 하기로 했다고 해요."

그때 후카는 지금 짝사랑하는 남학생과 한 조를 짰다.

"혼합복식이란 게 말이야…… 남자끼리나 여자끼리 할

때랑은 다르니까 아무래도 전술 같은 게 특수해지는 경우가 많거든."

규칙 이야기로 넘어가자 후카가 대화에 끼어들었다. 시선은 여전히 피한 채로다.

"기본적으로는 남자가 아니라 여자 쪽을 노리고 공을 보내. 다리 힘도 체격도 다르다 보니 아무래도 여자 쪽이 약점이라고 보는 거지……. 그걸 남자가 커버하는 식으로 진행되는 게 기본이야."

허를 찌르려고 이때다 싶은 순간에 역으로 남자 쪽을 노리는 식으로 심리전을 벌일 때도 있지만, 기본적으로는 후카가 말한 대로 진행된다.

"말이 나온 김에 말하자면 동성끼리 한 조를 짤 때랑은 다르게 같은 편끼리 싸움도 많이 나거든. 남녀라면 아무래도 가치관도 다르고. 남자가 잘난 척하면서 가르치려고 들어서 짜증이 확 날 때도 있고……. 내가 특히 더 그래."

잘 돌아가는 혼합 조는 특히 보기 드물다.

평소 익숙하지 않은 시합 형식이다 보니 합숙하는 동안 벌어진 토너먼트에서는 특히나 사사로운 갈등이 끊이지 않는다. 오히려 그런 점을 재미로 시합이 성립된다.

"근데 말이야, 걔, 잘 하더라고, 내 파트너 역할. 내가 다 커버할 테니까 따라오라는 태도도 아니고, 그렇다고 커버를 안 하는 것도 아니고, 오히려 잘 쳐주고, 그러면서도 자기가 실수했을 때는 '미안, 내 잘못이야.'하고 사과도 하고, 내가 실수했을 때는 짜증 내는 모습도 없이 아무 말 안 하고 그냥 넘어가 주고……."

"그러니까 서로 상성이 좋다, 라는 거죠?"

후카가 갑자기 입을 꾹 다물었다. 그리곤 제자리에서 격렬히 우다다다 발을 구른다.

"우승했잖아, 후카."

"우와! 대단하네요!"

대답이 없었다. 하지만 누가 봐도 부끄러워서 그러는 티가 났다. 사에코가 대변했다.

"후카가 있죠…… 걔는 단식에서는 별로 잘 하지도 못하던데 유독 나랑 할 때만 잘하네. 역시 사람마다 잘 맞는 게 있기는 한 가봐, 하고 감탄했었어요."

"뭐래 진짜!"

결국 후카가 쏘아붙였다. 사에코가 말을 잇는다.

"연애상담을 받은 저는 부적을 전해주라고 부추겼어요. 내일까지 찾게 해달라고 부탁드린 이유는 내일부터 다시 합숙훈련이 시작되기 때문이죠. 내일 밤, 걔한테 고백할 거라서.”

“고, 고백 아니거든! 번호만 물어보려고 그러는 거야!”

“그래, 그래. 하여튼 후카는 막상 눈앞에 닥치면 내성적으로 변한다니까? 내일은 연애운이 가장 높은 날이라면서? 승부를 본다면서?”

살짝 어이없어하는 모습을 보이며 사에코가 한숨을 쉰다. 한편 미츠케루는 주먹을 쥐며 의욕에 불타올랐다.

“덕분에 상황을 잘 파악했어요! 반드시 물건은 찾아낼게요! 음, 그러니까…… 점심을 먹던 때에는 부적이 두 개 다 있었던 게 확실한 거죠?”

“으응, 분명 가방에 두 개 다 넣었을 거야. 아마?”

“내가 한 말 때문에 머릿속이 하얗게 되어서 기억이 잘 안 난다── 그게 솔직한 말이지.”

“응…… 그렇지만…… 그게…….”

눈물을 글썽이는 후카를 보며 미츠케루는 다시 한번 “괜찮아요.”하고 격려했다.

“하나하나 침착하게 떠올려보는 거예요. 검색조건만 다 갖춰지면 저는 무적이니까요! 걱정하지 않으셔도 돼요!”

“응…….”

다소 긴가민가한 느낌으로 후카가 고개를 끄덕였다. 사

에코는 따스하게 미소지을 뿐이었다.

옥상을 뒤로 한 세 사람은 오후 수업 때 다녔던 장소를 돌기로 했다. 가장 먼저 간 곳은 음악실. 여기서는 취주부가 연습을 하고 있어서 역시나 실내로는 들어가지 못했다. 세 명은 복도에서 이야기를 나눴다.

"참가하기로 예정된 합창 콩쿠르 연습을 했는데, 후카는 노래를 안 불렀어요. 계속 딴 곳에 정신이 가 있어서 선생님께 혼나도 계속 멍하니 있는 바람에 복도로 쫓겨나서 있었지요."

만화 같은 이야기였다. 사에코의 설명을 들은 후카는 "그치만……."하고 밑을 내려다보았지만, 미츠케루는 웃지 않았다. 무언가 생각하는 듯했다.

"어쩌면 다음 수업 때도 계속 그런 상태였던 건 아닌가요?"

"다음 수업이 수학이기는 했는데요……."

"나, 수학 포기했거든. 애초부터 진지하게 수업을 듣지도 않아서 선생님도 포기한 상태라 별로 문제는 없어. 멍하게 있지 않았던 거 같아."

"그게 왜 문제가 아니야."

사에코가 예리하게 반론하자 후카가 축 처져서 입을 다물었다.

"하지만…… 사실은 멍하니 들떠 있었던 거 아닐까요?"

"으, 으응? 뭐… 그렇지……?"

미츠케루의 추궁에 얼버무리듯이 동의한다.

"그렇군요. 그날 하루의 흐름이 점점 보이기 시작했어요. 수업은 이걸로 끝이었나요?"

"어제는 이걸로 끝났었지요."

부적은 점심시간에 둘 다 가방 속으로 집어넣었다.

그런데도 집에 가서 가방을 열어보니 빨간 부적만 없었다——라는 것이다.

흐음…… 하고 미츠케루가 생각에 잠긴다.

"수업이 끝난 뒤에는 두 분 다 뭘 하셨나요?"

"나는 방과 후 클럽활동이어서 부실로 갔고…… 사에코는 집에 갔어. 그치?"

"응."

"두 분이 찾아본 장소는 어제 들른 곳이 전부인가요?"

"그렇지. 교실, 옥상, 음악실…… 전부 다 찾아봤는데?"

미츠케루가 고개를 갸웃거린다.

"부실은 안 가보시지 않았어요?"

"별로 찾아보진 않았지. 나, 평소에도 클럽활동 하러 갈 때는 아무것도 안 들고 가거든. 그러니 그런 소중한 건 더욱 안 가져갔지."

"흐음, 하지만 클럽활동 할 때도 역시나 멍하니 있다가 혼나지 않았나요?"

"윽…… 어떻게 다 알고 있어……."

후카는 부끄러워 몸을 뒤틀었다.

미츠케루는 검지를 세워 보였다.

"하나, 짐작이 가는 부분이 있어요. 추측한 것이기는 한데, 한번 들어봐 주세요."

진지한 말투에 후카와 사에코가 입을 다물었다.

"어제 하루의 흐름을 같이 돌아 봐주신 덕에 꽤 조건이 갖춰졌어요."

첫 번째, 점심시간까지는 특별히 별다른 일이 없던 하루였다.

두 번째, 점심시간에 사에코가 후카에게 굿즈에 담긴 의도를 이야기했고, 이를 들은 후카가 심하게 동요했다.

세 번째, 오후부터는 계속 후카가 정신이 다른 데 가 있는 상태여서 기억이 확실하지 않다. 부적을 가방에 넣었나 아닌가도 정확하지 않다.

"여기서 세부조건을 더해 결과를 줄여봤는데요…… 후카 언니는 테니스부 연습을 할 때 학교 체육복을 입고 하시지 않나요?"

"응, 그런데 그게 왜?"

"여기에 더해서, 잃어버린 부적이 연애에 관한 것이라는 사실을 저에게 알려주셨을 때도 이렇게 말씀하셨지요. '하필이면 재수 없게'라고. 필승기원용 부적 같은 걸 손에 넣었을 때는 시합 때뿐만 아니라 항상 몸에 지니고 다니는 것이 보통이지요? 그게 '재수'가 좋아지니까."

"어…… 응, 뭐 그렇지."

척척 맞춰나가는 미츠케루에게 후카는 압도당했다. 미츠케루는 이야기를 이어갔다.

"기억이란 아주 불확실해요. 놓아둔 장소에 가보니 분명 거기 뒀었는데 없네── 평소에도 이런 말도 안 되는 실수는 하기 마련이고, 더 나아가 그 사실 자체를 잊어버리는 때도 있죠. 멍하니 있었다면 더욱 그랬을 확률이 높을 거예요. 기억이 나지 않아도 이상할 것은 없어요."

미츠케루는 한 호흡 쉬고 다시 한번 확인한다.

"정말로 클럽활동에 부적을 안 가지고 가셨나요? 사에코 언니가 성취기원을 담아 만든 연애 부적── 몸에서 떼어놓으면 재수가 없어진다, 그렇게 생각해서 체육복 주머니에 넣은 채로 클럽활동을 가지는 않았을까요? 아까 운동장에서 다른 학생들이 체육복 입은 모습을 봤는데, 저 체육복에 주머니는 달려 있죠?"

후카가 아무 말을 않는다. 몇 초 동안 움직이지 않았다. 사에코가 "후카?"하고 말을 걸자, 겨우 입을 뗐다.

"아… 마도, 넣었던 것 같기도 한데……. 클럽활동에 갈 때 지각할 뻔해서 서두르느라 탈의실에서 옷을 갈아입고…… 다 입은 뒤에는 뛰려고 했는데 부적이 생각났고 가방에서 급하게 빨간 것만 꺼내서 넣었던 것 같기도……어?"

"체육복 주머니에 있는 걸까? ……찾아봤어?"

"아니! 아직!"

"오늘은 체육도 클럽활동도 없었으니까, 집에 있겠네? 집에 가서 찾아보면 혹시……."

"……아냐, 안 가지고 갔어."

"응?"

중얼거리는 후카에게 사에코가 되물었다.

"아, 안 가지고 갔어……. 멍하니 정신을 놓고 있는 바람에 까먹고 놓고 갔었거든. 체육복, 테니스부 여자 탈의실에 그대로 있을 거야…….”

사에코가 쓴웃음을 지었다.

“그럼 한번 가볼까? 교무실에 열쇠 빌려서?”

“으, 응…….”

“어휴, 그만 좀 처져 있어.”

“그, 그래도…… 뭔가… 나, 이것저것 다 잊어버려서 민폐만 끼치는 것 같아서…….”

“그런 생각은 아무도 안 해요! 저도 안 하고, 사에코 언니도요!”

“그렇다니까, 후카. 가보자, 응?”

끄덕, 하고 고개를 주억이는 후카를 데리고 일행은 교무실로 발걸음을 서둘렀다.

히타치몬 중학교 클럽활동 부실건물은 장방형으로 가늘고 긴 조립식 건물이었다.

여자 테니스부 간판이 걸려있는 문을 열고 후카가 가장 먼저 안으로 들어갔다.

가운데 벤치가 놓여있고, 좌우 벽 쪽에는 로커가 죽 늘어서 있다. 자기 로커를 연 후카는 잡아채는 손짓으로 옷걸이를 꺼내 체육복 주머니를 확인했다.

"후카, 있어?"

질문을 받은 후카는 어깨를 축 늘어뜨렸다.

"미안…… 없어……."

기대에 보답하지 못해서 면목이 없는 게 누가 봐도 생생하게 보였다. 하지만 미츠케루는 방긋 웃었다.

"있어요."

응? 후카가 큰 소리를 냈다.

미츠케루는 방 안쪽에 있는 화이트보드를 손가락으로 가리켰다.

동그란 자석에 걸려있는 모습으로 무언가가 매달려 있었다. 빨간 펠트 천으로 만든 고양이 부적이었다. 화이트보드에 빨간색 글자로 '분실물'이라고 설명이 적혀 있었다.

"찾았다아——!"

후카가 환성을 지르며 부적을 집어 들었다. 그리곤 두 손으로 감싸 가슴에 품었다.

"다행이네, 후카."

"응…… 응!"

"뚝! 그만 울어."

"안 울거든!"

후카는 코맹맹이 소리로 고집을 부렸다.

"밋쨔아…… 아니지, 미츠케루. 감사합니다!"

"후후. 별말씀을요. 밋짱이라 불러도 돼요."

"그래…… 그래. 고마워."

미소 짓는 후카에게 미츠케루도 어린아이답게 방긋 미소를 지어 화답한다. 하지만 미츠케루의 미소는 바로 어른스러운 웃음으로 변했다.

"후카 언니, 정신이 다른 곳에 있었던 것은 사실 좋아하는 마음을 어떻게 전해야 하나 고민했기 때문인가요?"

질문을 받은 후카의 미소가 사라졌다. 그리고 눈 깜짝할 새에 불안한 표정으로 변하고 말았다.

"나…… 성격도 제멋대로고, 덜렁대고, 눈치도 완전 없고, 우승하기는 했지만, 혼합복식 시합할 때도 계속 내 맘대로였고……."

"안돼요, 그렇게 부정적으로 생각하면. 솔직하게 마음을 전달하는 것을 추천해요."

"맞아, 후카. 잘 안되면 내가 위로해줄 테니까."

"아, 안 되기는 누가 안 된다고 그래! 될…… 거야…… 아마도."

"후후, 그래그래. 그렇게 마음먹어야 안 될 것도 되는 거지."

두 사람이 웃고, 한 사람이 입술을 삐죽거린다. 공간 가득히 따스한 분위기가 가득 찬다.

학교를 나와 시장으로 돌아가니 저녁놀이 물들고 있었다.

사에코와 후카는 시장 중심가를 느긋하게 걸었다. 미츠케루의 모습은 이미 보이지 않았다. 중간까지 같이 오다가 시각장애인용 하얀 지팡이를 짚고 가는 할머니와 스쳐 지나갈 때 "죄, 죄송해요. 나중에 뵈어요!"라는 말을 남기고 "방울 또 떨어뜨리셨어요오오!"하고 소리치며 달려가 버렸다.

얼굴을 마주 보고 웃음을 터뜨린 뒤 두 사람은 집을 향해 걸어갔다. 도중에 후카가 딴 길로 꺾어 들어가기 전까지는 같이 이동했다.

"찾아서 다행이네."

"응…… 정말."

후카의 표정이 좋지 못하다. 또 무언가 생각에 잠긴 모양이었다.

무슨 생각을 하는 걸까? 그 사실을 알아차린 것은 서로 헤어지는 갈림길에서 사에코가 "그럼 내일 보자."하고 말한 직후였다.

"저기, 잠깐만. 사에코, 하나 묻고 싶은 게 있어."

"뭔데?"

"나한테 뭐 숨기는 거 있어?"

사에코가 살짝 놀란다.

"왜 그렇게 생각하는데?"

"아니…… 사에코, 네가 계속 뭔가 좀 이상하잖아. 평소처럼 싱글벙글하는 것처럼 보여도…… 뭔가 좀 달라. 말로 표현이 어려운데 뭔가가 달라."

"……."

"나 있지, 정말 걔한테 고백한다고 해야 하나…… 아니! 아직 고백은 안 했지만! 그런…… 짓 해도, 될까? 네가 뭔가 이상한 모습을 보이기 시작한 거, 내가 걔한테 관심이 간다고 상담한 다음부터 계속 그러고 있으니까."

연이어 토해내는 말을 들은 사에코는 입을 다문다. 그런 반응이 후카를 더 불안하게 만들었다.

"설마 하고 물어보는 건데…… 혹시 사에코 너, 실은 나처럼 걔 좋아하는 거 아니야?"

순간 사에코가 실소를 터트렸다. 그리곤 한참 웃음을 멈추지 않는다.

"왜, 왜 웃고 그래!"

"아, 미안 미안……. 뭐야? 설마 그래서 어제 종일 고민한 거야?"

"그, 그런 게 아니라! 뭐랄까…… 사에코 네가…… 뭔가 정말 이상해서……."

"혹시라도 내가…… 걔 좋아한다고 그러면…… 어떻게 할 건데?"

"그, 그럼 안 되지. 너무 곤란해."

"왜?"

"왜, 왜냐니…… 사에코는 나보다 예쁘고, 귀엽고, 우아하고…… 그러니까 나는 너한테 비교할 수준이 못 되니까……."

그 말을 들은 사에코는 마치 칭찬이 틀리지는 않았다고 말하기라도 하는 양 머리카락을 매만졌다.

"우후훗, 그렇게 나를 봐주고 있었구나…… 하지만 괜찮아. 오해야. 난 걔한테 아무런 감정도 없거든. 후카를 진심으로 응원하고 있어."

"진짜? 진짜진짜?"

"진짜진짜."

"다, 다행이다……."

"다만……."

"다만……?"

"후카한테 남자친구가 생겨버리면 나는 좀 외로울지도 몰라서. 지금까지 그랬던 것처럼 나랑 놀아주지 않을 거 아냐?"

"아, 안 그래! 여자끼리 우정은 불멸이잖아! 남친하고는 차원이 다른 거!"

"후후. 그럼 좋을 텐데."

"놀리지 마!"

"그런 게 아니라…… 남자친구가 됐으면 좋겠다. 그렇지?"

"끄응…… 끄으응……."

후카가 새빨갛게 달아올라 끙끙대기 시작한다. 그 모습을 본 사에코의 미소가 더 깊어진다.

"집에 갈래! 흥……. 내일 보자!"

도망치듯 후카가 사라졌다. 사에코는 손을 흔들며 배웅했다.

후카의 모습이 사라진 뒤, 사에코는 저녁놀에 젖은 시장 아케이드를 멍하니 올려다보았다.

"뭔가…… 이상하다…… 라."

좋아해야 하나, 위기감을 느껴야 하나.

사에코 자신도 알지 못했다.

◆ ◆ ◆

학교에서 물건을 찾아주고 이틀이 지났다.

점심을 마치고 돌아가는 길이던 미츠케루는 신사 경내로 이어지는 계단을 올라가면서 하늘을 올려다본다.

"오늘은 구름이 좀 꼈네요……."

오늘 점심은 정석적인 미사키정 런치 메뉴였다. 고민 끝에 새전 대신 아몬드 젤리를 선택했다.

도중에 시장에서 신도 카나에와 마주치기도 했다.

예전에는 대형 할인마트를 자주 이용했지만, 요즘은 시장을 다니기 시작한 모양이다. 카나에는 미츠케루, 그리고 옆에서 동행하던 니이 씨에게도 인사를 건넸다. 그리고 니이 씨를 바라보면서 안절부절못하기 시작했다. 미츠케루가 "안아보시겠어요?"하고 말을 걸자 매우 기뻐했다. 고양이 공포증은 이제 완전히 극복한 것인지도 모른다.

"시장에서 느긋하게 늘어져 있는 길고양이들에게도 용

기를 내서 다가가 보세요. 억지로 대하지만 않으면 분명 한 마리도 빠짐없이 놀아줄 거랍니다."

카나에는 미츠케루에게 인사를 한 뒤 다시 장을 보러 갔다.

"점점 아는 사람들이 많아지니 재미있네요!"

"다행이구나. 잘됐어. 하지만 그럴 때일수록 더 까불지 말고 겸손해야지."

"알았다니까요…… 그나저나 후카 언니는 고백에 성공했으려나?"

"글쎄다."

퉁명스러운 니이 씨의 태도에 끄응, 하고 미츠케루가 삐친다.

"너무 남의 개인사에 개입하는 일이 없도록. 신령님이니까."

꾸중을 듣고 나니 더욱더 삐친다.

신령이니까 더 다가가야 하는 거 아니야? 속으로 불만을 토했다.

계단을 다 올라가 신사 경내로 들어갔다. 오늘은 토요일이다. 평소라면 고양이를 좋아하는 참배객이 사진기를 들고 들어와 니이 씨가 신주님으로 둔갑하여 대응해야만 하는 일도 종종 있는 요일이었다. 하지만 오늘은 날씨가 안 좋은 탓인지 한 명 빼고는 아무도 보이지 않았다. 게다가 그 참배객이 미츠케루에게는 낯이 익었다.

경내의 길고양이들에게 쮸쮸쮸, 하고 소리를 내며 부르는 사람은――

"마이하마 언니!"

소리쳐 부르자 마이하마 사에코도 미츠케루를 알아차렸다. 달음질쳐서 다가온다.

"안녕하세요, 미츠케루."

"안녕하세요! 오늘은 어쩐 일로 일찍 오셨네요?"

"네. 토요일이라서. 꼭 전하고 싶은 물건이 있어서 들렀어요."

사에코는 가방에서 장식용 끈이 달린 경조사용 봉투를 꺼냈다.

"저랑 후카의 물건을 찾아주셔서 감사드립니다. 약소하게나마 새전을 준비했어요. 받아주세요."

두 손으로 내미는 봉투를 두 손으로 받는다. 자기도 모르게 봉투를 뒤집어 보고 말았다. '금일천엔'이라는 글자를 발견하고 후와악?! 하고 이상한 소리를 냈다.

"이, 이, 이, 이, 이렇게 큰돈을 제가 받아도 될까요?!"

“물론이지요. 요스케가 그러던데 막과자 좋아하신다고 들었어요. 얼마든지 드시라고 준비했어요.”

“흐, 흐와아아아…… 너무 기뻐요, 감사합니다!”

싹트기 시작한 행복감을 품에 안기라도 하듯 봉투를 꼭 끌어안았다.

미소가 깊어지는 사에코가 말을 이었다.

“그리고, 보고드릴 게 하나 더 있어요. 후카의 연애가 무사히 시작되는 모양이에요.”

“어머! 고백하신 건가요?!”

“후후. 고백한 게 아니라 고백받은 모양이에요. 먼저 연락이 왔대요.”

“다…… 다행이네요——.”

“그러게요. 다행이에요.”

사에코가 크게 미소 짓는다.

응……? 하고 미츠케루가 위화감을 느꼈다.

“그럼 저는 이만 집에 가 볼게요. 실례했습니다. 그럼 이만…….”

“잠깐만요.”

돌아가려는 사에코의 옷을 미츠케루가 작은 손으로 붙잡았다.

"왜…… 슬퍼하시는 거죠?"

사에코가 당황한 모습을 보였다.

"슬퍼한다고? 제가…… 슬퍼한다고요?"

"그래요. 왜 그렇게 슬프게 웃으시는 건가요?"

미츠케루는 사에코를 바라봤다. 사에코도 미츠케루를 똑바로 보았다.

"혹시 마음속에 걱정거리라도 있나요?"

"아뇨, 그런 거는……."

"그러면 후카 언니의 사랑을 응원하지 못하는 다른 이유라도 있는 건가요?"

"아뇨, 저는 딱히……."

사에코가 시선을 피한다.

먀아아아앙, 하고 니이 씨가 대놓고 불만스러운 심기를 토했다. 압도당한 길고양이들이 당황해 도망쳤지만 미츠케루는 알아차리지 못했다. 사에코에게 너무 집중하느라 주변을 아예 보지 못하고 있다는 걸 미츠케루는 깨닫지 못했다.

"저는 그저 후카가 행복했으면 좋겠다는 생각뿐이에요."

미츠케루의 의심은 갈수록 깊어졌다.

후카가 그저 행복해지기만 하면 된다.

——그렇다면 자기는 불행해져도 된다는 말인가?

"후카 언니가 좋아하는 사람을 사에코 언니도 좋아하는 거예요?"

사에코가 쓴웃음을 지었다.

"아니요, 그게 아니에요."

그렇게 말한 뒤 고개를 가로젓는다.

"아……."

설마——하고 생각하면서 두 눈을 부릅뜬 미츠케루는 한 가지 가능성을 입에 올렸다.

"사에코 언니는 친구를…… 후카 언니를 좋아하는 거군요?"

♦ ♦ ♦

축축한 바람이 거칠게 불어와 사에코의 머리를 흐트러트려 미츠케루가 사에코의 얼굴을 보지 못하게 만들었다.

바람이 잦아들자 다시 한번 미츠케루는 사에코의 얼굴을 볼 수 있었다.

무표정이었다.

미소를 잊는 일이 드문 사에코의 얼굴에서 웃음기가 싹 사라져 있었다.

그리고 그것은—— 한순간 스쳐 지나간 장면이었다.

미소가 무너졌던 사에코의 얼굴에 다시 미소가 돌아왔다.

평소보다 더 진한 미소였다.

꿈틀, 하고 미츠케루의 온몸이 굳어버렸다. 한 발 뒤로 물러섰다.

이유는 알 수 없었다. 그러나 둔갑하여 받은 육체의 심장이 진정하지 못하고 고동치고 있었다.

공포에 의한 것이라고, 옆에서 보고 있던 니이 씨만이 알아차렸다.

어쩌면…… 마주하고 있는 사에코에게도 전달됐는지도 모른다.

"곤란하네요."

깊은 미소를 지은 채 전혀 곤란하지 않은 모습으로 사에코가 남 일 말하듯 중얼거렸다.

"들키고 말았어요. 과연 미츠케루는 다르네요."

진정하지 못한 채로 동요 중인 미츠케루는 아무 말도 못 한다. 입을 꾹 닫은 채로 사에코가 말하기만을 기다리는 수 말고는 없었다.

"어릴 때부터 항상 그랬어요."

좋아하게 되는 대상은 항상 여자아이. 이유는 모르지만, 항상 그랬다.

멋있는 여자아이. 머리가 좋은 여자아이. 야생마 같은 여자아이. 상냥한 여자아이……. 하지만 모두 다 사실은 상처받기 쉬운 여자아이들.

그런 여자아이들을 언제부터인지 자연스레 눈으로 좇기 시작했고 가슴이 두근거리게 되었다.

사랑이라고 자각하는 것은 의외로 간단했다…… 문제는 그 사실을 받아들이는 것이 너무나도 어려운 일이었다. 스스로에게도. 아마도 마음을 고백할 경우, 고백받은 상대방에게도.

"러브레터를 쓴 적도 몇 번이나 있어요. 건넨 적은 한 번도 없지만요."

사랑에 빠진 대상은 모두 마이하마 사에코에게 좋은 친구들이었다.

마음을 고백하고 친구로도 함께하지 못하게 되는 게 무서워 마음을 전하지 못했다.

"그런데 결국 마음을 접어도 또 다른 여자를 좋아하고

말아요. 계속 계속. 또 계속 계속…… 후후, 아주 진력이 난답니다."

사에코가 다시 웃었다.

서서히…… 미츠케루에게도 이해가 가기 시작했다.

사에코가 지금 보이는 웃음은 자기 혐오와 절망으로 가득한 저주의 미소다.

괴로워지면 질수록 웃음이 깊어갈 때가 있는 소녀였다. 닮았다…… 이 소녀는 미츠케루와 마찬가지로 무의식적으로 완전히 다른 성질을 가진 미소를 띠는 여성인 것이다.

"하지만 제가 어리석은 사람이다 보니…… 상처받을 것이라고 다 알면서도 질리지도 않게 중학생이 되어서도 또 친구를 짝사랑하게 됐어요."

만난 때는 입학 직후였다.

같은 반 옆자리 여자아이.

못 말리는 야생마처럼 활발하고 수학을 싫어하는, 그러면서도 좋아하는 일에는 전력을 다하는 여자아이.

응원하고 싶은 여자아이…… 사에코를 '베스트 프렌드'라고 불러주고 항상 무슨 일이 있어도 자기에게 다 털어놓아 주는 여자아이.

다른 반이 된 2학년 때도 같이 다녀줬고 3학년이 되어 다시 같은 반이 되었을 때는 꼭 안아주며 기뻐해 주던 둘도 없는 베스트 '프렌드'.

정말 소중한 존재였다. 그녀의 모든 걸 손에 넣고 싶다. 삿된 감정이 끓어오를 때도 있었지만 그랬다가는 모든 것이 다 무너져 내릴 가능성이 더 컸다.

그래서 항상 그렇듯 친구로 남으려고 노력했다.

그러나, 요새 마음에 걸리는 애가 생겼어——하고 말해 왔을 때는 결국 뒤흔들리고 말았다.

"미츠케루…… 신령님이 보시기에 저는 어떻게 보이나요? 부모님은 제게 말해요. 아주 똑똑하다고, 어딜 가도 자랑스러운 딸이라고. 말도 잘 듣고 고집도 안 부리는 현명한 딸이라고. 당신이 보기에도 그렇게 보일지도 모르죠…… 하지만, 사실은 전혀 달라요."

좋아하는 사람에게 남자친구가 생기기를.

그렇게 기원하며 부적에 연애성취 기원을 담은 종이를 넣어 꿰맸다.

하지만 사실은 다른 마음을 품고 있었다.

"사실 정말로 넣고 싶었던 종이는 다른 종이였어요……. 제 사랑이 성취하기를, 이라고. 실제로 적어보기도 했어요. 하지만 넣지 않았죠. 우스꽝스럽죠? 비참하고 어리석죠?"

사에코의 미소가 더욱 깊어졌다.

거꾸로 미츠케루의 표정이 뒤틀렸다. 뭐라 말해야 할지 몰라서 평정을 유지하지 못했다.

"죄송해요. 괜히 이런 이야기를 꺼내서. 아무도 몰랐거든요. 들킨 게 이번이 처음이어서 좀 이상해진 것 같아요…… 기분 나쁘죠, 저? 괴물이에요, 난."

"아니에요!"

미츠케루가 소리쳤다. 신호라도 되듯 미츠케루 눈가에서 눈물이 떨어졌다.

"기분 나쁘지 않아요! 우스꽝스럽지 않아요! 괴물 같지도 않아요! 전혀…… 전혀 그렇지 않다고요!"

미츠케루는 니이 씨가 했던 말을 떠올렸다.

이곳은 절망을 경험한 사람이 살고 있다고. 사에코도 그런 사람이다. 눈앞에 있는 세계를 무너뜨릴 스위치가 있다면 아마 누르리라――아무리 소극적으로 판단해 보아도 분명 스위치를 누를까 말까 고민할 정도로 세상을 미워하고 있으리라.

그러니 구원해야만 한다.

――왜냐면 난 신령이니까.

최적의 검색결과를, 답을 제시해야만 해!

"마이하마 언니는 엄청 좋은 사람이에요! 꼼꼼하고, 예의 바르고, 감사를 잊지 않는 고결한 분이고, 친구를 소중히 생각하고……."

"친구를 소중히 생각한다고요? 소중히…… 고백에 실패하면 나를 돌아봐 줄지도 모른다고 생각하는 제가요?"

"속으로는 그런 거 바라지 않잖아요?!"

"어떻게 알아요, 그걸?"

"알죠! 부적을 찾아달라고 저한테 부탁했잖아요! 찾는 동안에도 후카 언니를 위해 온 힘을 다해 찾았잖아요!"

"……."

"부적에 넣을 종이도 똑같잖아요! 그렇잖아요…… 넣었잖아요? 고민했을지도 모르지만, 마지막까지 막판까지 마음이 흔들렸을지도 모르지만, 하지만! 후카 언니의 사랑이 잘 풀리기를 바라면서 마지막에 '올바른 길이라고 생각하는 종이'를 넣었잖아요?"

사에코에게서 다시 한번 미소가 사라졌다. 무표정하게 미츠케루를 쳐다본다.

눈물을 흘리지 않는 사에코 대신 미츠케루가 울어주었다. 사에코가 울면서——혹은 미소 지으면서——어느 쪽이든 마음속으로 울면서 사랑하는 사람의 행복을 기원하며 마음을 담은 종이를 넣어 부적을 꿰맸을 터인 순간을 떠올리니 눈물이 흘러넘쳐 멈추지 않았다.

"바라던 소원은 모두 이루어지지 않을지도 몰라요…… 하지만 그렇다고 해서 자기 자신까지 부정하고 미워하지는 말아주세요…… 그건 너무 슬픈 일이니까요…… 다른 사람을 생각해 억지로 참는 성격 때문에 자신을 괴롭게 만드는 것도 이해해요…… 하지만 제발 그렇게 자신에게 가혹하게 대하지는 말아주세요……."

사에코는 미츠케루의 어깨를 붙잡았다. 그 가는 어깨로 손가락이 파고들 정도로.

"왜…… 왜 그런 말을 하는 거죠?"

키가 작은 미츠케루에게 체중을 실은 채로 비스듬히 서서인지 다시 표정이 보이지 않는다…… 바람이 불었다. 앞머리를 흐트러트린 단 한 순간, 미츠케루는 사에코의 얼굴을 겨우 보았다.

"참고…… 있는데."

한쪽 눈에서 떨어지는 한줄기 눈물. 딱 한 번, 물방울이 미츠케루의 뺨에 떨어졌다.

"난… 내가 이상한 거야, 못된 거야…… 그렇게 생각하고 넘어가려고 했는데…… 왜 그런 말을 해주는 거냐고요…….”

비가…… 내리기 시작했다. 가랑비였다.

“미츠케루…… 신령님은 제가 지금까지 좋아해 왔던 어떤 사람보다도 깨끗하고, 때 탄 곳도 없는, 순수한 사람이고, 무슨 일이든 항상 최선을 다하는 사람이에요. 하지만 그래서 누구보다 잔인하게, 무심코 아픈 진실도 찢어서 드러내 버리고 마네요. 그런데도…… 제가 만난 그 어떤 존재보다도 착하고, 상냥하네요…….”

한번 말을 끊은 사에코는 힘없이 웃었다.

“치사한 거 아니에요? 나도 신령님처럼 착하고, 깨끗하고, 순수해지고 싶었다고요…….”

신사 경내에 빗소리가 울리는 가운데 어느새 사에코의 손가락에서 힘이 빠져 미츠케루가 해방됐다.

“오늘은…… 이만 가 볼게요…… 잘 지내요.”

의미심장한 작별인사를 마지막으로 마이하마 사에코는 우산도 쓰지 않고 미츠케루를 남긴 채 떠나갔다.

비가 내리는데도 미츠케루는 신사 경내 바닥에 털썩 주저앉았다. 한동안 움직이지도 못했다. 미사키정의 사장님이 적대적인 감정을 뿜어냈을 때보다 몇 배나 되는, 비교도 안 될 정도의 피곤함으로 온몸이 텅 비어버렸다.

다음 날. 점심시간인데도 미츠케루는 식사하러 나가는 일도 없이 새전함 옆 돌계단에 주저앉아 생각에 잠겨있었다.

비는 어제 그쳤다.

하늘도 맑아졌다. 마음에만 여전히 구름이 끼어있었다.

무릎을 끌어안고 멍하니 하늘을 올려다본다.

“언제까지 거기서 그렇게 죽치고 앉았을 건가?”

옆에 다가온 니이 씨가 말을 걸어, 겨우 몸을 움직인다.

하지만 미츠케루는 힘없이 고개를 숙인 채였다.

“뭔 생각을 하고 있나?”

“제가…… 쓸데없는 짓을 한 걸까요?”

니이 씨의 대답을 기다렸다.

“세 명 사이의…… 두 개의 사랑. 세 명 모두 행복해질 방법은, 답은 없는 걸까요?”

“그걸 생각하고 또 생각한 사람이 다름 아닌 그 친구지 않은가. 궁리하고 고민하고 또 고민하고…… 고민을 거듭한 끝에 도달한 결과가 그 부적을 선물하는 것이 아니었을까?”

“하지만…… 마이하마 언니는 슬퍼했어요. 자신을 불행하게 만든 탓에.”

“하지만 그 이상으로 받아들이려는 각오도 있었어. 두 사람의 행복을 위해. 아닌가?”

“…….”

“쓸데없는 짓을 한 것인가요? 하고 자문하는 시점에서 이미 어느 정도는 괜한 짓을 했구나 하고 깨닫고 있다는 말이지. 안 그러면 그런 질문이 안 나올 테니까.”

미츠케루가 안타까운 마음에 입술을 굳게 다문다.

“그 친구는 자네보다 몇 배는 더 많이 생각해서 답을 내놓았지. 그 결과 행복하지 못하게 되는 일도 있어. 인생이란 그렇기도 한 거야. 그저 곁에 있어 주는 것만으로도 중요한 게 아닐까?”

“저는 곁에 있어 주지 못한 건가요?”

“하려고는 했지. 하지만 그 전에 과정이 문제야.”

니이 씨가 담담하게 말한다.

“그 친구에게 있어서는 밝히고 싶지 않은 진실을 폭로하고 말았어. 게다가 그걸 하필이면 입에 올렸고…… 무슨 말인지 알겠나?”

미츠케루는 면목 없다는 표정으로 조용히 고개를 끄덕

였다.

"그 친구는…… 자네를 증오하고 있을지도 모르네. 다시는 만나러 오지 않을지도 모르지. 만나게 된다 해도 두 번 다시 눈을 마주치지 않으려 할지도 모르고."

미츠케루의 두 눈에서 눈물이 부풀어 오르고, 입술은 점점 뾰족해져 갔다.

"하지만 다 감내해야지…… 사람도 신령도 그런 식으로 원치 않은 것들을 바탕으로 삼으면서 살아가는 법이니."

"네……."

"뭐, 됐고. 점심은 어쩔 셈인가? 내일도 또 올게요- 하고 미사키정하고 약속하지 않았나?"

"네…… 가죠…… 먹기 싫어도 먹어야 할 때는 먹어야겠죠……."

두 사람은 자리에서 일어나 본당을 등지고 걸어간다.

하지만 토리이를 넘어 들어오는 한 사람을 보고 다시 걸음을 멈추었다. 상대방도 미츠케루 일행을 알아보고 인사하며 다가왔다.

"안녕하세요, 미츠케루. 그리고 괭이수호신령님."

마이하마 사에코였다.

"안녕하세요……."

미츠케루가 예의 바르게 배꼽 인사를 했다. 미안한 마음으로 가득했다.

"미츠케루…… 고개를 들어주세요."

이야기를 들은 대로 고개를 들자, 사에코가 미소로 맞아주었다. 부드러운 미소였다.

"어제는 정말 죄송했습니다…… 괜한 말을 해서 괴로운 마음이 들게 한 점, 깊이 사죄드립니다."

"아니에요…… 제 잘못인 걸요. 마이하마 언니는 아무 잘못도……."

"아니에요, 잘못한 거 없어요. 어제는 마음이 복잡했었지만, 비밀을 털어놓아서 그런지 개운해졌어요. 어제 밤새 울고 축 처져 있었는데, 지금은 차분해요. 덕분에 어느 정도 마음을 정리할 수 있었어요…… 미츠케루가 상냥하게 곁에 다가와 준 덕분이에요. 그래서 고맙다고 인사를 하고 싶었어요. 고맙습니다."

순간 숨이 멎은 미츠케루가 몸을 떨었다.

어제와는 전혀 다른 감정이 눈앞에 배어든다.

"가끔 이렇게 투덜대러 와도 될까요? 후카가 있죠, 지금 엄청 행복해 보여서 기분이 조금 그렇거든요. 자기 연애 자랑 하느라 제 스마트폰이 멈추질 않아요. 하여튼 못 말린다니까요? 저는 아직도 마음 정리가 덜 끝났는데."

사에코는 입술을 삐죽이더니 다시 한번 미츠케루에게 미소를 지었다.

"그러니까…… 가끔은 속마음을 좀 털어놓으러 와도 될까요? 신령님 말고는 들어줄 사람이 없어요."

"그…… 그럼요, 물론이죠! 언제든 오세요! 저라도 괜찮다면 언제든 이야기를 들어드릴게요! 얼마든지…… 그걸로 마이하마 언니가 슬픈 감정을 조금이라도 덜어내는 데 도움이 된다면, 얼마든지 언제든지……."

"후후, 감사합니다. 미츠케루는 참 상냥하네요."

사에코는 차분하고 침착한 말투로 아무렇지도 않게 느낀 점을 이야기했다.

그런 뒤, 무릎을 구부리고 앉더니 갑자기 미츠케루를 꼭 껴안았다.

"어, 저기, 저기?!"

"미안…… 미안해요. 잠시만 그대로 있어 주세요."

사에코는 미츠케루를 꼭 안은 채로 허리나 등, 목 주변을 손가락으로 훑는다.

"으음…… 대강, 알겠네요."

그리고 이번에는 두 팔로 꼭 안았다.

밀착한 채로 귓가에 속삭인다.

"앞으로도 잘 부탁드려요. 알았죠?"

둘은 꼭 껴안은 채 아주 잠시, 울었다.

사에코가 떠난 뒤 니이 씨는 미츠케루의 스탬프 수첩에 도장을 찍으려 했다.

하지만…… 미츠케루가 거절했다.

"이번에는 사에코 언니의 총명함과 배려심으로 어떻게 잘 풀렸을 뿐이에요…… 그러니까, 괜찮아요."

기특한 모습을 보이는 제자의 등을 니이 씨는 꼬리로 부드럽게 쓰다듬어 주었다.

◆ ◆ ◆

마이하마 사에코는 신사 경내에서 미츠케루와 헤어진 뒤 집으로 돌아왔다. 오늘은 가게를 돕는 날도 아니어서 괜찮다고 부모님이 말했다. 하지만 사에코는 방으로 일할 때 쓰는 파일을 가지고 갔다.

파일에는 고객 정보를 기록해두는 서류를 정리해놓았다.

이름 칸에 '미츠케루'라고 적은 뒤 아까 직접 손으로 확인한 치수를 빠르게 적어 내려간다. 대강 치수가 어떤지만 확인했지만 크게 벗어나지는 않을 터였다. 그런 자부심이 있었다.

서류를 다 작성한 뒤 사에코는 스케치북을 편다. 예전에 디자인해 둔 옷을 보면서 구상을 키워간다…… 어떤 옷이 잘 어울리려나?

"아! 이거 괜찮겠다……."

사립 초등학교 면접용 의상으로 주문받았던 옷에 눈이 머문다.

미츠케루는 평소에도 항상 웃는 얼굴로 활발한 이미지였지만 정장을 입으면 그 상냥한 미소가 분명 더욱 빛나 보일 거야――기대가 커졌다. 바로 세부적인 부분의 디자인을 거듭 고쳐 그린다.

그때, 책상 위에 올려놓은 스마트폰이 울렸다. 전화벨이다. 후카가 또 걸었나? 화면을 보자 '어머니'라는 문자가 표시되어 있다.

'사에코, 미안한데 잠깐 가게로 내려올래? 지역 생활 정보지 기자님께서 오셨는데 사에코, 네 이야기를 듣고 싶다고 하시네?'

갑작스러운 연락에 살짝 놀라면서도 사에코는 점포가 있는 1층으로 내려간다.

가게 안으로 들어가자 계산대에서 가게를 보고 있던 어머니 옆에 기자로 보이는 장년층 남성이 보였다. 목에 사진기를 걸고 있다.

"실례합니다, 갑자기 찾아와서."

기자는 명함을 건넸다. '灘 総悟'라고 적혀있는데 '나다 소고'라고 읽는 모양이다.

나다는 시장에서 사에코가 디자인한 옷이 인기가 높다는 이야기를 꺼냈다. 지역 생활 정보지에는 시장 기사를 싣고 있어서 이번 달 호에 사에코를 다룬 기사를 쓰고 싶다고 했다.

어머니는 아무 말도 안 했지만, 여기까지 불러서 내려오라 한데에는 "가게 홍보도 되니까, 꼭 실어주세요."라는 의도가 속에 있는 게 분명했다. 집안의 기대를 받는 장녀로서 사에코는 이러한 속내를 받아들이기로 마음먹었다.

승낙하자, 나다가 몇 가지 질문을 던졌다.

——옷을 디자인하게 된 계기는?

——디자인할 때는 어떤 생각을?

——옷 디자인 말고는 어떤 취미가?

이런 질문에 미소로 대답해나갔지만,

──특히 같은 또래 소녀들에게 절대적인 지지를 얻는 비결은?

이 질문에 대해서는 쓴웃음이 먼저 났다.

……이 옷을 입는 여자아이들을 보고, 제가 사랑에 빠지는 상상을 하면서 만듭니다…….

진실을 말한다면 이렇게 말했어야 했지만, 적당히 둘러대서 얼버무렸다.

취재 마지막에 지금 시장에서 가장 관심이 가는 것은 무엇인지 질문을 받았다.

"무엇보다…… 미츠케루죠."

"미츠케루요?"

"모르시나요? 잃어버린 물건을 찾아주는 작은 신령님…… 상냥하고, 사랑스럽고, 매력적인…… 그런 분이에요."

나다는 어떻게 반응해야 좋을지 몰라 곤란한 눈치였으나, 사에코는 미소를 잃지 않았다.

"시장을 잘 돌아다녀 보세요. 발견하게 되시면 꼭 말을 걸어보세요."

"아, 네…… 알겠습니다. 오늘 인터뷰에 응해주셔서 정말 감사합니다."

나다를 배웅한 뒤 어머니는 "그런데……."하고 말을 걸어왔다.

"요스케도 요새 미츠케루랑 논다고 그랬었는데, 별명 같은 거니?"

"아, 응…… 뭐."

사에코는 생각한다.

절망적인 자신의 심정을 알아차리고, 먼저 다가와 눈물을 흘려준 작은 신령님, 미츠케루.

언젠가는 꼭 이 시장의 모든 사람이 신령님을 알아보는 날이 오리라——.

네 번째

사진기 주인

—

미츠케루는 겉으로 보기에는 어린아이로만 보인다. 하지만 분명 신령님이다.

아직 태어난 지 얼마 되지는 않았지만 가끔은 아주 어른스러운 모습을 보였다.

신나서 곧잘 까불기도 하고, 니이 씨에게는 화도 잘 내는 면이 있지만, 진심으로 허둥대며 못난 꼴을 보인 적은 아직 드물었다.

하지만 그런 드문 일이 지금 시장에서 벌어지고 있다.

시각은 정오를 한참 지나 14시를 지나려고 하는 참이다.

땀을 뻘뻘 흘리며 시장을 뛰어다니는 미츠케루는 험상궂은 표정을 짓고 있었다. 떨리는 다리를 필사적으로 움직이며 거친 숨을 토해 어떻게든 전속력을 유지하려고 애쓴다. 몇 걸음 앞에서 니이 씨가 아무렇지도 않은 얼굴로 질주한다.

"죄송합니다! 실례합니다! 실례합니다——!"

그렇게 외치며 장 보는 손님이나 행인들을 스쳐 지나가며 달렸다.

목적지는 이제 완전히 단골손님이 되어버린 라면집, 미사키정.

가게가 보인 순간 미츠케루는 길에 있는 작은 시계탑을 힐끗 보았다. 14시는 아직 지나지 않았다.

제시간에 도착했다! 하고 마음속으로 쾌재를 불렀지만, 잠시 후 그것도 쏙 들어가고 말았으니, 드르륵 미닫이문이 열리고 안에서 가게 간판 종업원인 요코가 나와버리고 만 것이었다.

억, 하고 안 좋은 상상이 머리를 스쳐 지나간다. 그때 요코는 포렴을 내리고, '영업 중'이라고 적힌 팻말을 '준비 중'이 적힌 면으로 뒤집었다.

"앗, 밋짱!"

"런치…… 런치 메뉴…… 시간 끝났나요?"

"응…… 미안, 아직 시간이 조금 남기는 했는데 점심 영업용 재료가 다 떨어져서……."

으아아, 하고 미츠케루가 머리를 감싸 쥐었다.

"미안해……."

"아, 아뇨…… 제가 늦게 온 탓인 걸요…… 으으, 하지만 안타까워요……."

"요즘 따라 오는 시간이 가끔 늦어지는데, 그저께도 그랬었지?"

"네에… 그저께는 열쇠를 잃어버린 분이 계셔서…… 오늘은 지갑을 잃어버린 분이……."

"어머, 엄청 바쁘구나?"

"하, 하지만 내일은 꼭 맞춰서 올게요! 무조건 올 거예요!"

"우후후, 고마워. 아, 맞다. 잠깐만."

요코가 잠깐 가게 안쪽으로 들어갔다. 미닫이문을 열어 둔 채라서 시선이 저절로 따라갔다.

잠시 후, 냉장고에서 무언가를 꺼내와 미츠케루에게 돌아온다.

"짠! 비밀무기! 아몬드 젤리 테이크아웃 버전이야!"

"우와아아아아——!"

미츠케루가 눈을 빛냈다. 아몬드 젤리는 평소처럼 접시에 담긴 게 아니라, 푸딩에 쓰는 플라스틱으로 만든 용기에 담겨있었다.

"그저께 못 먹어서 아쉬워했었잖아? 그래서 가지고 갈

수 있게 만들어 봤어. 일회용 스푼도 들어있으니까, 편하게 어디서든 먹을 수 있게."

"감사합니다아-!"

"먹기 편하면 알려줘. 잘 팔릴 거 같아서 선물용으로 몇 개 만들어볼까 하고 아빠랑도 이야기하는 중이니까."

"알겠습니다! 이렇게 일부러 준비해주시다니, 정말 감사합니다!"

요코와 헤어지고 난 뒤 미츠케루는 콧노래를 부르며 시장을 산책한다.

"라면은 못 먹었지만, 디저트는 확보했어요…… 후후."

신나서 미소 짓고 있지만, 곧 이 미소는 배꼽시계가 바로 지워버렸다. 으윽, 하고 신음이 새어 나온다. 공복인 탓인지 뱃속이 꾸륵꾸륵 댔다.

"아몬드 젤리도 좋지만…… 일단은 밥을 먹자고. 나도 배가 고프네."

12시가 지나자 아무리 니이 씨라도 참기 어려워진 모양이었다. 미츠케루를 감시하던 탓에 니이 씨도 점심을 먹지 않았다.

"으음…… 그러면 반찬가게라도 들를까요?"

여기서 거리가 꽤 가깝다는 이유로 발길을 옮긴다.

점심용을 팔고 남은 상품이 마침 할인 중이어서 평소랑 같은 예산으로 미사키정 런치 메뉴와 비슷한 양을 확보할 수 있었다.

니이 씨는 가게로 들어가기 전에 고양이 모습이 아닌 신주님의 모습으로 둔갑해서 들어갔다.

"어머, 신주님. 어서 오세요. 잘 지내시죠?"

"덕분에 잘 지냅니다. 미츠코가 항상 실례가 많지요?"

가끔 이렇게 미츠케루가 인간이라는 사실을 사람들에게 각인시켜주는 것이다. 다행히 시장 사람들은 신주님 친척이면서 사정이 있는 조카딸 '자칭 신령님'인 미츠케루를 깊이 파고들지는 않았다. 부모를 여의고 친척집을 전전하며 지내다가 신주님이 데려와 키우게 되었다…… 라는 사정을 상상하게끔 의도한 설정이었는데, 다행히 지나치게 '불쌍한 아이'라는 식으로 취급받는 일은 없었다. 이 부분에 대한 대응은 어느 가게의 사람이라도 잘 해주고 있지만, 그래도 언제나 신중하게 행동하자는 것이 니이 씨의 생각이었다.

니이 씨는 미츠케루의 도시락만 샀지만, "경내의 고양이들하고도 나눠 드세요."하고 정어리와 가다랑어포 토막도 서비스로 받을 수 있어서 만족스러웠다.

"가끔은 공원에서 먹을까요?"

미츠케루가 말한 공원이란 시장 복판길에서 길 하나를 벗어난 곳에 있는 장소였다. '히타치몬 시장 녹색마당공원'이라는 이름이다.

나무와 풀이 무성하고 중앙에는 분수와 벤치가 설치되어있는 휴식공간이다. 여기에도 고양이가 잔뜩 모여있다. 고양이의 자연스러운 모습을 담고 싶어 하는 카메라맨에게는 히타치몬 신사 경내와 쌍벽을 이루는 최고의 출사 장소였다.

공원으로 향하는 도중, 정육점 주인이 신주 모습을 한 니이 씨를 불러세웠다. 반찬가게 봉지를 들고 있는 모습을 보고 먼저 달려왔다.

"오늘은 신주님이랑 밋쨩 둘 다 도시락인 모양이네! 그럼 우리 집 고로케도 두 개 가져가요!"

"앗, 괜찮나요?"

"그럼 괜찮지! 전에 도와줬잖아."

며칠 전 정육점 주인이 "여기 분명히 놔뒀는데 중요한 전표가 어디로 갔지?"하고 곤란해한 적이 있었다. 마침 지나가던 미츠케루가 무사히 찾아줘서 그 뒤로 이쪽 사장님도 미츠케루에게 잘해주게 되었다.

다시 길을 걸어가는 와중에는 수산물 가게 사장님이 생선 소시지를 건네주었다.

초등학교에서 돌아오기 시작한 아이들도 몇 명이 미츠케루에게 말을 걸어왔다. 아무 물건도 받지 않았지만 말을 걸어 인사를 나눈 것만으로도 미츠케루는 기뻤다.

5월이 끝나고 벌써 6월에 접어들었다. 미츠케루가 시장에 온 지도 한 달이 막 지나려고 하는 참이었다. 물건을 잃어버린 사람들이 의지해오는 일도 착실히 늘어갔다. 그만큼 바빠져서 점심을 놓치는 일도 늘었다.

"후우…… 겨우 한숨 돌리겠네요."

식사하기 전보다 한참 부푼 배를 쓰다듬으며 미츠케루는 만족스럽게 잘 먹었습니다, 하고 시장을 향해 인사했다. 고양이로 돌아온 니이 씨도 몰래 똑같은 동작을 취한다.

시각은 15시가 되기 전.

"오늘은 뭘 할 텐가?"

"그러게요…… 아, 전당포에 놀러 갈까요?"

쓰레기를 제대로 모아 공원 쓰레기통에 버린 다음 다른 장소로 발걸음을 옮긴다.

콧노래를 하며 뜀을 뛰며 걸어가는 모습이 어느 각도에서 보나 그냥 어린아이로만 보인다.

"어……? 뭐지?"

공원에서 시장 복판길로 이동한 미츠케루가 무언가를 발견했다.

"저분, 지나가는 사람들한테 뭔가 인터뷰를 하고 있네요."

"무슨 취재라도 하는 모양인데."

"취재! 신문 기자님이나 그런 분일까요? 저도 취재하러 오시면 좋겠네요!"

"뭘 벌써 취재를 바라고 있나? 요새 의뢰가 좀 늘었다고 너무 우쭐해지면 안 돼."

"흥……."

입을 삐죽이는 미츠케루가 뿔이 잔뜩 난 채로 이동한다.

표정이나 기분이 변덕스레 변하는 모습도 어린아이 같이 느껴졌다.

미츠케루는 15시 정각에 상점가 복판길에 있는 전당포 '고람당(高覽堂)'으로 발길을 옮겼다. 간판은 오래되어 낡았지만, 이 가게 사장은 젊다. 아직 30대 초반 정도밖에 안 되는 나이라고 니이 씨가 저번에 설명해주었다.

미사키정보다 상태가 더 안 좋은 미닫이문을 있는 힘껏 열었다.

가게 안에는 도서관처럼 책장이 늘어서 있었는데, 다양한 상품들이 잡다하게 진열되어 있다. 벽 쪽에도 책장이 가득했는데 주로 명품 가방이나 지갑이 가격표와 함께 늘어서 있었다.

가게 안에는 아무도 없다.

"실례합니다――아!"

가게 안쪽을 향해 외치자 검은 뿔테 안경을 쓴 머리가 짧은 남성이 나왔다.

"오, 밋짱! 어서 와."

티셔츠에 청바지라는 소박한 차림새였지만 엄연히 전당포 사장님이다. 미츠케루는 있는 그대로 전당포 아저씨라고 불렀다. 키는 딱히 큰 편은 아니었지만 트레이닝복 소매로 뻗어 나온 팔에는 꽤 근육이 붙어있었다.

"놀러 왔구나?"

"네! 여기 오면 신기하거나 사람 손을 많이 탄 물건이 많아서 재미있거든요."

고람당은 오래된 전당포였다. 맡긴 물건을 담보로 돈을

빌려주는 게 본업이지만, 최근에는 본업보다도 재활용품 가게 쪽 일을 주류로 삼고 있었다. 그래서 상품이 들어왔다 나가는 일이 빈번하게 발생한다. 그 변화를 구경하는 것이 미츠케루가 소소하게 즐기는 재미였다.

"전병 있는데, 줄까?"

"와아-! 네! 먹을래요!"

"따뜻한 녹차도 끓여올 테니까, 조금만 기다려."

고람당 사장도 미츠케루에게는 친절하다. 자동차 열쇠를 찾아준 뒤로 항상 이렇게 대접해준다. 신령님이라는 말은 믿지 않는 것 같지만, 머리가 똑똑한 소녀라고 인정받고 있었다.

"하아아…… 최고예요."

바삭바삭한 전병을 베어 문 미츠케루가 더없이 행복한 표정을 지었다. 다소 어른 취향인 쓴 녹차가 의외로 또 잘 어울린다. 니이 씨는 발밑에서 고양이용 건사료를 씹어먹는다.

"아, 맞다. 밋짱이 좋아 할만한 거 보여줄까?"

그렇게 말한 사장이 자리에서 일어나 가게 안쪽에서 골판지 상자를 들고 나타났다.

꽤 커다란 골판지 상자였는데 안에 다 안 들어갈 정도로 물건이 가득 차 있다.

"어쩐 일이에요? 이거 다 상품 아닌가요?"

가장 위에 쌓인 오래된 가전제품을 보고 미츠케루는 상품이라고 판단했다.

"아냐, 이게 뭐냐 하면 창고 안쪽에 쌓아뒀던 불량품이야. 얼마 전에 아버지 돌아가시고 가게 물려받은 지도 딱 1년이 되었으니까 한 번 대청소 해야겠다고 그랬잖아?"

미츠케루는 기억을 떠올린다. 사장은 얼마 전까지 히타치몬이 아니라 다른 장소에서 살았다. 체육대학에서 공부하면서 짬짬이 헬스클럽 트레이너로 아르바이트를 해가며 졸업한 뒤로는 그대로 그 헬스클럽 트레이너로 취직했다고 한다…… 그런데 아버지가 죽고 나서 고향으로 돌아오게 되었다. 근육질 몸은 그때의 영향이었다.

"1주기 때 가게 쉬면서 겨우 창고 안을 정리했거든. 아버지가 쓰러졌을 때는 정신이 하나도 없었으니까. 계속 신경 쓰고 있었는데 이제야 창고를 깨끗하게 정리한 거지."

"고생…… 많으셨어요."

아버지가 돌아가신 지 아직 1년. 이야기를 듣는 쪽이 더 숙연해지는 화제였다.

"하하, 고맙다. 그렇게 신경 안 써도 괜찮아. 정말 착한 아이로구나."

"신령이니까요."

"아하하, 맞다맞다 그랬지……. 아까 이야기를 마저 하자면 이 상자 속에 들어있는 거는 다 상품으로 팔 만한 물건이 못 돼서 버려야 하거든. 그러니까 갖고 싶은 게 있으면 갖고 가."

"정말요?"

"물론이지. 나한테는 그냥 잡동사니니까, 밋짱 오래된 물건 좋아한다면서? 보물찾기하는 기분으로 한 번 뒤져 봐."

"넵! 그럼 실례하겠습니다……."

미츠케루는 바로 상자 속을 향해 손을 뻗었다.

"이쪽으로 가지고 와서 다 뒤집어 놓고 봐도 돼."

사장님의 호의를 받아들여 카운터 뒤쪽 마룻바닥에다가 내용물을 다 쏟는다.

예전에 유행했던 라디오 카세트, 버튼이 다 닳아버린 다기능 리모컨에 꽤 오래된 폴더식 피처폰까지—— 사장님이 잡동사니라고 말한 대로, 쓸모가 있어 보이는 물건은 없었다. 먼지를 뒤집어쓰고 흠집이 나거나 닳은 구석이 여기저기 보인다.

하지만 그런 잡동사니를 바라보는 미츠케루의 얼굴은 반짝반짝 빛났다. 하나하나 손에 들고 뒤집어 보면서 물건이 하는 이야기를 듣기라도 하듯 귀를 기울였다.

"그렇게 재미있어?"

"네에! 하나 같이 전부 감칠맛이 있는 물건들이라서요!"

신입 신령에게 감독관을 붙이기나 하는 오래된 신령들의 낡은 관습 따위는 마음에 들지 않았지만, 물건만큼은 레트로 취향이었다. 말 그대로 무릉도원에라도 온 기분—

—

"……?"

갑자기 분위기가 확 바뀌었다. 어떤 상자를 손에 들었을 때였다. 새하얀 상자를 미츠케루가 수상쩍은 눈으로 바라보았다.

"이건……."

중얼중얼하면서 니이 씨를 살짝 바라본다. 니이 씨도 지그시 상자를 바라보았다.

안을 열어본다. 안에 들어있는 물건은 사진기였다. 낡은 사진기지만 붙어있는 목걸이 끈은 훌륭한 물건이었다. 소위 말하는 미러리스 카메라로, 렌즈도 훌륭하다. 금속으로 만든 몸체 질감도 손에 들러붙는 느낌이 들 정도라 말 그대로 안성맞춤이다. 몇 번이고 뒤집어 보고 각도를 바꾸어가며 관찰해보았지만 어디 망가진 구석은 보이지 않는다.

"아, 그 사진기? 밋짱이 보기에도 좀 이상하지?"

"네에…… 다른 물건과는 다르게 좀 비싸 보이는 물건이기도 하고……."

"응. 클래식 카메라라는 거야. 클래식 카메라인 것만 알지 나도 사진기에 대해서는 잘 모르기는 하지만."

미츠케루는 다시 한번 사진기가 들어있는 상자 안을 들여다보았다. 바닥 쪽에 이 사진기로 찍은 것으로 보이는 사진이 들어있다. 상점가 건물을 찍은 사진으로 보였다. 어딘가 모르게 상냥한 인상을 주는 따스한 색 배합이 엿보이는 사진이었다.

"이 사진…… 아마도 이 사진기로 찍은 사진이겠죠? 저도 사진이나 사진기에 대해서는 별로 아는 게 없기는 한데 이렇게 멋진 사진을 찍었다니…… 이건 꽤 가치가 있는 사진기 아닌가요?"

"그렇기는 하지. 나도 그렇게 생각은 하는데……."

"뭔가 문제가 있나요?"

"응. 상품으로 취급 가능할지도 모른다고 생각해서 이 사진기로 사진을 찍어보려고 했거든. 그런데 포커스가 너무 심하게 나가더라고…… 사진기 좋아하는 친구한테 한 번 봐 달라고 부탁했었는데, 아마 망가진 것 같다더군."

"그런…… 가요?"

아쉬워하는 사장님의 이야기를 들은 뒤에도 미츠케루는 사진기에서 눈을 떼지 못했다. 들고 있던 각도 그대로 렌즈에 비치는 자신의 모습을 지그시 바라본다.

"마음에 들면 가져도 돼."

"정말…… 가져도 괜찮나요?"

"괜찮다니까, 가져 가져."

"그럼…… 감사히 받아가겠습니다. 상자도 같이 가져가도 될까요?"

"물론."

사진기를 받은 미츠케루는 몇 번이고 감사 인사를 한 뒤 가게를 나섰다.

'고람당'을 나온 미츠케루는 시장 복판길에 설치된 쉼터로 발걸음을 옮겼다.

쉼터 근처에는 음식점이 많다. 오코노미야키나 타코야

키처럼 들고 다니면서 먹을 수 있는 음식을 다루는 가게가 많은 장소였다. 포장마차 먹자골목이라고도 불린다. 주말이 되면 장 보러 오는 손님들이 이 장소로 식사도 할 겸 잔뜩 모여들었다. 하지만 오늘은 평일이라서 미츠케루는 별다른 어려움 없이 자리를 잡고 앉을 수 있었다.

테이블 위에는 '고람당'에서 얻어온 그 상자를 올려놓았다. 사진기는 미츠케루가 손에 들고 있다.

미츠케루는 몇 분 동안 사진기에 의식을 집중했다. 니이 씨도 말없이 지켜보았다.

"음…… 저기, 니이 씨. 제가 지금은 힘이 억눌려 있는 상황이라 아주 미약하게 느껴지기는 하는데요…… 이 사진기, 신통력이 깃들어 있지 않나요?"

질문을 받은 니이 씨는 수염을 살짝 흔들었다.

"응. 도깨비가 될 만큼은 아니지만, 분명 깃들어 있어. 손때가 탔군."

"그렇다면 누군가가 소중히 다루던 물건이라는 말이죠?"

도깨비란 사람들이 오랜 세월 소중하게 사용한 물건에 신통력이 깃들어서 태어난 신령님이다.

보통은 수십 년이 넘는 세월을 거쳐 태어난다.

"도깨비가 되지는 못했더라도 오랜 세월 주인이 애착을 갖고 사용한 물건이 틀림없어요. 그런데 어째서 이렇게 소중한 물건을 전당포 창고에 방치한 걸까요?"

"망가져서가 아닌가?"

"하지만 망가진 구석이 보이지 않아요. 아까 셔터를 눌렀을 때도 셔터 소리가 났어요."

"왜 그렇게…… 신경을 쓰는가?"

"신경 쓰여요. 평소에는 물건을 찾는 분을 위해 일하는 저지만…… 지금은 이 사진기를 위해 주인을 찾아주고 싶다는 기분이 들어요. 저도 비슷한 존재이기도 하고요."

"그런 이유로 주인을 찾을 셈인가? 너무 무리 아니야? 어디에 있는지도 모르는데."

"단서라면 있어요…… 지켜봐 주세요."

미츠케루는 사진기 위쪽에 있는 뚜껑을 열었다. 안에 들어있던 필름을 꺼내 빙긋 웃는다.

"제가 한 장 찍기 전부터 누가 이미 찍어 놓은 필름이 있었어요. 어쩌면 주인이나 주인과 가까운 사이인 어떤 사람이 찍혀 있을지도 몰라요. 그리고 상자에 들어있던 사진은 시장 풍경 사진이었어요. 그러니까 분명, 이 지역에 대대로 인연이 있거나, 적어도 애착이 있는 분이 분명

해요. 이건 유력한 조건이죠…… 그렇지 않나요?"

"그럴까, 과연…… 뭐 마음대로 해. 분실물로 곤란한 사람도 당장 없으니."

"네! 그럼 잠깐 수수께끼의 비밀을 쫓아보도록 할까요? 우선은 이 필름을 현상하러 가보죠?"

미츠케루는 의자에서 뿅, 하고 뛰어내리고 사진관으로 향한다.

표정은 밝다. 보물찾기하러 가는 어린아이처럼 두근두근 가슴이 뛰었다.

미츠케루가 찾아간 사진관에는 20대로 보이는 젊은 여성이 가게를 보고 있었다.

"어서 오세요……."

졸린 것인지, 어린애가 와서 우습게 본 것인지 계산대 안에서 하품 섞인 나른한 인사가 들려왔다.

"저기, 여쭙고 싶은 게 있는데요……."

"뭔데에?"

여전히 몽롱한 눈매였지만 미츠케루가 선물 받은 사진기를 꺼내놓자 바로 표정이 바뀌었다.

"어, 뭐야 이거? 어디서 났어?"

"어떤 분한테 이제 안 쓴다고 물려받았어요."

"으응?! 비싼 클래식 카메라 같아 보이는데…… 잠깐만 봐도 돼?"

"아, 네. 여기요."

허락을 받은 여성은 계산대 안에서 잽싼 몸짓으로 튀어 나왔다.

웅크린 채로 사진기를 받자마자 더욱 눈이 반짝인다.

"질감도 그렇고, 굉장한 물건이네…… 알바 시작한 지 1년이 다 되어가는데 이런 멋진 물건을 보는 건 처음인 것 같아."

여성이 사진기를 들어 올려 파인더를 들여다보았다.

"응? 얼레……?"

사진기를 바쁘게 조작해보지만 아무래도 석연치 않은 눈치다. 여러 가지로 시도를 해본 끝에 "으음……."하고 끙끙대며 사진기를 미츠케루에게 돌려주었다.

"고마워. 미안. 맘대로 막 만져서."

"아뇨……. 이 사진기, 역시 망가진 건가요?"

"아니. 망가지지는 않은 것 같아. 하지만 꽤 야생마 같네."

사진기를 살아있는 생물에 비유하는 모습을 보아하니,

이 여성도 사진을 사랑하는 사람 중의 한 명인 모양이다.

"그런데 꼬마야, 학교는 안 갔니?"

미츠케루는 자신을 신주 친척의 조카라고 소개했다. 잃어버린 물건을 못 찾아 고생하는 사람이 아니라면 보통 이런 식으로 자신을 소개했다. 그런데 여성은 이 말을 듣자 "어라?"하고 되물었다.

"그럼 혹시 네가 미츠케루야?"

"저에 대해서 알고 계신가요?"

"응, 소문은 조금 들었지. 신주님이 데리고 있는 어린 여자애가 자기를 신령님이라고 말하고 다닌다며. 잃어버린 물건 찾는 게 특기인 엄청 똑똑한 여자애! 라고 했나."

그 뒤에 화제는 다시 한번 사진기로 돌아왔다. 여성은 깊은 흥미를 보이며 사진기에 대한 이야기를 들었다.

"흐음…… 전당포에 맡겨져 있었구나. 주인도 망가졌다고 생각했던 걸까?"

"하지만 상자 안에는 멋진 사진이 남아있었어요. 망가졌다고 생각하기에는 석연치가 않아요……."

"아, 그렇구나? 그럼 그 사진도 한번 보여줄래?"

사진을 보여주자, 여성은 아까와는 180도 달라진 태도를 보이며 차분하고 진지한 표정으로 변했다.

"굉장해……. 이 사진 찍은 분, 엄청 잘 찍어."

"저도 그렇게 생각해요. 사진이 좋고 나쁨을 판단할 전문 지식은 없지만, 이 사진은 엄청 마음에 들거든요."

"그러게…… 하지만 좀 옛날에 찍은 사진처럼 보이는데…… 앗, 맞다! 사진 현상하려고 왔던 거였지? 필름 줘 볼래?"

"네! 부탁드립니다."

"쿠키 있는데, 현상 끝날 때까지 먹으면서 기다릴래?"

"잘 먹겠습니다-!"

미츠케루는 가게 의자에 앉아 발을 흔들거리면서 과자를 먹기 시작했다.

"평일엔 손님도 안 오니까 심심했는데, 마침 잘됐어."

"아르바이트하시는 거죠?"

"응응, 대학 다니면서 가끔 가게 보는 거지. 현상이랑 사진기 구매 상담 가이드를 해주면서 용돈 벌이. 언젠가는 나도 돈 모아서 클래식 카메라 사고 싶어-."

역시 사진이 취미인 모양이다.

"그러고 보니 전당포 사장님도 이 사진기를 클래식 카메라라고 하셨는데, 구체적으로 어떤 걸 클래식 카메라라고 하는 거죠?"

미츠케루의 질문에 여성은 흔쾌히 대답해주었다.

"단순히 말하면 구형 사진기를 말하는 건데…… 지금 주류는 디카, 아니 디지털카메라잖아? 그걸 먼저 설명해 주는 게 더 쉬울까?"

미츠케루는 고개를 끄덕였다.

"디지털카메라는 자동으로 얼굴에 초점을 맞춰주거나 화이트 밸런스를 조절해주거나 하는 장점이 있어. 공장에서 똑같은 품질을 갖춘 부품을 대량생산해서 똑같은 카메라를 만든 거지. 누가 찍어도 높은 품질의 사진을 찍을 수 있도록. 일단은 대강 설명한 거라 누가 들으면 잘못 설명했다고 따지는 사람도 있겠지만…… 어쨌든 그게 디카의 장점이야."

여성은 말을 이었다.

"그리고 그 정반대가 클래식 카메라…… 구식 사진기야. 디카는 플라스틱으로 만든 부품이 많지만, 클래식 카메라는 금속으로 만들었고 핀트를 맞추거나 하는 조작도 다 수동으로 해야 해. 부품도 하나하나 장인들이 손으로 깎아 만들었고, 수제다 보니 각각의 사진기마다 개성도 있어. 디카처럼 촬영한 사진의 품질이 보장되지는 않지만 그 대신에 잘 다룰 수만 있다면 아주 독특한 맛이 있는 사진을 찍을 수 있는 거지. 상자에 들어있는 사진을 봤을 때 '잘 찍었다'라고 말했던 건 그런 의미에서 한 이야기야. 이 사진을 찍은 사람이 이 야생마 녀석을 아주 잘 이해하고 찍은 것 같거든. ……분명 이 사진기에 깊은 애착을 갖고 소중하게 여겨 온 사람일 거야."

"그렇구나……."

미츠케루는 사진기를 손끝으로 살짝 쓰다듬는다.

"주인은 이 사진기를 아주 사랑하셨던 거군요."

――신통력이 깃들 정도로. 혼과 생명의 조각이 깃들 정도로.

"도대체 어떤 마음으로 사진기를 넘겼을까요……."

"역시 그게 마음에 걸리지? 필름 원판에 단서가 남아있으면 좋을 텐데……."

카메라 주인을 향한 흥미가 점점 깊어지는 가운데 두 사람은 사진이 완성되기를 기다린다.

사진이 완성되자, 아르바이트생은 바로 모든 사진을 건네주었다.

"미안, 먼저 봐 버렸어. 아쉽지만 주인으로 보이는 사람은 안 찍혀 있는 것 같은데……."

아르바이트생이 말한 대로 사진은 모두 시장 건물만 찍

힌 풍경 사진이었다. 대낮 사진이 많다. 상자 속에 같이 들어있던 사진과 마찬가지로 새로운 단서가 될 만한 사진은 없어 보였다.

"아, 이거…… 미사키정 옆에 있는 시계탑이죠? 옛날부터 있었구나-."

"군데군데 어디서 본 것 같은 풍경이 찍혀 있기는 하네. 히타치몬 신사 경내도 있었어."

그 말을 들은 미츠케루는 바로 신사 경내 사진을 찾았다. 현재와 별다른 차이가 없어 보였다. 길고양이들이 드러 누워있다. 니이 씨가 없나 찾아보았지만 비슷하게 생긴 고양이도 없었다.

"꽤 특징이 있는 사진기니까 우리 사장 할아버지라면 뭔가 알 것 같기는 한데, 오늘은 일이 있어서 나갔거든."

"그랬군요……."

"내일은 계실 것 같으니까 괜찮으면 내일 다시 와 봐. 그 전에 가까운 데에서 주인을 찾을지도 모르니까. 지금도 이 부근에 살고 있을 가능성이 크다고 보거든."

"그런가요……? 왜 그렇게 생각하시나요?"

"이 사진기 주인은 시장을 아주 사랑하는 게 분명해. 우리 사장님도 그랬는데 말이지, 카메라맨은 자기가 진정으로 사랑하는 것…… 진심으로 멋지다고 생각하는 장면을 찍어야만 제대로 된 사진을 완성한다고 했어. 예를 들자면 아기 사진을 찍을 때 카메라맨이 아기를 안 좋아하면 좋은 사진이 찍히지 않는다는 거지."

"아하, 그렇군요. 그렇다면 역시 제 생각은 틀리지 않았다는 말이네요-."

거봐요, 하고 뽐내듯 미츠케루는 니이 씨를 쳐다보았다. 니이 씨는 고개를 홱 돌리며 무시했다.

"너무 실망하지 말고 끈기 있게 찾아봤으면 좋겠네. 내 바람이지만."

"네! 덕분에 도움이 많이 되었어요! 도와주셔서 감사합니다!"

"천만에, 혹시라도 주인을 찾으면 알려줘. 나도 결과가 궁금하니까."

"네! 열심히 찾아보겠습니다!"

미츠케루는 선물로 쿠키를 받아 가게를 나왔다.

"그래서…… 단서는 사라졌는데 아직도 찾아보려고?"

시장 복판길로 돌아온 뒤 니이 씨가 말을 걸어왔다.

"내일 다시 이 가게를 찾아와서 사장님에게 이야기를

여쭙는 게 빠르겠지만…… 기왕 이렇게 된 거 시장을 한 번 죽 돌아볼까 싶어서요."

"정처 없이?"

"아니요, 이 사진이 찍힌 장소를 찾아보려고 생각하고 있어요. 혹시라도 이 사진을 찍은 분이 본 광경과 같은 장소를 발견하면 결과를 좁힐 수 있는 조건을 찾아낼지도 모르니까요."

"그게 자네의 특기니까."

"니이 씨도 아까 그 사진을 다 보셨잖아요? 얼마나 옛날에 찍은 사진인지 혹시 아시나요?"

"음…… 대강 40년 전…… 이려나아……?"

"우와 엄청 옛날이네요. 그런데도 현재와 달라지지 않은 장소도 있다니……."

"오래된 시장이니까 바뀌는 부분도 있기는 해도 끈질기게 변하지 않는 곳도 있는 거지."

"니이 씨는 여기 수호 신령이 되신지 40년도 훨씬 더 넘었죠?"

"응? 아, 뭐 그렇지."

살짝 위화감이 드는 동의였다. 쑥스러워하는 것인지도 모른다.

"니이 씨도 의외로 부끄럼쟁이라니까요……."
"갑자기 버르장머리 없이 뭔 소리야?"
"어머, 들렸어요?"
"들리게 말해놓고 무슨 아닌 척은."
가볍게 말다툼을 하면서 한 사람과 한 마리가 걸어간다. 당사자들은 인정하고 싶지 않겠지만, 만난 지 겨우 1개월밖에 안 된 사이다. 이 정도면 호흡이 척척 맞는 것이다.

사진에 찍힌 장소는 거의 시장 복판길 광경이었다.
시계탑이나 쉼터, 먹자골목 같은 오늘 미츠케루가 들렀던 장소도 피사체로 많이 담겼다.
"이 가게 사진이 가장 많네요……. 아, 이거 봐 보세요, 니이 씨. '시계방 각명당'이에요."
"전당포 '고람당'도 있군……. 미사키정 사장의 스승이 하던 가게도 있고."
"아하, 이 가게가……. 이렇게 보니 정말 역사가 깊은 시장이네요……. 얼레? 히타치몬 공원 사진이 없는데요?"
"그건 버블 경제 시기에 계획이 세워졌을 테니까, 40년 전에는 아직 없었어."
미츠케루와 니이 씨는 대화를 나누면서 사진 속 장소를

하나하나 둘러본다.

“어디 보자…… 으음, 이 가게는 어디죠?”

“여기는 망해서 없어.”

“또 망한 가게네요……. 2할 정도는 망하지 않았나요?”

“뭐, 그렇지. 매출이 안 좋아서 그만두거나, 가게를 이어받을 사람이 없거나 건강을 해쳐서 더는 운영이 어려워지거나——각자 여러 가지 사정이 있지. 전당포 ‘고람당’은 아들이 귀향해서 가게를 이었지만 아주 드문 사례야.”

“그런 건가요…….”

미츠케루가 씁쓸한 표정으로 중얼거리면서 길가로 시선을 옮겼다.

늦은 점심을 마쳤던 아까와 비교하면 장 보러 온 손님의 수는 늘었다. 저녁 세일을 노리고 온 주부들도 있었고, 학교 끝나고 집에 가는 길에 딴 데로 새서 놀고 있는 교복 입은 학생들도 있었다. 마침 눈앞에 보이는 장난감 가게 앞에 늘어선 인형 뽑기 기계에는 아이들이 무리 지어 모여있었다.

시끌시끌하지만 그래도 망하는 가게는 있다……. 빈 땅이나, 월세 모집 광고가 붙은 건물도 없다고는 할 수 없다.

"장사라는 게 그리 쉽지는 않은 모양이네요."

"그럼, 그래서 가게를 다 하나로 묶어서 모두가 잘 풀리도록 관리하고 선도하는 협동조합도 고생이 많은 거지."

"그 시장의 모든 것을 지켜보는 수호 신령도 마찬가지인가요?"

"그건 아니야. 누가 뭐래도 나는 결국 고양이니까. 신령이 된 경력도 얕고 자네만큼 착하지도 않고, 남을 잘 챙겨주지도 못하고, 신통력도 별로 안 세고."

"또 고양이 성격 나오시네요…… 그러면 왜 제 스승 역할을 맡게 되신 건데요?"

"글쎄? 윗분들 생각을 내가 어떻게 알겠습니까……."

당사자이면서도 니이 씨는 마치 남 일이라도 되는 양 이야기했다.

끄응, 하고 미츠케루가 입술을 삐죽거린다.

"앗, 저 장난감 가게 사장님도 꽤 연세를 드셨죠?"

"고참들 중에 한 명이기는 하지."

"그럼 잘됐네요. 온 김에 여쭤보죠?"

미츠케루는 어린이들을 곁눈질로 힐끔 보면서 가게로 들어갔다. 사진기 주인을 혹시 모르시냐고 물어보기 위한 방문이었으나, 아쉽게도 가게를 비운 상태였다. 가게를 보고 있는 마흔 정도 되어 보이는 사장의 딸이 말하기를, "중요한 일로 외출했다."라고 했다.

"뭐야, 또 부재중이잖아요! 벌써 여섯 번째예요!"

장난감 가게를 나오자마자 입에 올린 말이다. 미츠케루의 목소리가 다소 거칠어졌다.

마치 짠 것처럼 다른 가게의 나이 든 사장님들도 죄다 부재중이었다.

"오늘 무슨 날이에요?"

"음⋯⋯ 글쎄?"

니이 씨의 반응도 영 시원찮다. 그런 탓에 점점 더 미츠케루의 짜증도 커졌다.

"탐문도 전멸, 사진에 찍힌 장소도 다 돌았고. 뭔가 알아차린 건 있나?"

이런 질문을 받은 미츠케루는 눈을 감고 팔짱을 낀 자세로 숙고했다.

"으음, 뭔가 마음에 걸리는 구석이 있기는 한데요⋯⋯."

관자놀이를 꾹꾹 손가락으로 눌러보지만 뭔가 번뜩이는 아이디어가 떠오르는 기색은 없다.

"일단⋯⋯ 쿠키라도 먹으면서 생각해볼까요?"

"그건 그냥 간식 먹고 싶어서 핑계 대는 거잖아. 그러다 살찐다?"

"괜찮아요- 어린이 몸은 위로만 크고 옆으로는 잘 안 크니까요!"

정신까지 완전히 어린이가 된 것 같은 태도였다. 마음을 가라앉히고 차분히 생각에 잠길 장소를 찾아 처음 왔던 길로 되돌아갔다.

시장 중심길에는 걷다 지친 사람들을 위해 짧은 간격으로 벤치를 설치되어있었다. 하지만 장 보러 온 손님이나 행인들로 복잡할 시간대라서 비어있는 벤치를 찾는 것이 어지간히도 어려웠다.

결국, 처음 사진기와 상자의 내용물을 찬찬히 확인했던 장소——군것질을 하며 산책하기를 콘셉트로 잡은, 음식점들이 즐비한 먹자골목까지 돌아와 버렸다. 둥근 테이블과 의자가 하나씩 의연한 모습으로 비어있다.

앉으려고 다가가자, 똑같이 접근해온 사람들을 발견하고 "아."하고 얼굴을 마주한다.

"밋짱이다!"

히타치몬 중학교 교복을 입은 낯익은 여학생이었다.

"후카 언니! 잠깐, 언니가 있다는 말은……."

목소리가 난 방향으로 고개를 돌리자, 마이하마 사에코도 같이 있었다.

"안녕하세요-!"

"후후, 여전히 씩씩하네요?"

"그럼요, 씩씩하죠. 마이하마 언니도…… 요새 괜찮죠?"

"그럼요, 괜찮아요."

방긋 미소를 지어 보이지만, 미츠케루는 결국 사에코의 걱정을 하고 만다.

사에코와 만날 때마다 미츠케루는 신사 경내에서 있었던 일을 떠올렸다.

그 사실을 꿰뚫어 알아차렸는지, 사에코는 더욱 깊이 미소 짓는다. 어두운 미소는 아니었지만, 이 미소가 가면을 쓴 것이 아니라고 확신할 자신이 미츠케루에게는 없었다.

"밋쨩도 여기 앉을래? 같이 앉아도 괜찮지?"

"아, 그럼요. 제가 방해만 안 된다면……."

"방해는 무슨 방해! 사에코, 괜찮지?"

"후카…… 너 또 설마 미츠케루한테 네 연애 이야기 늘어놓을 셈이야?"

"에헤헤…… 들켜버렸네? 헤헤헤……."

후카가 좋아서 얼굴에 힘이 빠졌다. 사에코는 "들키기는, 감출 생각이 애초에 없었으면서."하고 쓴웃음을 짓는다.

사에코의 마음을 아는 미츠케루는 역시 그런 사에코가 걱정이 되지 않을 수가 없어서 빤히 바라보고 있었다. 그러자 시선을 알아차린 사에코는 후카에게 보이지 않는 각도로 몸을 돌려 입을 손으로 가리키며 미츠케루에게 속삭였다.

"괜찮아요. 다 마음 정리했으니까."

——그러면 다행인데…….

신사 경내에서 눈물을 흘리던 사에코의 모습을 떠올리니 아직도 마음이 꽉 조여온다.

"아, 맞다, 맞다. 밋쨩! 내 말 좀 들어봐! 요전에 막 사귀기 시작해서 일주일 기념일이었는데 말이야– 남친이 선물 줬다? 봐 봐, 이거거든? 새 부적! 사에코네 가게까지 일부러 찾아가서 샀대! 아이참, 사에코 네가 미리 좀 나한테 알려주지 그랬어–."

"내가 말해주면 서프라이즈가 안 되잖아? 손님의 비밀을 지켜주는 게 상도라는 거야."

타이르는 사에코를 무시하고 후카가 연애 이야기를 계속했다. 하지만 사에코와 미츠케루는 생각보다 잘 들어주고 있었다.

——생각을 정리할 생각이었는데, 나중으로 미뤄야 할 것 같군요.

미츠케루는 이 대화가 일단락될 때까지 일단 사진기와 사진을 상자에 넣어두자고 마음먹었다.

——주인을 찾아주는 것은 내일 나이 많은 사장님들에게 물어보는 것으로 미뤄두고.

길게 이어진 후카의 연애담도 슬슬 소재가 떨어져서 기세가 줄어들고 있을 무렵, 사진기를 정리하려고 하는 순간 "마이하마 양?"하고 누군가가 말을 걸어왔다.

"어머…… 나다 기자님."

사에코가 자리에서 일어나 "일전에는 실례가 많았습니다."하고 예의 바르게 인사했다. 접객 모드를 켠 듯한 대응에 후카와 미츠케루도 괜히 자세를 고쳤다.

인사를 받은 사람은 남성이었다.

앗, 하고 미츠케루가 깨닫는다. 낮에 행인들을 취재하던 남성이었다.

티셔츠 위에 얇은 남방을 걸치고 검은 건빵바지를 입었다. 활동에 편한 차림새였다.

"사에코, 아는 사람이야?"

"응, 히타치몬 지역 생활 정보지를 다루는 출판사 분이셔."

"아-앗, 그 뭐였더라, '두근두근 히타치몬 타운맵'이었나……?"

후카가 한 말에 나다라고 이름이 불린 남자가 오호, 하고 놀란 표정을 지었다.

"의외로 젊은 여성분들에게도 이름이 알려져 있었군요. 아주 반가운 소식입니다. 이번에 웹 버전도 만들 계획인데 큰 힘이 될 것 같아요."

사에코가 나다에게 후카를 소개했다.

나다도 자기소개를 했다.

"그럼…… 이쪽에 계신 꼬마 숙녀분도 아는 사이신가요?"

"네. 제 은인인 미츠케루예요."

"본명은 미츠코라고 합니다. 앞으로 잘 부탁드립니다."

미츠케루는 사에코에게 뒤지지 않을 만큼 아주 예의 바른 말씨와 몸짓으로 인사하는 모습을 보여주었다. 완전히 높은 사람 집에서 예의를 바짝 차리는 태도로 변한 상태였다. 사실은 취재를 받고 싶어서 그러는 행동이라는 건 두말할 것도 없었다.

"네가 그 미츠케루구나! 아하…… 어린 여자애라는 소리는 들었는데……."

"네? 어느 분께 들으셨나요?"

나다가 한 말을 들은 미츠케루는 자기도 모르게 캐물었다.

"처음에는 마이하마 양의 가게에서 취재할 때였지. 취재 중에 요새 시장에서 가장 관심이 가는 사람이 누구냐고 물었었는데, 그 뒤에 나도 관심이 가기 시작해서 말이야. 시장을 이용하는 사람이나 가게에서 일하는 다른 사람들에게도 아느냐고 물어봤는데, '들어봤다', '안다', '도움을 받았다'라고 말하는 사람이 꽤 있어서 놀랐거든. 최근 발령 온 히타치몬 신사 신주님의 친척 조카라고 들었는데, 잃어버린 물건을 찾아주는 신령님 놀이를 하고 있다면서?"

——이, 이거 혹시 취재받는 흐름인 거 아니야?!

미츠케루의 머릿속에서 멋진 카페에 앉아 취재를 받는 장면이 광속으로 떠올랐다.

"너도 사진기로 사진 찍는 거 좋아하니?"

나다가 던진 질문이 망상을 끊었다.

"아, 아뇨…… 이건……."

"그 사진기도 누가 잃어버린 물건인 거야?"

미츠케루는 사진관을 들렀을 때와 마찬가지로, 시간순으로 차분하게 설명했다.

나다 뿐만 아니라 사에코와 후카도 깊은 흥미를 보이며 이야기를 들었다.

"야생마라…… 잠깐 봐도 괜찮겠니?"

나다는 주의 깊게 사진기를 살펴보았다.

여기저기 건드려 보고 돌려보더니, 파인더에서 눈을 떼고 눈살을 찌푸렸다.

"분명 다루기 어려운 사진기야. 아저씨는 못 쓰겠다. 평소에는 카메라맨을 데리고 다니긴 하는데, 편집부도 일손이 부족해서……."

"나다 아저씨는 이 사진기 주인이 누구일지 짐작가는 점은 없으세요?"

미츠케루가 한 질문에 나다는 고개를 가로젓는다.

"아쉽지만 없구나. 하지만 아주 흥미로워. 실은 우리 생활 정보지 쪽에서 히타치몬 시장의 역사를 특집으로 다룰 예정이었거든. 그 사진기로 찍은 낡은 사진이 있다고 했지? 좀 봐도 괜찮을까?"

"네, 여기요. 뭔가 발견하시면 알려주세요."

"그래, 너무 나만 보여달라고 하는 것 같아 미안하니까, 내 사진도 보여줄까?"

나다는 미츠케루에게 자기 사진기를 건넸다.

보기에는 미츠케루가 들고 다니던 클래식 카메라와 많이 닮아있었지만, 사진기 등 쪽에 디스플레이가 붙어있었다. 화면에는 촬영한 사진이 그림 파일로 표시되어 있었고, 버튼을 조작하면 다른 사진으로 바뀌었다.

"와아, 예쁘게 찍혔네요! 활기찬 시장 모습이 잘 담겨있는 것 같아요!"

나다의 사진기 속에는 장 보는 손님이 미소 짓는 모습이나, 손님을 불러 모으는 가게 주인이 생기 넘치는 표정을 짓는 모습이 담겨있었다.

한편 나다도 미츠케루가 가지고 있던 사진을 보고 감탄사를 뱉어냈다.

"잘 찍은 사진이야…… 허락만 받을 수 있으면 꼭 특집 기사에 쓰고 싶을 정도야. 내 사진하고 나란히 늘어놓으면 과거와 현재를 비교하는 것도 가능할 것 같은데?"

이어서 나다가 아무렇지도 않게 중얼거렸다.

"이런 식으로 시장을 철저하게 풍경으로만 잡아내는 것도 나쁘지 않은데. 참고할 만해."

순간, 디카 화면을 보고 있던 미츠케루의 고개가 튀어 올랐다.

"죄송한데, 방금 뭐라고 하셨죠?"

미츠케루가 나다를 채근했다.

"풍경으로만 잡아내는 게 나쁘지 않다고…… 하셨죠?"

"응? 아, 맞아. 그랬는데, 왜?"

나다는 미츠케루가 떠올린 것이 무엇인지 알아차리지 못했다. 사에코나 후카도 마찬가지였다. 심지어 그 니이 씨조차 지금은 미츠케루가 무슨 말을 하고 싶은 것인지 알지 못했다.

"그거예요……. 바로 그거예요! 제가 계속 마음에 걸렸던 부분이 바로 그거였어요!"

미츠케루는 다시 한번 디카 화면을 바라본다. 사진을 몇 장 바꾼 뒤 "역시……."하고 확신했다.

"사진, 저한테 다시 줘 보시겠어요?"

"응? 어…… 여기."

나다에게서 사진을 돌려받은 미츠케루는 다시 집중했다. 눈을 부릅뜨고 눈동자를 또르르 굴리면서 사진을 주시한다. 누군가가 침을 삼키는 소리가 들렸다. 그 정도로 미츠케루의 표정에서는 진지한 분위기가 뿜어져 나왔다.

"클래식 카메라로 찍은 이 사진이랑 나다 아저씨의 사진을 비교해보고 깨달았어요."

다른 사람도 들을 수 있도록 큰 소리로 마츠케루가 설명했다.

"두 사진을 각각 비교해보세요. 우연히도 같은 장소를 찍은 사진이에요. 시간대도 같아서 둘 다 낮에 찍은 사진이고요. 하지만 오래된 사진기 주인이 찍은 사진에는 사람이 안 찍혀있어요. 풍경만 찍혀있어요. 나다 아저씨가 찍은 사진에는 사람이 잔뜩 찍혀있는데, 옛날 사진에는 사람의 그림자도 찍혀있지 않아요."

나다가 감탄하며 눈을 부릅뜬다.

"그건…… 그냥 우연 아니야?"

후카의 말에 "아니에요."하고 미츠케루가 고개를 저었다.

"시대가 변하더라도 왕래가 잦은 시간대와 장소라는 점은 같아요. 가게가 늘어선 시장에 아무도 없다니, 보통은 말도 안 되죠. 게다가 모든 사진이 다 그래요. 이 사진기의 원래 주인은 철저하게 풍경만 찍었던 거예요. 이 사진들은 전부 완고하게, 고집스럽게, 사람을 피해 찍은 사진이고, 이건 아주 특별한 검색조건이에요."

힘 있는 목소리로 단언하는 미츠케루의 말에 후카는 살짝 한 방 먹은 모습이 되었다. 사에코는 미소를 지으며 바라보았고 나다는 흥미롭다는 얼굴로 턱을 쓰다듬었다. 오직 니이 씨만이 냉정하게 중얼거렸다.

"아아…… 그럼 더 자세한 건 저 친구들에게 묻지 그러나?"

니이 씨는 인간에게는 들리지 않는 목소리로 말을 이어나갔다.

"미츠케루, 저쪽을 한 번 봐라. 길 건너편."

니이 씨가 시키는 대로 미츠케루가 고개를 돌렸다.

낯익은 고령의 사장님들 몇 명이 무리 지어 걸어오는 모습이 보였다.

"타이밍을 잘 맞췄군."

——네.

마음속으로 니이 씨에게 긍정하는 끄덕임을 보낸 미츠케루가 말했다.

"조건은 두 가지. 사진을 잘 찍지만, 사람은 찍지 않는 분. 다루기 힘든 오래된 사진기를 사용했던 분. 혹시 그런 사람을 아는 분은 없나요? 하고 물어보겠어요."

◆ ◆ ◆

한 남자가 시장 스피커에서 흘러나오는 음악에 귀를 기울이고 있었다. 17시를 알리는 시장 종소리다. 이 시간이 되면 점심시간의 활기차고 시끌시끌했던 모습은 거의 사라진다. 시장 분위기도, 남자가 사는 집안 분위기도.

방에 혼자 있는 시간이 최근에 상당히 줄었다. 이 귀중한 혼자만의 시간은 재택근무로 처리하는 업무를 끝마친 시간이기도 했다. 시스템 엔지니어로 입사한 지도 몇 년이 흘러, 일시적으로 재택근무를 허가해준 회사에 감사한 마음을 품는 시간이기도 했다.

창문에 더 가까이 다가가 담배를 머금는 소소한 즐거움을 즐긴다. 담뱃값이 점점 올라가는 요즘 세상이지만 끊을 생각은 추호도 없다.

담배를 다 태우고 나면 저녁 식사 준비를 해야 한다.

재료는 미리 준비와 손질을 다 해뒀으니 냄비로 물을 끓이거나 전기밥솥 스위치를 넣는 정도만 하면 된다. 정말 편했다.

본가로 막 돌아왔을 때는 분위기가 어수선했지만, 이제야 겨우 하루가 정리되었다고 남자는 한숨을 쉬었다.

회사에 억지까지 부리며 아버지 간호를 위해 본가로 돌아왔을 때, 허둥지둥 야단을 피웠던 일이 다 거짓말처럼 느껴졌다. 이제 아버지만 건강을 되찾아주면 된다. 그렇게만 되어 준다면 출근도 다시 시작할 수 있을 것이다.

담배꽁초를 재떨이에 비벼끄고 자아, 하고 혼잣말을 중얼거렸다.

부엌으로 들어가려는 순간, 초인종 소리가 울렸다. 오래된 버스에 설치된 하차 벨 소리처럼 단조롭고 낡은 소리였다.

문을 열기 전에 방범창으로 확인해보니, 티셔츠 위에 얇은 남방을 걸친 장년층 남자 모습이 보였다. 잡상인처럼 보이진 않는다. 시장 조합원일지도 모른다고 생각해 문을 열어주었다.

"안녕하세요-!"

예상과는 달리, 귀여운 목소리가 시야보다 아래쪽에서 들려왔다.

방범창으로 봤던 남성 앞에 키가 작은 소녀가 서 있었다.

기품있어 보이는 소녀였다. 목둘레에 검은 세일러 칼라가 달린 빨간 원피스를 입은 소녀다. 곁에는 하얀 고양이도 있었다. 그리고 소녀는 낡은 사진기를 손에 들고 있었다. 이 사진기를 발견한 남자가 깜짝 놀랐다.

"이렇게 갑자기 찾아와서 여쭙는 실례에 양해를 구합니다. 혹시 '저승사자 사진기'라는 말에 짐작이 가는 게 없으신가요? 그리고…… 그 '저승사자 사진기'의 주인이 어떤 분인지에 대해서도."

이미 한 번 놀랐던 남성이 재차 깜짝 놀랐다. 만약 지금도 담배를 입에 물고 있었다면 아마 바닥에 떨어뜨렸을지도 모른다——.

◆ ◆ ◆

미츠케루와 나다를 맞이한 남자는 '아게오 토시조'라고 자신의 이름을 밝혔다. 나이는 나다와 비슷해 보인다.

미츠케루는 거실로 안내를 받아 다 같이 일본식 원탁에 앉아 사진기를 토시조에게 직접 건넸다. 토시조는 한참 동안 사진기를 만지작거리며 구석구석 살펴본 뒤 눈을 가늘게 뜨면서 중얼거렸다.

"오랜만이네……."

만감이 교차하는 모습이 다른 사람 눈으로도 확연하게

보였다. 40년 만의 재회일 터였다.

"도대체…… 어디서 이 사진기를?"

질문을 받은 사람은 나다였다. 나다는 쓴웃음을 지었다.

"발견한 사람은 제가 아닙니다. 사진기도, 아게오 씨의 존재도."

그럼 누가?

하고 말을 꺼내려는 듯 자기를 쳐다보는 토시조에게 나다는 미츠케루를 바라보는 것으로 대답을 대신했다.

"고람당이라는 이름의 전당포를 알고 계시나요? 그곳 창고에 잠들어있던 사진기를 인연이 닿아 제가 받게 되었어요."

"전당포…… 그랬군……."

토시조가 허공으로 보낸 시선이 이리저리 부유했다. 멀어진 시절을 바라보는 듯한 시선이었다.

"그럼 애초부터…… 아버지가 고람당 사장님께 팔고 나서부터 40년 동안 이 사진기는 창고에 잠들어있었다는 말이군요."

미츠케루와 나다가 서로 얼굴을 마주 본다.

"처음부터…… 안 팔리고 남아 있었다는 말은 저도 나

다 아저씨도 처음 듣는 말이네요."

"그랬구나, 하지만 왜 굳이 나를 찾아온 거지? 저승사자 사진기라는 별명까지 파헤치는 데도 보통 고생한 게 아닐 텐데……."

"이상하게 들릴지도 모르지만, 그냥 다 말씀드릴게요. 이 사진기에는 특별한 무언가가 깃들어 있어요. 소중히 다루고 아껴온 물건임이 틀림없는 물건이에요. 그런 물건이 왜 창고에 잠들어있던 것인지…… 그게 궁금해서 자취를 따라온 거예요."

토시조는 눈을 거듭 깜빡였다.

"그, 뭐냐. 물건에 신이 들려서 도깨비가 되는 그런 걸 말하는 건가?"

"비슷하긴 해요. 믿든 믿지 않든 그건 아저씨의 마음이지만, 실은 제가 그런 걸 느끼는 힘이 있거든요. ……제 소개가 늦었네요. 저는 히타치몬 신사에 얼마 전 발령 온 신주님의 친척 조카 미츠코라고 합니다."

방긋, 하고 구김 없는 미소를 지은 미츠케루를 보고도 토시조는 웃지 않았다. 대신 대답을 바라는 눈빛으로 사진기를 바라보며 다시 이곳저곳을 쓰다듬었다.

"그랬구나……. 분명 이놈이라면 그런 게 깃들만 하기

는 하지."

믿기 어려운 일이지만 부정할 수도 없다. 그런 표정을 지었다.

"실례가 안 된다면, 이 사진기와 아버님에 대해 알려주실 수 있으신가요?"

미츠케루가 한 말에 토시조가 고개를 끄덕였다. 그런 뒤 나다 쪽을 보았다.

"그런데 나다 씨는 출판사 분이라고 하셨습니다만, 어떤 일로 여기까지?"

"부탁을 하나 드릴까 해서. 하지만 일단 제 이야기는 나중으로 미뤄도 상관없습니다. 아버님 이야기를 듣고 난 다음, 제가 부탁을 드릴지 말지를 정할 생각입니다."

"아, 그렇군요. 알겠습니다. 저승사자 사진기란 별명을 알고 계신다는 말은 아버지에 대해서도 어느 정도 알고 오셨겠군요. 그래도 처음부터 말씀드리면 될까요?"

토시조는 정좌에서 책상다리로 고쳐 앉았다. 아마도 이야기가 길어질 모양이었다.

"사진기 주인은 제 아버지입니다. 이름은 '아게오 쇼조'라고 합니다."

시장 가게에서 일하면서 프로 카메라맨을 꿈꾸었다고

한다. 휴일이 되면 사진기를 한 손에 들고 여기저기 돌아다니며 사진을 찍었고, 마음에 드는 사진이 나오면 신문사나 잡지사에 팔러 다녔다. 그러는 사이에 점점 사진 실력도 인정받아 사진을 파는 수준까지 도달한 모양이었다.

쇼조의 애마이자 파트너를 맡은 사진기가 바로 미츠케루가 발견한 '야생마'였던 것이다.

"아버지는 개성이 강하다 못해 다루기 어려운 이 사진기를 아주 사랑하셨습니다."

——하지만 꽤 야생마 같네.

——그 대신에 잘 다룰 수만 있다면 아주 독특한 맛이 있는 사진을 찍을 수 있는 거지.

"아들인 제가 질투할 정도로 아버지는 이 사진기를 아주 예뻐하셨습니다. 아무 생각 없이 그냥 만지는 날에는 그렇게나 온화하던 분이 드물게 화내는 날이 되었지요. 도구가 아니라 완전히 살아있는 생물처럼 취급하셨던 것도 기억에 남습니다."

토시조의 아버지 쇼조는 카메라맨으로 활동하는 한편 시장에서 아르바이트도 이어나갔다.

"저와 어머니를 먹여 살리려고 그러셨던 것도 있지만, 시장에서 일하는 걸 좋아하시기도 했던 것 같습니다. 아버지께서는 이 시장을 사랑하고 계십니다. 이곳으로 정착하기 전에 어디서 무엇을 했는지는 물어봐도 말씀을 안 해주셨지만, 아마 별로 좋은 기억은 없기에 그런 거겠지요. 이 동네는 마음이 편해, 항상 그런 말씀을 하시곤 했습니다."

그래서인지 쇼조는 쉬는 날이나 시장에 행사가 있는 날이면 사람들 사진을 찍으러 다녔다. 먹고 살기 위해 찍는 게 아니라 취미로. 특히 행인이나 가게에서 장사에 바쁜 사장님들의 웃는 얼굴을 즐겨 피사체로 삼았던 모양이었다. 찍은 다음에는 항상 사진에 찍힌 사람에게 사진을 보여주려고 돌아다녔다.

"사진은 항상 평판이 좋았습니다. 웃는 얼굴을 잘 찍는 사람이다――그런 평을 듣고 돌아오신 날은 항상 아주 기분이 좋아 보이셨지요. 그런데 설마 일이 그렇게 뒤틀릴 줄이야, 누가 알았겠습니까?"

토시조는 다시 먼 곳을 응시하는 눈으로 허공을 바라보았다.

"그때 우연히 제 또래 할머니 할아버지 세대 되시는 어르신들이 연달아 돌아가셨습니다."

웃는 얼굴을 잘 찍는 사람으로 평판을 얻었고, 찍힌 사람들은 모두 마음에 들어했다.

그 덕분에 다들 쇼조의 사진을 영정사진으로 쓰는 일이 많아졌다.

그런 탓에 사건은 벌어졌다.

"어느 날 제가 울면서 집으로 돌아왔던 날이 있습니다. 이유를 아버지께서 물으셨는데, 제가 아버지에게 털어놓았지요."

――아빠가 사진 찍은 사람 좀만 지나면 죽는다고 그러잖아.

"그런 소문이 아이들 사이에서 괴담으로 퍼져버리고 말았던 겁니다.

"그랬군요…… 그 소문은 어쩌다가……."

그때, 조용히 듣고 있던 나다가 끼어들었다.

"사실 저승사자 사진기라는 괴담을 기억해낸 사람은 접니다. 여기 있는 미츠코가 이야기를 꺼내서 떠올랐지요. 사실 저도 여기 출신이거든요……. '시장 7대 불가사의' 중에 하나인 '저승사자 사진기'. 누가 처음 만든 이야기인지도 모르고 유래도 몰랐습니다. 하지만 설마 그런 흐름으로 시작된 이야기였을 줄은……."

"아들인 저조차 왜 그런 이야기로 흘러가게 되었는지

아직도 정확한 원인을 모릅니다. 그저…… 아이들 특유의 무신경하고 잔인한 측면이 담긴 소문이었던 게 아닐까 싶습니다…… 하지만 아버지에게는 마음에 큰 상처를 주는 소문이었습니다. 제가 울면서 들어오니 영향을 주었겠지요. 그 뒤로 아버지는 사람을 촬영하는 일이 완전히 없어졌습니다."

미츠케루가 침통한 표정으로 고개를 숙였다.

"아까…… 예전부터 가게를 운영하신 어르신들께 '사람을 잘 안 찍는 오래된 카메라를 가지고 다니는 사람을 모르시냐'고 물어보고 다녔거든요. 그런데 오히려 다들 '사람 웃는 얼굴을 잘 찍는 카메라맨'을 더 잘 기억하셨어요. 아이들과 어른들 사이에 인상이 정반대로 자리 잡고 말았던 것이군요……."

"애들 사이에 도는 소문을 모르시는 편이 훨씬 나았다고 생각합니다. 제가 그날 울면서 들어가지만 않았더라면……."

토시조는 그 상상을 떨쳐내려고 고개를 세차게 흔들었다.

"여하튼 아버지께서는 아이들 사이에서 돌던 괴담을 신경 쓰셨습니다. 시장 사람들도 더는 안 찍었고요. 대신 시장 풍경을 찍기 시작했습니다."

"아버님께서는 바로 카메라를 처분하신 게 아니셨군요."

미츠케루의 질문에 토시조는 고개를 끄덕여 긍정했다.

아이들 소문을 모르는 어른들 사이에서는 이상하다고 생각한 사람도 있었던 모양이지만, 직접 물어보는 사람은 한 명밖에 없었다.

"당시 시장 협동조합에서 조합장을 맡던 분이 있었습니다. 보통내기가 아닌 가게 주인들을 모두 통솔할 만큼 호탕하고…… 그릇이 크다고 해야 하나, 뭐 그런 분이었습니다."

조합장은 쇼조와 술자리를 가지면서 이유를 물었다.

"조합장은 아버지의 사진을 맘에 들어하던 사람 중의 한 명이었습니다. 카메라맨이 되고 싶다는 꿈을 듣고 신문사나 잡지사에 다리를 놓아준 사람도 이 조합장님이었습니다."

그런 사람이 물으니 대답을 안 하기가 어려웠다.

쇼조는 아이들 사이에서 소문이 돈다는 말을 털어놓았다.

――그럼 내 사진을 찍어.

——내가 그렇게 쉽게 죽을 것 같나? 누가 칼로 찔러도 안 죽을 사람이야.

"조합장님은 웃으면서 아버지에게 사진을 찍으라고 말씀하셨다는군요."

그리고 며칠 뒤…… 조합장은 폭우가 쏟아진 날 행방불명이 되었다.

"시장에 홍수가 안 나나 걱정이 되어 순찰을 하러 나갔다가 그대로 돌아오지 않으셨다고 합니다."

미츠케루는 삐걱, 하고 분위기가 균열을 일으키는 기척을 느꼈다.

"……?"

다른 두 명은 눈치채지 못한 모양이지만…… 미츠케루는 달랐다.

'이건…… 니이 씨?'

아주 미세한 변화였지만 니이 씨가 예민한 기운을 풍기고 있다고 느꼈다. 이 사실을 아무도 알지 못한 채 옆에서는 대화가 이어진다.

"말씀하신 조합장이라는 분이 혹시 '시부야 탄지'라는 분인가요?"

나다의 질문에 토시조가 눈을 크게 떴다.

"아, 네. 맞습니다. 잘 알고 계시는군요."

"요즘 시장 역사를 다루는 특집기사를 쓰고 있거든요. 탄지 씨가 시장을 세우는 데 큰 역할을 하신 훌륭한 분들 중 한 명이라고 들었습니다. 그런 분이 관계가 있었다니……."

"누가 죽이려고 해도…… 칼에 찔려도 안 죽을 자신이 있다고 하셨지만, 오늘이 그 조합장을 하시던 시부야 아저씨가…… 돌아가신 기일입니다."

"앗! 그래서 나이 든 사장님들이 다들 어딜 다녀오셨던 건가요?"

"정말 인망이 두터운 분이셨으니까요. 아버지도 오늘 성묘를 가고 싶어 하셨을 겁니다. 시부야 아저씨를 진심으로 믿고 따르셨으니까요."

40년 전, 은인을 잃은 쇼조는 깊은 슬픔에 잠겼다.

"당시에는 술독에 빠져 지내셨어요. 사진을 괜히 찍었다, 소중한 은인을 내가 죽인 거나 마찬가지다, 라고요."

그 후, 쇼조는 사진 자체를 그만뒀다.

"젊었을 때부터 꿈이었던 카메라맨이라는 일을 그만두고, 미련을 완전히 끊기 위해 애착이 담긴 사진기를 전당포에 넘겨버린 겁니다. 그게 창고에서 나왔다니…… 아무도 제대로 다루지 못해서 결국 안 팔리고 남았군요."

불행인지 다행인지…… 어느 쪽인지는 이곳의 그 누구도 알지 못했다.

——아니, 행복으로 바뀔 것이다. 바꿔놓고 말겠다. 그러려고 사진기를 여기까지 가지고 왔으니까.

굳센 결의를 품고 미츠케루는 토시조에게 물었다.

"이 사진기의 주인…… 아버님께서는요? 건강이 좋지 않으시다고 들었는데요……."

계속 굳어있던 토시조의 표정이 조금 부드러워졌다.

"큰 병을 앓고 퇴원한 뒤로 자택요양 중입니다. 기운이 많이 줄기는 했지만, 아직 문제는 없어 보이고요. 간병하러 오신 간병인과 이야기하다 지쳐서 지금은 주무시지만요…… 가끔 옛날이야기를 하십니다. 사진기도 생각이 많이 나시는 모양이에요."

토시조는 다시 사진기를 내려다보며 몇 초간 침묵에 잠긴 뒤 미츠케루를 바라보았다.

"저기, 괜찮다면 이 사진기를 저한테 주실 수 없으실까요? 물론 정당한 가격에 매입하겠습니다."

미츠케루는 처음부터 어떻게 대답할지 마음에 정해두었다.

"아뇨, 당연히 그냥 드려야죠. 소중히 아끼던 물건은 아껴주던 주인에게 돌아가는 것이 마땅하니까요. 이 카메라에 깃든 혼이 가장 편하게 쉴 수 있는 주인 품으로…… 그렇게 되는 것만으로도 저는 충분해요. 아버님께서 기뻐하신다면 오히려 제가 받아달라고 부탁드리고 싶어요."

대답하는 표정에는 자연스러운 미소가 피었다. 스스로 느끼기에도 정말 마음이 담긴 미소라고 마음속으로 칭찬하고 싶을 정도다. 잘못 생각한 것이 아니라는 사실은 토시조와 나다도 얼굴에 미소를 짓는 모습으로 증명되었다.

사진기를 돌려주고 며칠이 지난 뒤, 미츠케루는 히타치몬 공원에서 도시락을 먹고 있었다.

오늘도 미사키정 런치 메뉴 시간에 맞추지는 못했지만, 아몬드 젤리는 건재했다.

미츠케루가 앉은 분수 앞 벤치 주변에는 길고양이들이 드러누워 있었다. 슬슬 장마철에 들어갈 시기지만 햇살은 뜨거워지기만 했다. 오늘도 날씨가 좋다.

"더운 게 싫어서 다들 분수 근처로 모이는 거라는데."

그렇게 남 일처럼 말하는 니이 씨도 분수대 난간 위에 몸을 둥글게 말고 엎드리고 있었다. 도시락을 다 먹은 미츠케루는 벤치에 앉은 채로 다리를 대롱대롱 흔들었다.

도장이 하나 더 늘어난 스탬프 수첩을 바라봤지만 금세 질리고 말았다.

"나다 아저씨, 아직 멀었나……."

"아직 약속 시각이 아니지 않나? 너무 조급할 필요 없지."

토시조와 이야기를 마친 뒤, 미츠케루와 나다는 사진기의 주인인 아게오 쇼조를 만났었다.

간호용 침대에 잠들어 있던 쇼조는 사진기를 보고 놀랐던 토시조보다도 더 깜짝 놀랐다.

——다시는 못 만날 거라고 생각했다. 설마 40년이 지나 다시 돌아오다니.

——죽기 전에 이 사진기에 꼭 고맙다고 인사를 하고 싶었단다. 고맙다.

그렇게 감사 인사를 들었다. 미츠케루와 나다가 "죽다니 그런 말씀 마세요. 아직 정정하신데 금방 떨치고 일어나셔야죠."하고 격려하자, 쇼조가 웃었다. 아들 토시조가 말하길, 웃는 모습을 보는 게 오랜만이라고 했다.

나중에 또 시장 풍경 사진을 찍을 수 있도록 힘을 내겠다는 약속도 했다.

“쇼조 할아버지, 건강을 되찾으셔서 다시 사진을 찍을 수 있으면 좋겠는데요.”

“음…… 그러게.”

기분이 좋아진 미츠케루는 활짝 미소지으며 니이 씨에게 말을 걸었다.

“이번에는 저 솔직히 100점 만점에 꽃 도장까지 받을 만하지 않았나요? 사진기 주인도 찾아서 기쁘게 해드렸고, 완벽하지 않았어요?”

분명 이번에야말로 칭찬세례를 폭포수처럼 받을 수 있을 거라 예상하고 조금 티를 내봤다.

“뭐…… 그러네.”

하지만 니이 씨는 대충 얼버무리듯 대답했다.

“……?”

미츠케루가 고개를 갸웃거린다. 부정적으로도, 긍정적으로도 느껴지지 않는 인상을 주는 대답이었다.

——뭔가 고민이라도 있으신가?

——그러고 보니 토시조 아저씨랑 이야기할 때도 저렇게 이상했었는데.

한 번 궁금증을 품고 나니 답을 알고 싶어 못 배기겠다.

“아이고-! 오, 늦어서 미안하구나!”

그때, 나다의 목소리가 들려왔다.

오늘도 티셔츠 위에 남방을 걸쳤다. 마음에 드는 패션인지도 모르겠다.

“겨우 시간에 맞춰서 인쇄가 끝났어. 인쇄소에서 막 뽑은 거라 아직 뜨끈뜨끈해.”

나다는 손에 들고 있는 생활 정보지 ‘두근두근 히타치몬 타운맵’을 건넸다.

“잘 보겠습니다!”

목차를 확인한 미츠케루가 파파파팟 하고 페이지를 넘겨갔다.

시장 특집기사페이지를 펼친 미츠케루는 와아—! 하고 신이 나서 환성을 질렀다. 시장 역사를 소개하는 페이지에 과거와 현재 광경을 담은 사진이 아름답게 페이지를 장식하고 있었다. 시대가 흘러가며 변화하는 모습이 드러나도록 현재와 과거 사진이 나란히 배치되어있다.

나다가 찍은 사진과 아게오 쇼조가 ‘저승사자 사진기’로 촬영한 과거의 사진이었다. 쇼조와 만났을 때 나다는 명함을 건네고 시장 특집기사에 꼭 쇼조가 찍은 사진을 사용하고 싶다며 부탁을 했었다.

카메라 상자에 들어있던 사진과 카메라 속 필름에 남아

있던 사진. 쇼조가 흔쾌히 허락해준 덕분에 현대에 되살아날 수 있었다.

"사진은 역시 사람들에게 보이는 것이 가장 좋지. 정말 다행이야."

나다의 말에 미츠케루가 미소 지었다. 분명 그 사진기도 기뻐하고 있을 것이다.

"덕분에 좋은 기사를 썼어……. 그리고 전에 얘기했던 소개 기사도 제대로 실었지. 아마 그 페이지에서 세 페이지 뒤쪽에 있을 거야."

미츠케루가 다시 페이지를 넘겼다.

세 페이지를 넘기자, 양복점 샛별을 소개하는 기사가 보였다. 사에코가 인터뷰한 기사도 실려있었다. 그 페이지 한쪽 구석에 사에코가 만들어준 새 옷을 입은 미츠케루의 사진이 실려있다. '사립 초등학교 면접을 보러 가는' 느낌으로 만든 차분한 디자인이다. 품에는 니이 씨를 안고 있다. 사진 옆에는 이렇게 적혀있었다.

"마이하마 사에코양이 최근 가장 관심이 가는 존재라고 하는 시장의 미츠케루. 잃어버린 물건을 같이 찾아주는 친절하고 귀여운 소녀. 어려울 때는 과자와 함께 부탁해 보세요!"

잡지에 데뷔하게 된 미츠케루는 펄쩍펄쩍 뛰며 즐거워했다.

◆ ◆ ◆

미츠케루에게 잡지를 건넨 나다 소고는 시장에서 크레이프를 먹었다.

군것질하며 구경 다니는 콘셉트에 맞춰 음식점이 많이 늘어선 포장마차 먹자골목이다. 그중에 한 곳이 학생 때부터 나다가 다니던 오래된 크레이프 가게였다. 학생 시절의 나다를 '단맛중독자'로 만든 가게는 오늘도 여전히 영업하고 있었다.

평일 낮이라 그런지 평소보다 사람이 더 많이 다니는 느낌이다.

협동조합이 기획한 기간 한정 스탬프 카드 덕분인지도 모른다. 시장에서 장을 보면 스탬프를 하나씩 찍어주는데, 없는 것보다는 나을 것이다.

나다는 크레이프를 한 입 베어 물고 멍하니 시장에 대한 생각에 잠겼다.

솔직히 말하면…… 히타치몬 시장은 위기였다.

정확히는 판매량이 줄어들어 고민이다, 라고 현 협동조합장을 취재했을 때 들었다.

이는 예전부터 계속 있었던 고민이었다. 몇 년 전 도심 쪽 대형 출판사에서 일하던 나다가 고향인 히타치몬으로 돌아와 생활 정보지를 만들게 된 때 보다 훨씬 옛날부터…… 쭉 이어져 온 문제다.

조합장뿐만 아니라 시장에서 가게를 운영하는 사람이라면 누구라도 느끼는 점이었다.

현실을 아는 시장 가게 주인들은 자식에게 무조건 가게를 이어야 한다고 강요할 마음도 없었다.

예를 들어 1년 전에 타계한 전당포 고람당 주인은 시장에 한계를 느끼고 아들을 대학에 보냈다. 결과적으로는 아들이 2대째 사장으로 가게를 잇게 되기는 했지만, 시장의 장래가 불투명하다는 불안감을 느끼고 자식을 평범한 회사원으로 키우려는 부모는 많았다.

시장에서 인재가 빠져나가는 일이 과거보다 확실히 늘었다. 현재도 그 흐름은 변하지 않고 있다.

하지만 고람당 뒤를 이을 아들이 돌아왔다. 취재로 이야기를 들으러 갔을 때 나다는 물었다. 왜 고향으로 돌아오셨습니까? 하고.

"그냥, 시장에 돌아오고 싶었어요. 역시 고향이라 그런가?"

무슨 말을 하고 싶어 하는지는 나다도 절절히 이해가 갔다. 도시에서 연예인 스캔들을 쫓아다니던 나다도 역시나 똑같은 기분이 들어 이 동네로 잡지 기사문 전문 기고가로 돌아왔으니까.

옛날에 신세를 졌던 데스크 선배에게 현재 출판사로 넘어오는 게 어떠냐고 제안을 받은 게 큰 요인이기는 했지만, 견주어 봐도 뒤지지 않을 정도로 고향을 위해 일해보고 싶다는 마음도 컸다.

그리고 또 하나…… 고람당 사장과 나다 사이에는 기묘한 공통점이 있었다.

"고향으로 돌아왔을 때 꿈에 괭이수호신령님이 나타나셨어요. 잘 돌아왔다, 지켜보마, 라고 하셨지요."

나다는…… 생각한다.

시장에서밖에 못 사는 상품은 엄밀히 말해 아무것도 없다. 잘 버티고 있지만 도심 천원샵이나 넓은 주차장이 딸린 대형 할인마트로 장 보러 가는 사람이 더 많을 것이다.

하지만 미사키정처럼 부녀 둘이서 분투하는 가게도 있다. 마이하마 가족처럼 차세대를 키우는 옷 가게도 있다.

'우리 가게밖에 못 하는 걸 하자.'라는 야심을 품은 가게도 있다.

여기에 더해 시장 중심가를 보면서 생각하는 게, 이 시장에는 아직도 많은 활기가 남아있다. 사람과 사람 사이에 연결고리가 남아있다. 시장 말고는 살 수 없는 상품은 없을지 몰라도 시장에 오면 느껴지는 형태가 없는 '따스한 무언가'는 떠다니고 있는 것 같다는 생각이 들었다.

그리고 이 모든 것을 떠받쳐주는 이가 바로 꿈속에 선 괭이수호신령님인지도 모른다.

게다가 진실인지 거짓인지는 모르지만 괭이수호신령님에 이어 새로운 신령님이라 자칭하는 똑똑한 소녀도 있다.

시장 매력을 전한다는 어려운 문제에 거듭 도전하다 지친 부분도 있지만 그래도 뭔가 재미있게 돌아가는 느낌이 든다. 두근두근 가슴이 뛰는 기분이 나다에게도 싹트기 시작한다.

"게다가…… 고양이도 있으니까."

정신을 차려보니 어느새 길고양이가 슬금슬금 발 근처로 다가온다. 얼룩무늬 뚱냥이였다. 먹을 것을 좀 나눠달라고 다가오는 것인지도 모른다. 몸을 앞으로 내밀어 위협해도 도망갈 기색을 보이지 않는다. 오히려 나다의 무릎 위로 올라왔다.

고양이를 바라보던 젊은 여성들이 꺄악, 귀여워, 하고 환성을 질러댔다. 사진 찍어도 괜찮겠냐고 묻기에 나다는 쓴웃음을 지으며 고개를 끄덕였다.

——히타치몬 시장에는 모르는 사람끼리도 서로 인연이 이어진다.

새로운 특집기사 테마가 머리를 스쳐 지나갔다.

오늘은 캔맥주를 한 손에 들고 모르는 사람에게 말을 걸어볼까? 분명 누군가 새로운 인연을 맺게 될 것이다. 그 소녀도 그런 식으로 사진기의 주인을 찾아주었으니까.

◆ ◆ ◆

젊은 여성이 나다와 뚱냥이 사진을 찍을 즈음 니이 씨는 혼자서 시장에 있었다.

미츠케루는 사진관 아르바이트를 하는 여성에게 잡지를 자랑하러 갔다. 그런 다음에는 마이하마 사에코의 가게로 찾아가 옷을 새로 만들어줘서 감사하다는 인사를 하러 간다고 했다.

"나도 가끔은 혼자 생각에 잠기고 싶을 때가 있으니까 산책 좀 하고 오마."

그렇게 말하고 니이 씨는 미츠케루와 헤어졌다.

발길을 옮긴 장소는 상점 복판길에 있는 고양이 동상이었다.

10년 정도 전에 만들어진 '묘신상'이다. 이런 데다가 돈을 굳이 쓰고 앉았나, 하고 한탄했더니 결국 부동산 버블이 꺼짐과 동시에 경제호황이 사라지고, 시장 매출이 어려워지기 시작했다. 니이 씨에게 있어서는 괴로운 추억이 담긴 동상이다. 꿈속에 나타나 강하게 반대했어야 했다, 하고 아직도 후회한다.

한 권속인 고양이들도 후회하는 니이 씨 눈치를 봐서 동상 근처에는 잘 안 가려고 한다. 그러다 보니 니이 씨는 혼자 있고 싶을 때는 동상을 타고 올라가곤 했다.

육신을 받은 상태라면 "괭이수호신령님에게 천벌 받는다!"하고 니이 씨가 괭이수호신령님 본인이라는 사실을 못 알아보는 조합 사람들에게 혼쭐이 나서 쫓겨날지도 모르기 때문에, 일시적으로 육신을 버리고 형태를 갖춘 영체 상태로 동상 위에 올라가 사람들을 내려다봤다.

스탬프 카드 덕분에 평소보다 사람이 많다.

시장 창설자 시부야 탄지가 남긴 뜻을 잇는 사람들이 키워온 이곳은 오늘도 여기에 건재하다.

'설마…… 시부야 탄지라는 이름을 그런 장소에서 들을 줄이야.'

감이 좋은 미츠케루라면 뭔가 이상하다고 눈치챌지도 모를 텐데, 아직까진 질문할 기색은 보이지 않는다. 뭐라도 물어오면 적당히 받아쳐서 흘려넘기겠다고 마음을 먹었다. 언제 질문해도 바로 대응하게끔 자세를 잡고 있어야 한다.

'정말이지…… 별별 일을 다 신경 써야 한단 말이야, 신령이란 직책이란.'

원해서 신령 자리에 앉은 것도 아닌 니이 씨에게는 이런 생각이 뒤끝처럼 계속 남아있었다.

예전에는 그저 하루하루 매일같이 살고 싶은 대로 지냈다.

그리운 옛날 풍경을 찍은 사진을 잔뜩 봐서 그런지 세피아 색 짙은 향수가 가슴 속에서 되살아났다.

'신령이 되지 않았다면 지금쯤은…….'

——딸랑!

귀에 익은 종소리가 들려와 니이 씨가 귀를 쫑긋 세운다.

귀를 기울인 상태로 주변을 둘러보니 시각장애인용 하얀 지팡이를 짚은 할머니가 동상으로 다가왔다.

"……."

니이 씨는 동상에서 도망치듯 떠났다.

종소리 음색이 들리지 않을 때까지, 육신을 벗은 상태라는 사실도 잊은 채 꼬리가 빠지도록 줄행랑을 쳤다.

누구에게도 용서받지 못할 죄와 마주하지 않기 위해서.

가게 앞에 그냥 틀어놓은 라디오 방송 일기예보가 내일부터 장마철에 들어간다고 선언한다.

다섯 번째

시장을 수호하는 괭이수호신령님

—

니이 씨가 히타치몬 시장을 지켜보는 괭이수호신령님이 된 지도 어언 30년.

그 긴 시간 동안 인간과 고양이를 지켜봐 온 니이 씨는 한 가지 생각에 잠긴다.

여러 가지 설이야 있지만, 적어도 천부적인 재능이란 분명히 존재한다…… 라고.

시장에는 여러 가게가 있지만, 가게라고 하는 장소는 '재능'을 파는 장소이기도 하다.

싸고 맛있는 음식을 만드는 것도, 일상생활이 더 편해지도록 고민해 새로운 서비스를 개시하는 것도, 하루하루가 조금이라도 즐거워지도록 마음을 다해 일하는 것도, 이 모든 것을 실행하는 쪽에 능력이 있어야만 성립하는 일이다.

꼭 특별한 힘이 필요하지는 않다. 하루하루 쉬지 않고 가게를 열어 같은 장소에서 누군가를 맞이하는 일을 끊임없이 이어가는 것 또한 누구도 부정하지 못할 훌륭한 재능 가운데 하나다.

재능이라는 것은 그 찬란한 빛만큼 어두운 면도 깊어서 발견하지 못한 채 고뇌하는 모습을 보이는 사람도 많이 보아왔다. 그래도 재능을 발견한 자에게서 나오는 반짝임은 모두의 눈길을 잡아챌 정도로 눈이 부시고, 또 선명했다. 신령의 입장에서 보아도 부러울 정도였다.

특히 니이 씨는 스스로가 '아무런 능력도 없는 신령'이라고 생각하고 있기에 더욱 그렇다.

스승 역할을 맡은 이상 미츠케루를 상대할 때는 허세를 부리거나 센 척을 하면서 설교할 때도 있지만, 이 자신 없는 모습이야말로 니이 씨가 거짓으로 꾸며내지 못하는 진실 된 모습이었다.

"오늘도 대박이에요! 으흐흐흐……."

니이 씨의 진짜 모습 따위는 전혀 모른 채 어딘지 모르게 아저씨 같은 웃음을 흘리는 사람이 바로 겉으로 보기에는 기품이 넘쳐 보이는 소녀, 미츠케루였다.

오늘도 언제나 그랬듯 미사키정 런치 메뉴 시간을 못 맞췄지만, 대신 얻은 테이크아웃 아몬드 젤리와 시장 사람들에게 감사히 받은 다양한 전리품을 손에 들고 있었다. 히타치몬 공원에서 식사 중인 미츠케루는 얼굴 한가득 미소를 머금고 있었다. 게다가 오늘은 세련된 옷도 입고 있다. 마이하마 사에코가 선물해준 밝은색 줄무늬 캐미솔에 미니스커트, "발목 시리지 않게-."하고 세트로 받은 무릎까지 올라오는 하얀 양말이 눈부시다. 초여름다운 활발한 인상을 주는 복장이었다.

"왜 돈보다 음식이 이렇게 많이 모이는 걸까요?"

잃어버린 물건을 찾아준 음식점 사장님들은 물론이고, 미츠케루를 귀여워하는 사람들은 시주 대신 먹을 것을 주는 경우가 많았다.

"받으면 항상 신나서 맛있게 먹으면서."

"그건 그렇죠! 이것 참, 다 제 인덕이고 복이죠, 뭐. 인성이 좋아서 그런가아?"

"그래, 그래. 너무 까불지는 말고."

적당히 혼내주지만 미츠케루의 말 자체는 옳았다.

시장에 온 지 겨우 1개월이 조금 지났다. 단기간에 이 정도로 시주(?)를 받게 된 이유는 분명 미츠케루의 성격과 인품 덕이 컸다.

물품 한정으로 잃어버린 물건을 찾아주는 신령님.

타인의 슬픔을 같이 슬퍼해주고, 기쁨은 같이 기뻐해주는 신령님.

자연스럽게 미소를 다른 이에게도 퍼뜨리고 그 광경을 보는 사람들마저 미소 짓게 만드는 신령님.

이 모든 게 미츠케루가 타고난 '재능'임에 틀림없었다.

니이 씨의 시선에서 미츠케루는 신령이 되어야만 했고, 그래서 신령이 된 특별한 존재였다.

'뭐…… 그렇다고 해서 좋은 신령이 될지는 모르는 일이지만 말이지.'

자기 공적을 바로 자랑하려고 드는 점이나, 본인의 힘을 너무 믿는 점도 아직 미숙하다는 증거다.

'힘을 가졌기 때문에 따라오는 위험'이란 힘을 가지지 못한 니이 씨로서는 가져본 적이 없어 정확히 알 수도 없는 영역이라서, 미츠케루가 가끔 그렇게 위험천만한 짓을 할 때면 더 위험하고 아슬아슬하게 느껴져 곤란했다.

――내게 없는 것을 가지고 있다는 점에서 질투와 부러움을 느끼고 있는 것도 사실이기는 하지만.

덧붙이자면 매일매일 정말 맛있게 먹는 아몬드 젤리도 부럽다.

한 입만, 하고 한마디 하려고 해도 알량한 자존심이 방해해서 매일 입 밖으로 꺼내지도 못한다.

입이 찢어져도 입에 올릴 생각은 없지만, 사실 본심을

털어놓자면 미사키정 주인이 신메뉴 개발에 박차를 가해 고양이용 라면을 출시해주기를 바랐다. 아무리 사람인 신주 모습으로 가게에 간다 하더라도 '고양이 혀'라서 못 먹으니까.

◆ ◆ ◆

히타치몬 공원에서 식사를 마친 뒤, 미츠케루는 니이 씨와 함께 일과 중 하나인 시장 산책을 시작했다.

시장을 둘러보면서 잃어버린 물건으로 곤란한 사람이 없나 찾아보는데, 오늘은 생각할 게 많아서인지 걷는 내내 집중이 안 된다.

왜냐하면… 니이 씨의 상태가 영 이상하기 때문이었다.

일주일 전, 카메라의 주인을 찾아준 뒤로 뭔가 생각에 잠긴 듯한 모습을 계속 보인다.

겉으로는 처음 만났을 때와 별다를 바 없이 느릿느릿 천하태평 아무렇지도 않은 모습이지만, 말하다 말고 엉뚱한 소리를 한다거나, 일일이 트집 잡고 꾸중하는 일이 확 줄었다. 스승 역할에 제대로 집중을 못 하고 있다…… 라고 미츠케루는 느끼고 있었다.

오늘도 미츠케루가 식사하는 도중에 멍하니 딴생각에 빠져있다.

특히 아몬드 젤리를 먹고 있을 때, 끈적한 시선을 쏟아내는 느낌이 든다.

'아니…… 설마 이게 먹고 싶어서 그러시는 건 아닐 거 아냐?'

매일매일 질리지 않고 먹으니까 어이가 없어서 그런 걸까?

'진짜 그러다 살찐다?'하고 말하고 싶은 걸까? 한번 진심으로 그런 말을 들어서 거의 울기 직전까지 간 뒤로, 미안해서인지 체중에 대해서는 다시 입에 올리는 일이 없어지긴 했는데——.

'설마, 니이 씨…… 이제 내가 스승의 도움 없이 혼자서도 잘한다고 인정하신 건가?'

아니, 그건 아니겠지. 1초 만에 스스로 부정했다.

아몬드 젤리가 아니라 라면이 먹고 싶은 건가?

아냐, 그건 더 아니겠지. 이 가능성도 바로 부정했다.

애초부터 니이 씨는 신령님이라서 굳이 과하게 '고양이 탈을 쓸'* 필요도 없을 터였다.

* 猫かぶり, 고양이처럼 본심을 숨기고 얌전한 척을 한다는 의미의 숙어

정 먹고 싶으면 신주 모습으로 둔갑한 상태로 가게에 가서 라면을 먹으면 끝이다.

'응?…… 잠깐만, 니이 씨는 그런데 신령님이 되시기 전에는 어떤 존재였을까……?'

양잠의 신 콘지키히메노미코토를 제신으로 둔 소속신이라고는 들었는데, '그전에는 무엇이었나?'까지 듣지는 못했다. 신령님이 되기 전의 이야기에 대해서는 아무것도 들은 바가 없다.

생각이 여기에 미치자, 사진기 주인의 아들인 아게오 토시조와 이야기를 나눴을 때의 위화감이 머릿속에서 되살아났다.

그때, 니이 씨는 예민한 기운을 뿜어냈다. 분명히 옛날 시장 조합장 이야기를 하고 있었던 때였다. 이름은——시부야 탄지였다.

'혹시 시부야 탄지라는 분과 뭔가 과거에 일이 있었던 걸까? 그 과거와 관련해서 신령님이 되신 건가?'

한 번 신경에 거슬리기 시작하면 답을 찾을 때까지 만족하지 못하는 성격이다.

이야기를 어떻게 꺼내야 좋을까? 시장을 둘러보는 척하면서 이 질문의 답만 궁리했다. 그러고 보니 요 앞에 '시장의 수호신, 괭이수호신령님'이라고 이름이 붙은 동상이 하나 서 있다.

거기서 아무렇지도 않은 척 니이 씨에게 유래를 물어볼까?

부자연스럽지 않을 정도로 발걸음 속도를 완만하게 높여간다.

——그 순간, 바로 앞에서 딸랑, 하고 맑은소리가 귀에 들려왔다.

"어…… 방금 그 소리는……."

귀에 익은 소리였다. 니이 씨도 제자리에 우뚝 서서 귀를 쫑긋 세웠다.

마침 점심시간이 끝나갈 무렵이다. 평일이기도 해서 지나다니는 사람이 많지 않았다. 주위를 둘러보니 방울 소리와 함께 머릿속으로 떠올린 인물의 뒷모습이 바로 눈에 들어왔다.

살짝 구부러진 등에 왼쪽으로 기울어진 어깨. 오른손에는 시각장애인용 하얀 지팡이를 짚은 할머니의 뒷모습이었다. 몇 번이고 미츠케루가 보는 앞에서 방울을 떨어뜨린 그 할머니였다. 시장 복판길에서 샛길로 꺾어 들어간다.

가만…… 하고 미츠케루가 이상하게 생각한다. 저렇게 멀리 있는 할머니가 떨어뜨린 방울 소리가 왜 이리 가까이서 들리는 걸까?

"냐아옹."

발밑에서 귀여운 고양이 울음소리가 들려왔다. 니이 씨 목소리가 아니었다. 시선을 돌리자 니이 씨 옆에 어딘가 모르게 송구한 모습으로 고개를 떨군 채 방울을 물고 있는 갈색 털의 길고양이가 보였다.

"앗! 저 할머니…… 또 떨어뜨리셨어요!"

도대체 이게 몇 번째란 말인가?

"아아! 지금 이러고 있을 때가 아니에요! 그 방울 이리 주세요!"

무릎을 구부리고 손을 내밀자 갈색 호랑이 줄무늬의 길고양이는 미츠케루 손바닥에 딸랑, 하고 방울을 떨어뜨렸다.

미츠케루는 할머니를 쫓아 복판길을 질주했다. 아직 따라잡을 수 있을 것 같았다.

하지만 그 예상은 복판길에서 샛길로 들어섰을 때 박살 나고 말았다. 버스 정류장에 서 있던 할머니는 마침 도착한 버스에 올라타는 참이었다.

"자, 잠깐만요——!"

미츠케루의 외침이 울려 퍼진다. 전력 질주까지 하면서 힘을 내봤지만…… 물거품이 되었다. 버스가 출발했고, 미츠케루를 뒤로 한 채 깔끔하게 자리를 뜨고 말았다.

"허억…… 허어억! 헉…… 으…… 괜히 뛰었네…… 허억… 허억……."

두 손으로 무릎을 짚고 거친 숨을 고른다. 그 사이 니이 씨와 방울을 주워온 길고양이가 곁으로 다가왔다.

"죄… 죄송해요, 니이 씨. 힘이… 부족… 해서…… 저기, 그래도, 아직 포기하지는 않았으니까…… 반드시… 할머님 집을 찾아내서… 이 방울을…… 돌려……."

"많이 힘들어하는 와중에 미안한데, 그 할머니 집이라면 이 길고양이가 잘 알고 있대."

"아…… 네… 네?"

"조금 거리가 머니까 다음 버스 오면 타고 가. 30분 정도 기다리면 다음 버스가 올 거야. 걸어가도 30분 정도 걸리겠지만."

"아…… 그러면…… 그렇다면, 제가, 괜히 뛴 건가요?"

"뭐, 그런 셈이지."

니이 씨는 무자비하게 상처에 소금을 발라서 비벼댔다.

대신 옆에 있는 길고양이가 송구하기 짝이 없는 모습으로 귀를 접고 있다.

“안내는 얘가 해줄 거야.”

“네? 같이 안 가시게요?”

“응.”

미츠케루는 석연치 않은 기분으로 눈을 계속 깜빡인다.

니이 씨도 따로 행동할 때가 있지만 잃어버린 물건이나 떨어뜨린 물건을 찾을 때 따로 행동하는 일은 처음이었다.

“그러면 잘 부탁해. 내가 없어도 농땡이 부리는 일 없이 까불지 말고 차분하게 일할 것. 알겠지?”

니이 씨는 대답을 듣지도 않고 몸을 돌려 가버렸다.

길고양이는 그 등을 지그시 바라보며 배웅한다.

길고양이기는 해도 건강해 보이는 고양이다. 털의 윤기나 귀 생김새가 니이 씨와 닮았다.

“뭐야…… 갑자기 왜 저러시지? 왜 그런지 알아요?”

자기도 모르게 길고양이에게 물어봤지만 물론 대답은 돌아오지 않았다. 미야옹, 하고 송구스럽다는 듯한 울음소리를 냈는데, 그래도 그 정도면 훌륭한 편이다.

버스가 올 때까지 가만히 기다리는 성격은 아니어서 미

츠케루는 길고양이를 길잡이로 내세워 할머니 집을 걸어서 가기로 했다.

시장에서 이 정도로 멀리 나온 적은 처음이어서 살짝 모험을 떠나는 기분이 들었다.

시장과 역에서 벗어난 히타치몬 지역은 대부분 한적한 주택가가 대부분이었다. 고양이가 많은 편도 아니고 단독주택이나 연립주택, 아파트가 대부분이다. 커다란 놀이기구가 설치된 넓은 공원도 있고, 편의점도 곳곳에 있었다. 살기에 불편함이 없어 보이는 지역이었다.

길고양이를 길잡이 삼아 따라가는 동안, 완만하기는 해도 언덕길을 오르는 빈도가 잦아졌다. 비싸 보이는 고급주택이나 오래되어 보이는 단독주택이 보이는 빈도도 잦아졌다. 하나 같이 담벼락이 높았다. 유복한 가정이 많아서일지도 모르겠네——같은 생각을 하면서 걷던 도중, 길고양이가 갑자기 우뚝 섰다.

"여기인가요?"

냐아, 하고 가느다란 목소리로 대답했다. 부지는 다른 집과 비교해 넓어 보이지 않았지만, 대문이 훌륭했다. 안에는 2층 단독주택이 보인다. 정원도 있는 모양이다.

그리고 명패에는——

"응?"

——'시부야'라고 적혀있네……? 설마… 우연이겠지?

"영차…… 으으윽……."

초인종을 누르려고 미츠케루가 까치발을 들고 팔을 있는 힘껏 뻗었다.

어떻게든 손이 닿아서 벨을 누르자, 띠리링- 하고 방울 소리 같은 벨 소리가 울렸다.

한참이 지나고서야 할머니의 목소리가 들렸다. 대답했다.

"시장에서 온 미츠케루예요. 떨어뜨리신 물건을 돌려드리려고 왔어요."

할머니는 미츠케루를 응접실로 흔쾌히 초대했다. 집 안은 미사키정 부녀가 사는 집과 비슷한 분위기를 풍겼다. 최근 바꿔 깔았는지 아직 풋내가 나는 다다미는 코에서 느껴지는 향기는 물론이고 살갗에 닿는 촉감까지 불편한 부분 없이 편안했다. 응접실 대청마루는 정원과 마주하고 있어 햇살도 잘 들어왔다.

"항상 떨어뜨린 방울을 주워주는 아이구나…… 오늘은 이렇게 먼 곳까지 와주기까지 하고. 너무 고맙구나, 참 착한 아이야."

답례할 게 변변치 않은데 이거라도 먹으렴, 하고 할머니가 과일을 대접해 주었다.

눈이 역시나 불편하신 모양인지 실내에서도 선글라스를 낀 채였으나, 실내생활에 필요한 범위 안에서는 큰 곤란함이 없어 보였다. 어르신 특유의 느긋한 움직임이기는 하지만 집 안을 걸어 다니는 동작에는 불안함이나 걱정이 없었고 과일도 깔끔하게 잘려져 있었다.

사과나 멜론, 오렌지 등 적당한 크기로 잘린 생생한 색깔의 과일이 하얀 접시를 장식한다.

"이, 이렇게 많이 안 주셔도……?!"

"아무렴, 그럼 그럼, 어서 먹거라. 얼마 전에 손님이 잔뜩 찾아오셔서 말이야, 그때 받은 선물이란다…… 혼자서는 다 못 먹어서 고민하던 차인데, 마침 잘 됐구나. 괜찮으니 편하게 먹거라."

상냥한 말투가 특징인 할머니다. 듣는 사람 마음을 편안하게 해주는 말씨였다.

"그럼, 잘 먹겠습니다."

"많이 먹으렴……. 챠토라*, 너도 간식 줄 테니까 여기

* 갈색 무늬 고양이를 지칭하는 일본의 고양이 명칭 중 하나

서 먹으렴.”

길고양이가 “냐아옹.”하고 대꾸하고 할머니 곁으로 간다.

“아, 그 고양이는 할머니께서 키우시는 고양이였군요?”

대답이 나오기 직전에 살짝 틈이 있었다.

“글쎄…… 뭐라고 해야 하나?”

게다가 돌아온 대답은 선뜻 이해하기 어려운 답변이었다.

이상하게 생각하기는 했지만, 너무 남의 사정에 깊이 파고들지 말라는 니이 씨의 가르침을 떠올린 미츠케루는 그 이상 추궁하지 않았다.

“복숭아 통조림도 먹을래?”

“그, 그래도 괜찮을까요?”

“그럼 그럼. 과일 다 먹거들랑 가져오마. 양껏 많이 먹으렴.”

“그래도, 너무 많이 받으면…….”

“아니다. 부담 갖지 않아도 된단다. 방울 찾아줘서 고마워서 그러는 거니까.”

할머니는 항상 시각장애인용 하얀 지팡이에 방울을 끈으로 묶어 매달아둔다.

"그 방울…… 소중한 물건이신가요?"

할머니가 입가에 부드러운 미소를 머금었다.

"아주 중요한 방울이란다. 예전에 우리 집에서 키우던 고양이가 좋아하던 장난감이었지."

할머니는 잠시 자리에서 일어나 현관 쪽으로 걸음을 옮겼다. 다시 돌아왔을 때는 방울 소리와 함께 돌아왔다. 방울 소리를 듣고 다른 방에서 간식을 먹고 있던 길고양이가 응접실 쪽으로 돌아왔다.

"챠토라야, 방울이다."

딸랑딸랑, 하고 소리를 내며 바닥을 구르는 방울을 울음소리를 내면서 쫓아간 길고양이가 두 앞발로 방울을 붙잡은 채로 다다미 위에다 굴린다. 딸랑, 딸랑, 딸랑, 하고 방울이 튀기면서 소리가 울린다. 소리가 울릴 때마다 길고양이 챠토라도 흥분한다.

"이런 식으로…… 노느라 정신이 없단다. 후후후."

할머니의 웃음에는 구김이라고는 없어 마치 소녀 같았다. 여기에 더해 이 세상에 존재하지 않는 가공의 이야기를 하기라도 하는 듯 현실에서 붕 뜬 말투기도 했다.

아무 생각 없이 깊은 사정에 끼어들지 마라, 라는 니이씨의 가르침을 무시할 생각은 없었다. 하지만 시부야라는 성씨를 본 뒤로 의심을 품고 있던 미츠케루는 결국 질문을 던지고 말았다.

"할머니께서 고양이를 키우신 지는 얼마나 되셨나요?"

"응? 가만있자…… 걔를 주워왔던 게…… 막 키우기 시작했을 때가 한 40년 전쯤 됐을 것 같은데……."

역시, 하는 생각이 처음으로 들었다. 그리고는 살짝 걱정이 들었다.

"저기…… 40년 전에 주워왔다 하셨던 그 고양이 이름도 챠토라였나요?"

대답이 돌아오기까지 역시나 살짝 틈이 있었다.

하지만 할머니는 미소 짓는다. 아무런 구김도 없는 천진난만한 소녀 같은 그 웃음이다.

"맞단다, 챠토라였지."

미츠케루는 미간을 좁혔다. 갈색 털 길고양이는 방울 끈을 깨물며 놀고 있다. 할머니는 키우는 고양이도 아닌 챠토라를 푸근한 미소로 바라보고 있었다.

"죄송합니다, 화장실을 좀 써도 괜찮을까요?"

"그럼 그럼, 방 나가서 왼쪽으로 복도 쭉 직진하면 있단다."

미츠케루는 자리에서 일어난다…… 화장실 쪽으로 향하

지 않고, 소리를 내지 않으려고 노력하면서 미닫이 장지문을 열고 다른 방을 확인한다. 불단이 있는 방을 발견하고 살짝 실례하기로 했다.

불단 가운데에는 영정사진이 놓여있었다. 장년으로 보이는 남성 사진이다. 본 적이 있는, 색채 팔레트가 인상적인 사진이었다. 아마도 '저승사자 사진기'로 찍은 미소 짓는 영정사진이리라.

미츠케루는 방을 나와 응접실로 향한다.

가는 길에 할머니가 격하게 기침을 토하는 소리와 먀아앗! 하고 당황하는 고양이 울음소리가 들렸다. 기분 나쁜 예감이 든 미츠케루가 복도를 뛰어 할머니에게 향했다.

"앗! 할머니?!"

응접실에서 할머니가 가슴 언저리를 움켜쥔 채 웅크리고 있었다.

"으윽, 으으윽…… 미안하구나…… 잠깐 쉬면 금방 괜찮아지니까…… 걱정 말……."

미츠케루는 할머니의 등을 쓰다듬었다. 길고양이도 축축하게 젖은 눈동자로 할머니를 바라봤다.

그렇게…… 할머니 집을 나온 시각은 저녁때가 되어서

였다.

미소로 맞아준 것에 대해 감사를 전한 미츠케루에게 할머니도 "또 시장에서 보자꾸나."하고 밝은 모습으로 배웅해 주었다. 다행히 본인이 말한 대로, 잠시 쉬니 몸 상태는 다시 돌아왔다.

돌아오는 길에 미츠케루는 진지한 얼굴로 생각에 잠겼다. 옆에서 같이 걷는 길고양이 챠토라가 때때로 걱정스러운 모습으로 올려다봤지만, 신경 쓰지 않았다.

생각이 현실로 다시 돌아온 순간은 눈앞에 하얀 고양이 모습이 보였을 때였다.

니이 씨다. 도로에 주저앉아 꼬리를 흔들고 있다.

"다녀왔느냐. 고생 많았다."

딱딱한 목소리였다. 살짝 털이 곤두서 있는 느낌이 든다.

미츠케루는 대답하지 않고 지그시 니이 씨의 붉은 눈동자를 들여다보았다.

아이고, 결국은…… 일이 귀찮게 되었네, 하고 말하기라도 하는 듯 니이 씨가 한숨을 토했다.

"꼴을 보아하니, 또 쓸데없이 뒤지고 다녔나 보군. 고약한 버릇이야."

하지만 미츠케루는 오히려 당당하게 나왔다.

"영정사진을 보고…… 확신했어요. 그 할머니, 시부야 탄지 씨의 유족이시죠? 시부야 탄지 씨의 이름을 듣고 난 뒤로 요새 쭉 니이 씨의 태도가 이상했어요. 그분들이랑 뭔가 관련이 있으신 거 맞죠?"

갑자기 니이 씨는 위압적인 태도로 입을 다물어 버렸다. 하지만 니이 씨가 아무 말도 하지 않을 것도 각오한 미츠케루는 한 발자국도 물러서지 않았다.

니이 씨가 깊은 한숨을 내쉰다.

"앞으로 그 집에는 가까이 가지 말 것. 알았나?"

그리곤, 니이 씨가 등을 돌려 걸어가기 시작했다.

그 등에 대고, 미츠케루가 중얼거렸다.

"알겠어요…… 가까이만 가지 않으면 되는 거죠?"

다음 날 아침, 미츠케루는 니이 씨가 눈을 뜨기 전에 이미 착착 준비를 진행하고 있었다.

니이 씨는 스승 신령님이기는 하지만, 한 번 잠이 들면 워낙 깊이 들어서 어지간하면 깨지 않는다. 일어날 때도 힘들어해서 완전히 정신을 차리려면 11시는 되어야 한다.

그 틈을 타서 미츠케루는 할머니 집으로 향할 생각이었다.

고람당 사장님에게 빌린 낡은 어린이용 배낭에 역시나 고람당 사장님에게 빌린 쌍안경을 넣는다. 야외에서 새를 관찰할 때 쓰는 전문가용으로, 멀리서 관찰하는데 딱 맞는 도구다. 그 외에 녹차 페트병도 넣는다.

'이제 남은 건…… 빵집에 들르기만 하면 되겠네.'

잠복 수사라 하면 역시 단팥빵.

이건 절대 빼먹어서는 안 된다.

30분 정도 걸어 할머니 집에 도착했다. 다행히 집 근처에는 작은 공원이 있었다. 아이들이 노는 모습도 없고 오르기 편해 보이는 나무도 있다. 이상적이다.

나무에 올라가 쌍안경을 들여다본다…… 정원과 응접실 대청마루가 보인다. 어제 시장으로 돌아오기 전에 미리 확인은 해두었지만 실제로 쌍안경을 들고 보기 전까지는 제대로 보일지 불안했다. 잘 풀려서 안심이다.

한동안 관찰을 계속하니 길고양이가 찾아왔다. 갈색 털이었다.

어제와 같은 길고양이가 싶었는데 잘 보니 털 색이나 꼬리 형태가 미묘하게 다르다.

길고양이를 맞이한 할머니 표정이 밝다. 곁에 다가온 고양이를 쓰다듬자 고양이도 기분이 좋은지 할머니 옆에서 뒹굴더니 아예 배를 드러내고 누워버렸다.

무슨 말을 하는지는 들리지 않았지만, 할머니는 길고양이에게 자주 말을 걸었다.

입술의 움직임을…… 읽는다. 몇 번인가 '챠토라'라는 이름을 발음하는 듯했다.

고양이가 슬슬 차분해지자 할머니가 자리에서 일어났다.

돌아온 할머니에게 반응한 길고양이가 뒹굴뒹굴하다가 번쩍 일어났다.

미츠케루는 할머니 손을 주목해서 뜯어보았다…… 예상대로 그 방울이다.

할머니가 앉기도 전에 길고양이는 할머니 손에 든 방울을 향해 앞발을 뻗었다. 할머니가 자리를 잡고 앉아 방울을 던지자, 길고양이가 달려든다.

어제 고양이와 마찬가지로 방울을 붙잡은 길고양이가 바닥에 이리저리 굴린다. 가끔 방울에 매달린 끈을 깨문다.

――서로 다른 두 마리의 고양이가 완전히 똑같이 움직이고 있다니.

――심지어 털 색깔도 비슷한 고양이가.

나무 위에서 단팥빵을 한가득 베어 문 미츠케루는 이 사실을 어떻게 해석해야 할지 궁리했다.

길고양이가 떠난 뒤 할머니는 세탁이나 방 청소를 시작했다.

역시나 살짝 시력이 남아있는 모양이었다. 손으로 더듬어 작업하는 모습을 보고 있으니 약시라는 사실은 확실하다.

공원 시계를 보니 벌써 점심시간이 지났다.

몇 시간을 잠복하고 있었지만, 수확은 고양이 행동과 할머니 시력에 대한 정보밖에 없었다.

그래도 미츠케루는 나무에서 내려오지 않았다. 나무줄기에 기대어 무언가를 기다렸다.

흐아암, 하고 늘어지듯 하품을 하던 표정이 단숨에 긴장된 순간은 바로 할머니가 응접실 창문을 닫기 시작했을 때였다. 다른 방 창문이나 커튼도 닫기 시작한다.

그런 뒤 할머니는 현관 밖으로 나왔다. 길고양이와 놀고 있을 때와는 옷이 달랐다. 시각장애인용 하얀 지팡이도 짚고 있었다. 외출할 생각인 모양이다.

미츠케루는 쌍안경을 가방에 넣고 스르륵, 나무 위에서 땅으로 내려왔다.

공원에서 할머니 집 쪽으로 가볍게 뛰어 다가간다.

시부야 할머니 집 앞에 도착하자 완만한 언덕길을 내려가는 할머니의 살짝 구부러진 등이 보였다. 말을 걸 생각으로 미츠케루가 다시 한번 가볍게 뛰어 다가갔다.

"저기 좀 봐…… 저기, 시부야 할머니."

미츠케루의 발길이 우뚝 멈춰 섰다. 목소리가 들린 방향을 보니 장년층 여성 둘이 서서 쑥덕거리고 있었다.

"오늘 아침에도…… 고양이 우는 소리 안 났어?"

"났지…… 진짜 그만하라고 하는데도 더럽게 말 안 듣는다니까."

"그러니까 말이야. 요즘에는 고양이가 잘 안 온다 싶어서 뭐라고 하니까 말을 듣나 했더니, 또 조용해진다 싶으니까 대청마루에서 길고양이랑 놀아준다니까. 동네에 똥 싸놓고 그러지는 않는 모양인데, 그래도 싫은 건 싫은데 말이야……."

"게다가 고양이를 죄다 '챠토라야, 챠토라야.'하고 부른다며? 그거, 시부야 할머니가 엄청 옛날에 키우던 고양이 이름 아니야? 우리 집 양반도 기분 나쁘다고 막 그런다니까……."

"요새 몸 상태도 별로 안 좋다면서? 종합병원에서 검사받는 거 본 사람이 있다잖아? 친척도 아는 사람도 없는 거

같던데 뭘 어쩌려고 저러나 몰라?"

"그거지 뭐, 요샛말로 고독사지 뭐……."

그제야 쑥덕공론을 하는 두 아주머니 가운데 한 명이 미츠케루의 시선을 알아차렸다.

이야기를 그만하자는 몸짓으로 반응한다. 다른 한 명이 입을 다문다. 두 사람 모두 부담스럽다는 양 자리를 피한다.

——아차, 놓치겠다. 서두르자.

미츠케루는 언덕길을 내려간다. 너무 멀어져서 할머니 뒷모습이 아주 작게 보였다. 뒤쫓았다. 장마철에 막 들어간 참인데도 비가 올 기색이 전혀 없었다. 여름을 여름답게 만드는 강한 햇살만이 자기주장을 굽히지 않고 내리쬐고 있었다.

뛰어가는 미츠케루의 이마에도 땀이 흐르기 시작했다.

가끔 페이스를 늦추면서도 달리기를 멈추지 않았다.

할머니를 쫓아 도착한 장소는 시장행 버스 정류장이었다. 말을 걸자 구김 없는 소녀 같은 미소를 지으며 할머니는 기뻐했다.

버스를 타자, 미츠케루는 할머니 옆자리에 앉았다. 다

른 손님은 없어서 신경 안 쓰고 대화가 가능할 것 같았다.

"또 만나다니 엄청난 우연이네요! 목적지도 같고요!"

"그렇구나, 잘 됐어."

할머니는 평소와 다름없는 낭랑한 말씨로 대꾸했다.

"오늘은 학교 안 가니?"

"아뇨! 전에 말씀드렸지만 저는 신령이에요! 그래서 학교에는 가지 않아요!"

할머니가 눈을 가늘게 떴다.

"아아, 그래 그래, 그랬었지? 이 나이를 먹으면 자꾸 깜빡 깜빡 잊어버리게 된단다."

"괜찮아요! 언제나…… 정정하게 활기차게 사셨으면 좋겠어요. 그러고 보니 전에 비슷한 이야기를 다른 분께도 드린 적이 있네요."

"그래? 그랬구나.'

"네. 아게오 쇼조라는 할아버지께 그런 말씀을 드렸었어요."

"그래, 그래…… 응? 그 사진 찍으시던 그 아게오 씨?"

생각대로야, 하는 생각을 감추면서 미츠케루가 말을 이었다.

"앗, 맞아요. 그분이에요."

"에구구…… 그분, 요새 몸이 안 좋으시니?"

"큰 병을 앓으신 뒤로 기가 많이 약해지신 모양이에요. 하지만 기운을 차리고 싶다고 말씀하셨어요. 그러니까 분명 괜찮으실 거예요."

"그래, 그랬구나……. 우리 꼬마 아가씨는 아게오 씨랑 아는 사이였구나……."

"네. 잃어버린 물건을 찾아드린 덕분에 아게오 할아버지를 알게 되었어요. 저, 의외로 시장에서 유명해요. 아게오 할아버지 말고도 말이죠……."

미츠케루가 시장에서의 인맥을 자랑하자 할머니가 미소 지으며 귀를 기울여 주었다. 할머니가 아는 이름이 나올 때면 그때마다 살짝 놀라기도 했다.

"친구가 참 많구나."

"네! 시장 분들 모두 엄청 친절하세요. 너무 좋아요."

"그래, 그렇다니 참 다행이구나…… 기분이 참 좋아."

감회에 젖은 말투로 이야기하는 할머니의 말을 들은 미츠케루는 잠시 입을 다물었다.

이야기가 이어질 분위기였지만, 할머니는 미소를 짓기만 할 뿐 아무 말도 하지 않는다.

"저기…… 할머니께서는 시장에 자주 가시는 것 같은

데, 평소 어떤 일로 시장을 찾으시는 건가요?"

"장을 다 시장에서 보거든. 시장에는 아는 사람도 많아서 말이야…… 오늘은 음식을 사고…… 아, 그래. 끈도 사야 하고……."

"끈? 혹시…… 아, 방울에 다는 끈 말씀이군요?"

"그래, 그 끈. 고양이들이 하나 같이 잘근잘근 씹어서 금방 끊어진단다. 자주 끈을 바꿔주지 않으면 또 떨어뜨리게 될 테니까……."

미츠케루는 말없이 할머니를 주시했다.

그러는 사이 버스가 시장에 도착했다. 두 사람은 버스에서 내렸다.

버스에서 내린 미츠케루는 할머니와 손을 잡고 행동을 같이했다.

할머니의 장보기를 도우며, 할머니가 시장의 사장님들과 만나 어떻게 상호작용하는지 그 모습을 관찰했다.

"아이고 테루미 씨, 어서 오세요."하고 말을 건네는 모습을 보고 미츠케루는 처음으로 할머니의 성함이 시부야 테루미라는 사실을 깨달았다.

할머니는 할머니대로 미츠케루가 '밋쨩'이라는 애칭으로

불리면서 사람들의 귀여움을 받는다는 사실에 놀란 모양이었다.

"정말 아는 분이 참 많구나."하고 말하는 모습에서 미츠케루를 대견해 하는 모습이 엿보였다.

"테루미 씨, 이 아이 엄청납니다. 최근에 신사로 발령받으신 신주님 친척 조카딸인데, 자기가 신령님이라나 뭐라나. 그런데 진짜 신령님처럼 잃어버린 물건을 쏙쏙 찾아준다니까요?"하고 선전까지 해주는 사장님도 있었다.

"그래, 잃어버린 물건을……."

할머니는 미소를 지으며 들었다. 사장님들은 할머니에게 덤이며 서비스를 자주 주었고 미츠케루에게도 군것질하면서 구경하게끔 챙겨주었다.

저녁 장보기가 끝날 때쯤에는 미츠케루도 적당하게 배가 부른 상태가 되었다. 점심을 적게 먹기를 잘했다.

큰길가로 돌아가 버스를 기다리는 동안 할머니는 자주 미츠케루에게 고마운 마음을 입에 올렸다.

"정말 고맙구나…… 짐도 다 들어주고…… 게다가 누구랑 같이 장보기를 하는 게 몇 년 만인지 모르겠네? 오랜만에 재미있더구나."

이 말을 들은 미츠케루도 함박웃음을 지으며 대답했다.

"넵! 저도 재미있었어요!"

그리고 전부터 묻고 싶었던 질문을 입에 올렸다.

"또 놀러 가도 괜찮을까요?"

부담스러워할 가능성도 있었기에 질문을 주저했지만, 할머니는 미소를 잃지 않았다.

"물론이고 말고. 멀어서 오기 불편할지도 모르겠지만…… 언제든 놀러 오고 싶으면 마음 편히 올러 오려무나."

할머니는 버스에 타 창밖을 향해 손을 흔들며 인사해 주었다. 미츠케루도 손을 흔들어 응답한다. 버스가 멀리 떠나 보이지 않을 때까지 두 사람은 계속 손을 흔들었다.

'자…… 그럼.'

버스가 완전히 떠난 뒤, 미츠케루는 미소 아래 감춰두었던 진지한 표정으로 변했다.

뒤를 돌아본다.

하얀 털이 난 괭이수호신령님, 니이 씨가 그곳에 서 있었다.

니이 씨는 지면에 엉덩이를 대고 천천히 꼬리를 흔들었다.

미츠케루가 돌아보자, 천천히 다가간다. 기분이 나쁘다

는 기운이 온몸에서 뿜어져 나왔다.

"더는 가까이 가지 말라고 하지 않았나?"

"할머니 집에는 가까이 가지 않았어요. 이야기를 나누지 말라고는 한마디도 안 하셨는걸요. 그래서 밖에서 여러 가지 이야기를 나눴는데, 왜요?"

"……집에 가까이 가지 말라고만 이야기하면 못 알아듣는 건가? 할머니와 이야기 하지 말라는 것까지 시시콜콜 다 말해줘야만 알아듣는 거냐?"

"설마요. 제가 바보도 아니고. 다 알고 한 거죠."

"흠…… 그야 그랬겠지."

니이 씨는 어이없는 표정을 지었다.

미츠케루는 겁먹거나 위축되는 일도 없이 진지한 눈초리로 빤히 쳐다보았다.

기울어져 저녁놀 색으로 물들어가는 태양이 둘의 그림자를 길게 늘여놓았다.

"왜…… 계속 말도 없이 그렇게 빤히 쳐다보는 거지?"

"꼭 물어보는 것만이 질문은 아니니까요…… 니이 씨라면 분명 그 할머니와 어떤 관계가 있는지를 제게 이야기해 주실 거라고 믿거든요."

"신뢰를 미끼로 삼다니. 자네도 이제 점점 교활해지는

구만 그래?"

서로의 말이 좀처럼 핵심으로 향하지 못한다.

미츠케루는 다른 방향에서 다른 각도로 공격하기로 마음먹었다.

"저는…… 니이 씨가 본래 고양이가 아니라 다른 무언가에서 신령님이 되신 분이라고 생각했어요. 하지만 그건 억측이었고, 니이 씨는 사실 원래부터 고양이셨던 거…… 맞죠?"

"……."

"테루미 할머니께서는 40년 전에 고양이를 키우셨고, 챠토라라고 이름을 붙이셨다더군요. 분명 갈색 털이어서 그런 이름을 지으셨겠죠? 니이 씨는 흰색 털이지만…… 예전에는 혹시 갈색 털이시지 않으셨나요?"

이야기하면서, 미츠케루는 점점 비통한 표정으로 변해갔다.

앞으로 말하려는 한마디 때문이었다.

"그게 사실이라면…… 만나러 가셔야 해요. 아닌가요? 할머니께선…… 이제 얼마 안 있으면 곧 돌아가실 거라고요. 아시잖아요."

시장에서 오후 5시를 알리는 종소리가 들려온다.

종소리가 완전히 끝날 때까지 니이 씨는 꼼짝도 하지 않았다. 흔들흔들하던 꼬리도 완전히 멈추었다.

"저도 알아차릴 정도로 건강이 악화되셨어요. 니이 씨의 감각이라면 훨씬 정확하게 아실 텐데요?"

죽음이 다가오는 존재에게 풍겨 나오는 기운을 맡는 능력은 신령이라면 누구나 가지고 있는 감각이었다.

현재의 미츠케루는 잘 하지 못하는 분야였지만, 그런데도 느껴질 정도라면 니이 씨에게는 더욱 진하게 죽음이 다가오는 사람 특유의 냄새가 느껴질 터였다.

"그렇게 쉽게…… 모든 일이 풀리는 줄 아나?"

겨우 입을 뗀 니이 씨가 중얼거렸다. 힘이 없었다.

"자네가 말한 대로 40년 전 나는 그 할머니에게 입양되었지. 아직 평범한 고양이었던 시절에."

미츠케루는 말없이 듣는다. 니이 씨는 담담히 이야기했다.

"10년 동안 그 할머니와 함께 평범하게 같이 살았지. 하지만 그 시절에는 시장 사람들과 고양이 간에 사이가 안 좋았었어. 그걸 해소하기 위해 내가 신령이 됐지. 고양이들은 인간과 공존할 수 있도록 신령인 내 명령에 순종하며 열심히 노력했어."

시장에서 고양이가 위협받는 일이 없어지고, 고양이들은 시장에 손님을 불러오는 존재가 되었다. 오히려 누가 봐도 악인으로 보이는 사람에게는 고양이가 위협하여 쫓아내 주기까지 했다. 모든 게 다 시장의 수호 신령이 된 니이 씨의 지시 덕분이었다.

"대신에 그 할머니는 반려묘인 나를 잃어버리고 말았지. 자네와는 달리 나는 인간과 쉽게 접촉하지 말라는 명을 받았어. 그래서 더는 만나지 못하게 됐지…… 그래서 나이를 먹은 지금은 내가 아니라 다른 고양이를 챠토라라고 부르면서 잘 놀고 있더구먼. 가끔 옛날이 생각나면 이야기도 해주고…… 굳이 말하자면 반쯤 노망이 난 거지. 고양이가 수십 년을 살 리가 없는데 말이야. 정말 우습다니까, 아주. 신령들이라는 작자들이 제멋대로인 것도. 할멈이 노망이 난 것도."

"그렇다고…… 그렇다고 해서 그게 니이 씨가 할머니를 만나러 가지 않는 이유는 되지 않는 것 같아요."

"나는 그렇게 생각 안 하는데? 30년이 지난 지금까지도 그렇게 귀여워할 정도로 당시에 예뻐했었는데, 갑자기 없어졌어. 이제 와서 만나 무슨 말을 하라는 거야? 그리고…… 다른 고양이를 나로 착각하고 있으면 그걸로 된 거 아닌가? 그렇게 착각하다 가는 게 행복할 테지."

그건 아닌 것 같아요, 하고 미츠케루는 생각했다.

하지만 니이 씨의 마음을 돌려놓을 자신이 솟아나지 않았다.

"테루미 할머니는…… 친지가 없는 모양이에요. 동네 사람들도 별로 좋아하지 않는 것 같고요…… 누군가와 같이 장을 보러 간 게 몇 년 만이라고 기뻐하셨어요."

니이 씨는 다시 침묵했다. 기분이 가라앉는 게 보였다.

"할머니는 시장의 중요한 단골손님이에요. 시장 발전을 위해 온 힘을 쏟았던 분의 부인이기도 하고요. 저는, 저와 니이 씨가 시장을 지켜보라고 명을 받은 신령의 의무를 다하기 위해서라도 할머니를 찾아가야 한다고…… 생각해요."

그러니까, 하고 미츠케루가 말을 잇는다.

"저는, 테루미 할머니 곁에 가 있겠어요. 임종까지…… 아시겠죠?"

더는 다가가지 말 것, 이라고 말한 니이 씨의 명령을 철회하라는 구실이었다.

시시콜콜 말하지 않아도 니이 씨는 다 알아들은 모양이다.

"맘대로 해."

니이 씨는 "앞으로 그 집에는 가까이 가지 말 것. 알았나?"라고 말했을 때와 마찬가지로 등을 돌려 가버렸다.

지금까지 본 뒷모습 중에서도 가장 작게 보였다. 마치 길을 잃고 헤매는 아이 같았다.

니이 씨에게 허락을 받은 미츠케루는 다음 날부터 매일매일 할머니 집에 놀러 가게 되었다.

아침이 되면 걸어서 할머니 집으로 향하고 대청마루에서 녹차를 마시며 미츠케루가 가지고 온 과자를 같이 나누어 먹고, 길고양이가 놀러 오기를 기다렸다.

길고양이가 놀러 오면 할머니와 함께 고양이를 쓰다듬어주고 방울을 던져주며 놀았다.

방울 말고 다른 장난감을 미츠케루가 미리 준비해간 적도 있는데 고양이들은 방울을 가장 좋아했다. 다른 장난감에도 흥미를 보이기는 했지만 결국은 항상 방울로 돌아갔다.

몇 번이고 다녀가는 사이에 할머니는 미츠케루를 위해 과자나 과일을 준비하기 시작했다. 매일매일 덥지? 하고 시원한 국수를 말아주거나 중국식 냉면을 대접해 준 적도 있었다. 미사키정 아몬드 젤리를 둘이서 사이 좋게 나누어 먹은 적도 있다.

그렇게만…… 평화롭게만 하루하루가 계속될 수 있다면 얼마나 좋을까?

할머니는 미츠케루와 고양이가 방문한 사이에도 반드시 격렬하게 기침을 토하고, 괴로워하며 가슴을 부여잡았다. 조금 쉬면 괜찮아진다――그 말대로 조금 쉬면 상태는 호전되기는 했지만 미츠케루와 길고양이들은 걱정하며 곁을 지켰다.

미츠케루가 할머니 집에 다니기 시작한 지 일주일이 지나는 동안, 매일매일 할머니는 발작으로 쓰러졌다. 장마가 곧 시작한다고 했는데 아직은 맑은 날이 이어졌다.

2주째가 되자, 할머니는 기침을 한 채로 다시 일어나지 못하게 되었다.

응접실에 누워서 얕은 잠에 빠졌다가 눈을 뜬 뒤 겨우 호흡이 진정되었다.

안색이 평소보다 창백했다.

"미안하구나…… 밋짱……. 기껏 놀러왔는데……. 나도 이제 나이를 많이 먹었나 보구나."

미츠케루는 웃으며 아니라고 말하고 싶었다. 하지만 안타깝게도 도저히 웃을 수 없었다.

아무리 신령님이라도 어떻게 할 수 없는 일이 있다.

——아마도 오늘 밤이 테루미 할머니의 마지막이…….

어떤 방법도 없다는 느낌에 짓눌린다. 며칠간의 교류였을 뿐인데도 이렇게 끝난다는 것은 너무 괴로운 일이었다. 뭐라도 할 수 있는 일이 없을까——한 가지밖에 떠오르지 않았다.

"할머니, 한 가지 묻고 싶은 게 있어요."

마지막이니까, 라는 마음을 속에 숨기며 미츠케루는 결국 묻고 말았다.

"30년 전 할머니 곁에서 사라져 버렸던 고양이…… 챠토라가 아직 살아있다고 믿으시는 이유는, 무엇인가요?"

◆ ◆ ◆

이야기를 마친 미츠케루는 밖으로 뛰쳐나갔다.

하늘에는 구름 낀 하늘이 지진처럼 묵직한 우렛소리를 울리기 시작한다. 이제야 비가 쏟아지려는 모양이었다.

미츠케루는 할머니 집을 나와 잠복했던 공원으로 향했다.

내달리는 미츠케루의 눈앞이 눈물에 젖어 뭉개진다.

——어떻게 이렇게 비통할 정도로 서로의 생각이 엇갈릴 수 있지?

——꼭 전해야만 해. 이제는 진짜 아슬아슬한 지경까지 와 버렸지만, 아직 시간은 남아있어.

그런 생각에 휩싸여, 미츠케루는 달리고 있다.

공원에 도착한 미츠케루가 주변을 둘러봤다.

없어…… 안 보여, 하지만 분명 여기 있을 거야.

할머니 집 모습을 엿보려면 여기 말고는 다른 적당한 장소가 없으니까.

"니이 씨! 나오세요…… 여기 계시잖아요! 부탁이에요! 제발 나와주세요!"

들리는 대꾸라곤 하늘 위에서 나는 천둥소리뿐이다.

"니이 씨————!!"

울음을 터트리며 울부짖는다.

그러자 니이 씨가 조용히 모습을 드러냈다.

"그렇게 소리 안 질러도 다 들려. 할망구는?"

"지금…… 잠이 드셨어요."

다 알면서 모르는 척하기는, 이라는 생각이 가장 먼저 들었다. 속으로는 너무 걱정돼서 지금 당장이라도 뛰어서

쳐들어가고 싶으면서.

"아마도 오늘 밤, 저승으로 떠나실 것 같아요."

"그래. 하지만 뭐, 자네 덕분에 마지막 순간을 즐거운 추억과 함께 떠날 수 있게 됐으니 된 거 아닌가? 손녀딸처럼 귀여워했잖아…… 그 할망구 착해 빠졌거든. 일단은 자네에게도 감사의 인사를 해야겠군. 고맙네. 내게 대신 고맙다고 할 자격이 있는지도 잘 모르겠지만 말이야."

빈정거리는 말투로 비꼬는 니이 씨에게 미츠케루는 머리끝까지 화가 났다.

"니이 씨, 가서 빨리 할머니 만나러 가세요. 니이 씨가 가서 뵈어야 해요. 니이 씨에게는 그럴 자격이 있다고요!"

"만날 생각 없어."

"그러면…… 최소한 제 이야기라도 들어주세요."

"뭐하러? 어차피…… 죽기 직전의 한 맺힌 넋두리일 텐데 들어서 득 될 게 뭐 있나? 됐어."

"왜 그렇게 할머니를 마주하기 무서워하시는 건데요? 도대체 왜, 할머니가 한을 품었다고 생각하시는 건데요? 정말 그 생각 때문에 고집을 부리며 안 만나겠다고 버티고 있는 건가요?"

"했던 말 또 하게 하지 마. 난 만나러 갈 생각도 없고,

자네한테 할머니 이야기를 들을 생각도 없어."

"미워하고 있다고…… 그렇게 생각하시는 근거는 전에 말씀하신 대로 니이 씨가 갑자기 맘대로 할머니 곁을 떠나서, 그건가요? 아니면 그거 말고 다른 이유가 또 있나요?"

"자네하고는 상관없는 일이라고 말했을 텐데?"

이야기가 평행선을 그린다. 미츠케루의 마음이 초조해진다.

"왜 그러시는 건데요? 도대체 왜…… 계속 그렇게 도망치시는 건데요?"

"도망? 누가? 내가?"

결국 니이 씨의 목소리에도 분노가 뒤섞이기 시작했다. 스승으로서 감독하는 역할인 니이 씨는 항상 미츠케루를 대할 때 냉정함을 유지해왔다. 하지만 그런 니이 씨의 자세가 흔들렸다.

"그래요! 니이 씨는 자기가 상처받는 게 무서운 거예요. 그러니까 도망치는 거예요! 그러면서도 할머니가 걱정되니까 이런 데서 꾸물거리고나 있고! 솔직히 보고 싶어서 온 거면서! 이게 뭐예요…… 어린애처럼 고집이나 부리고!"

"닥쳐!"

분노한 니이 씨가 소리쳤다. 니이 씨가 처음으로 보인 감정적인 모습에 미츠케루는 당혹스러웠다.

"내가 저 할망구를 만나러 가고 싶어 한다고? 내가? 어디서 함부로 주제넘게 입을 놀려! 오냐, 자네가 그렇게까지 건방지게 착각을 한다면 이번 기회에 완전히 저 할망구랑은 관계를 끊어주마!"

있는 그대로 격정을 토해내자마자 니이 씨가 공원 밖으로 뛰쳐나갔다.

"어딜 가시는 거예요!"

미츠케루가 뒤쫓는다. 뛰는 속도는 니이 씨가 더 빨랐다.

미츠케루는 니이 씨가 시부야 부부의 집 대문 안으로 휙 뛰어들어가는 모습을 얼핏 보았다. 문은 미츠케루가 나갔을 때 그대로여서 자물쇠도 안 잠겨있고 그대로 열려있었다. 다급히 집 안으로 들어간다. 현관문 앞에 니이 씨가 보인다. 딸랑, 하고 소리가 울린다. 니이 씨가 그 방울을 입에 물고 있었다.

——뭘 하려고 저러는 거지?

물어보려고 하기도 전에 니이 씨가 방울을 울리며 다시

내달렸다.

미츠케루를 스쳐 달려간다.

언덕길을 전력 질주로 뛰어 내려가는 니이 씨의 뒤를 필사적으로 뒤쫓았다.

몇 번이고 길을 꺾으며 나아가자 작은 하천과 그 위에 놓인 다리가 보였다. 니이 씨는 다리 난간 위로 올라갔다.

"설마?!"

무슨 생각인지 바로 알아차렸다.

"안돼요, 니이 씨! 안돼요——!!"

니이 씨는 고개를 흔들어 입에 문 방울을 다리 아래로 내던졌다. 미츠케루가 난간을 짚고 몸을 내밀어 필사적으로 손을 뻗어 본다.

순간…… 닿지 않았다.

찰팍, 하고 물기둥을 세우며 방울이 강바닥으로 사라졌다.

"지금 무슨 짓을 하신 거예요……!"

미츠케루는 온몸의 떨림을 멈추지 못했다.

"이제 그 할망구랑 나랑은 아무 관계도 없어! 알았나!"

니이 씨의 고함이, 등을 보인 채 뛰어서 사라져가는 미츠케루의 뒷모습과 함께 울려 퍼진다.

그때…… 툭, 투툭, 하고 소리를 내며 하늘에서 비가 내리기 시작했다.

방울을 집어삼킨 하천 수면 위로 파문이 몇 개씩 겹치기 시작한다.

"……."

미츠케루의 머리카락이 비에 젖는다. 앞머리가 들러붙어 표정이 보이지 않는다.

"…………저는………… 예요."

무언가 중얼거린다.

"…………저는………… 예요!!"

앞머리를 쓸어 올린다. 표정이 드러난다.

혼자 남은 미츠케루는 도끼눈을 뜨고 불타오르는 눈동자로 수면을 노려보았다.

◆ ◆ ◆

니이 씨는 히타치몬 신사 경내로 돌아왔다.

내리기 시작한 비는 몇 분도 안 지나서 본격적으로 쏟아지기 시작했다.

비를 피할 곳이 없는 히타치몬 신사 경내에는 사람 한

명 보이지 않았다.

고양이들도 모습이 보이지 않는다. 자기 마음 내키는 대로 사는 고양이들이 피할 정도로 지금 이 순간의 니이 씨는 심기가 매우 불편하다.

그렇게 만든 원인은 미츠케루가 외친 말이었다.

——어린애처럼 고집이나 부리고!

자기도 맞는 말이라고 느꼈다. 그래서 화를 내어 얼버무리는 수밖에 없었다. 감정이 억제가 안 됐다.

스스로도 한심하기 짝이 없다는 사실은 잘 알지만, 그래도 니이 씨는 그 할머니와 만나는 게 무서웠다.

미츠케루는 주인 곁을 맘대로 떠난 것 말고도 다른 이유가 더 있느냐고 물었었다.

정답을 밝히자면 달리 이유는 없다. 아껴준 은혜를 원수로 갚은 것 말고 달리 무슨 이유가 있겠는가? 그러나…… 미츠케루에게 밝힌 내용만으로는 자신이 저지른 죄가 얼마나 무거운지 제대로 전달이 되지 않았으리라.

그도 그럴 것이 그 이야기에서는 니이 씨의 못나고 어리석은 부분이 전부 편집되어 있었으니까.

신령님이 명하신 대로, 유해동물로 여겨지는 고양이를 통솔하고 사람들과 공존하게끔 했다.

대강은 이런 이야기다. 틀린 부분은 없다. 하지만 실제로는 훨씬 한심한 이야기였다.

니이 씨가 신령님 생활을 시작한 것은 고양이를 위해서도 사람을 위해서도 아니고, 그저 단순하게 상황이 흐르는 대로 몸을 맡겨서 일어난 결과일 뿐이니까.

때는 40년 전, 아직 새끼 고양이였던 니이 씨는 막 중년에 접어드는 시부야 테루미에게 구조되었다.

기억 속의 구조된 날은 오늘처럼 차가운 비가 내리는 날이었던 것 같다.

골판지 상자 속에서 올려다보는 사각형 하늘만이 세상의 전부였다. 그 하늘에는 때때로 사람 얼굴이 몇 번인가 나타났다가 사라졌다.

사라지지 않았던 얼굴은 시부야 테루미 뿐이었다.

테루미는 니이 씨를 집으로 데려가 몸을 씻겨주고, 닦아줬으며, 따뜻한 우유를 먹여 주었고, 폭신한 모포로 감싸주었다.

구조한 날만 그런 게 아니다. 테루미는 버려진 고양이였던 니이 씨에게 챠토라라는 이름을 붙여주고 어떤 날이라도 따뜻하게 품어주었다.

——지금의 니이 씨라면 이해한다.

테루미가 보인 따스함은 깊은 슬픔을 경험한 사람만이 얻을 수 있는 자애로움이라는 사실을.

챠토라를 구조하기 얼마 전 테루미는 사랑하는 남편 시부야 탄지를 사고로 잃었다.

시장 조합장이었던 탄지는 호우가 쏟아지는 날에 순찰을 나갔다가 소식이 끊겼다.

실종이라는 말은, 돌아오길 기다리며 남은 이에게 때론 죽음이라는 확실한 결말이 나는 것보다 더 고통스러운 상황을 만들기도 하는 법이다.

주위 사람이 보기에는 굳건하고 밝은 모습을 보이는 것처럼 보이던 테루미도 챠토라와 둘만 있을 때는 슬픔에 잠겼다. 챠토라를 꼭 안은 채로 자주 이런 말을 하곤 했다.

"챠토라야, 너는 그 양반처럼 그렇게 쉽게 떠나거나 모습을 감추지 말아줘…… 약속할 수 있지?"

그렇게 챠토라는 테루미와 함께 10년에 가까운 세월을 보냈다.

집에 있다가 이따금 밖으로 돌아다니기도 하는, 반은 집고양이, 반은 길고양이였다. 시장에서 다른 길고양이와 영역 다툼을 하느라 몇 번이나 싸우기도 했다.

당시에는 고양이가 10살이면 장수 축에 들어간다. 사고나 부상으로 죽는 일이 많은 길고양이는 더더욱 그렇다. 게다가 챠토라는 상점 일대에 사는 길고양이를 통솔하는 두목, 즉 '니이 씨'이기도 했다.

보통 고양이보다 오래 살 수 있던 것도 테루미와 한 약속을 지키려 했기 때문일지도 모른다.

하지만…… 어느 날 챠토라는 운명이 크게 바뀌고 말았다.

그때쯤 시장은 고양이를 어떻게 다뤄야 하나 곤란해했다.

식자재를 훔쳐먹고 난리를 피우거나 아무 데서나 싸움을 하는 고양이 때문에 장 보러 온 손님들이 눈살을 찌푸리는 일이 많았다.

게다가 묘한 소문마저 돌았다.

――고양이를 모두 통솔하는 괭이수호신령님이 있대.

――그러고 보니 한 마리 갈색 털에 까칠해 보이는 고양이가 있던데.

――시부야 씨네 고양이? 오래도 사네. 그거 혹시 고양이 요괴인 거 아냐?

──실은 그 고양이가 소문이 돌던 괭이수호신령님인 거 아닐까?

밑도 끝도 없는 뜬소문이다.

하지만 고양이 피해로 곤란해하며 산더미처럼 쌓아 시주를 올리며 비는 사람들의 부탁을 들은 신들은 그 소문에서 한 가지 방안을 생각했다. 어차피 새로이 신앙을 모을 존재를 만들어야 한다면 기존에 유행한 소문을 이용하는 편이 낫지 않을까, 라고.

평소처럼 시장에서 싸움질하고 이긴 어느 날 밤, 챠토라는 바람을 가르며 위풍당당하게 테루미가 기다리는 집으로 향하고 있었다.

갑자기 눈 부신 빛이 챠토라 앞에 나타났다.

자세히 보니 빛 속에 무언가가 있었다.

챠토라의 눈에는 인간 여성의 모습을 한 무언가로 보이기는 했지만, 사람은 아니었다.

그 증거로 그 존재가 눈앞에 나타난 순간부터 떨림이 멈추지 않았다. 무서웠다.

"챠토라여, 내가 하는 말이 이해가 가지요?"

양잠의 여신 콘지키히메노미코토가 한 말에 챠토라는 몇 번이고 고개를 끄덕였다. 꼬리를 말고 몸을 지키려고 바닥에 엎드려 절한 자세로 이야기를 들었다. 눈앞의 존재는 챠토라와는 차원이 다른 존재였다.

"챠토라여, 이 지역에 사는 길고양이들에게 있어 그대는 아주 강하고 자신만만한 존재입니다…… 당신은 신령이 되어 유해동물로 여겨지는 길고양이들을 잘 다스리도록 하세요. 사람과 길고양이를 공존시키는 겁니다. 그러지 않으면 인간들이 그대의 동족들을 언젠가 모두 죽이고 말 것입니다. 가만히 앉아 몰살당하게 두어서는 안 될 일입니다…… 내가 내리는 명을 받들겠나요?"

챠토라는 고민도 않고 고개를 끄덕였다. 혹시라도 거절했다가는 자기 같은 하찮은 존재는 순식간에 사라지고 말 것이다. 야생의 본능이 생명의 위협을 느끼고 있다고 호소하고 있었다. 이야기를 듣는 도중에는 알아차리지 못했지만 이미 땅바닥이 축축하다. 어느새 오줌을 지리고 말았다. 고양이끼리 싸울 때는 한 번도 져본 일이 없고 무서울 게 없던 챠토라가 새끼 고양이처럼 떨었다.

테루미가 예뻐해 주던 자랑스러운 갈색 털이 공포로 눈 깜짝할 새에 순백으로 세어버리고 말았다.

"그렇게 무서워할 필요 없습니다. 괜찮아요. 오롯이 신령으로 활동할 때까지 옛 신이 스승이 되어 그대를 이끌도록 할 터이니 그리 알도록 하세요."

상냥한 음성에 마음이 편안해지는 게 짜증이 난다.

하지만 약속 하나가 뇌리를 스친다.

——내가 신령이 되면 테루미는 어떻게 될까?

"그이라면 걱정하지 않아도 됩니다. 그이에게 있어 이 시장은 추억이 깃든 동네입니다. 마음을 지탱해주는 지지대입니다. 설령 그대가 이대로 집고양이로 살더라도 어차피 남은 목숨은 몇 년 되지 않습니다…… 멀리 내다보자면 그대가 신이 되어 시장을 번성하게 만드는 게 그이를 위한 일이 됩니다."

그 말에…… 망설임에서 한 발자국 멀어진 니이 씨는 신령이 되었다.

적적한 기분이 들어 몰래 테루미를 만나러 가려고 생각한 때도 있었지만 스승이 못을 박았다.

"신령이 되었으면 사람과 쉽게 만나고 얽혀서는 안 되네. 적절하게 거리를 유지하게…… 어기면 어떻게 될지 알고 있겠지?"

미츠케루와 달리 니이 씨에게는 신통력이 한 줌밖에 되지 않았다. 신통력을 두려워한 니이 씨에게 명령을 위반하는 일은 불가능에 가까웠다.

테루미와 재회하는 길이 막힌 니이 씨는 필사적으로 일했다. 고양이들을 통솔하고 인간과 공존하도록 낮과 밤을 가리지 않고 온 힘을 다했다. 테루미가 슬픔에 잠겼을지도 모르지만, 콘지키히메노미코토가 한 '멀리 내다보자면'이라는 말을 믿기로 했다…… 명령을 어기면 목숨이 달아날지도 모른다는 공포도 있었다.

몇 년이 지나고 겨우 어엿한 신령으로 인정받게 되어 동네도 안정되었을 때쯤, 스승은 떠났고 니이 씨는 어느 정도의 자유를 손에 넣었다. 남는 시간을 이용해 자신이 다스리는 시장이 어떤 역사를 지녔나 조사하고 나서야 시부야 탄지에 대해 알게 되었다.

히타치몬 시장은 다른 장과 마찬가지로 전쟁 직후 도떼기시장이 기원이었다. 물자가 부족한 시대에 가게를 열려고 모인 사람들이 힘을 합쳐 생겨난 시장이고, 시부야 탄지는 그 중심인물이었다.

탄지에 대해 알면 알수록 니이 씨는 새파랗게 질려갔다.

사랑하는 남편을 잃은 테루미가 슬픔으로 텅 빈 가슴을 메우기 위해 구조하여 입양한 고양이가 챠토라였다.

남편에 이어 반려묘까지 사라졌으니 테루미는 얼마나 슬퍼했을까?

자기를 떠나지 말라는 절절한 약속을 교언영색 한 신의 권유에 휩쓸려 어기고 말았다.

——이제 너무 늦었을지도 모르지만 일단 한번 가 보자.

털 색깔은 하얗게 변했지만, 그 할망구라면 몸짓만 봐도 내가 챠토라라는 사실을 알아줄지도 몰라. 그런 희망에 매달려 미안한 마음을 곱씹으며 시부야 부부의 집으로 향했다. 그러자 눈을 의심하게 만드는 광경이 기다리고 있었다.

자기랑 닮은 갈색 털이 난 고양이를 챠토라라 부르는 테루미의 모습이었다.

처음에는 생김새가 닮은 갈색 털 고양이를 달리 입양해서 같은 이름으로 부르는 줄 알았다. 그러나 정말 챠토라와 있었던 추억 이야기를 마치 그 고양이와 공유하고 있는 추억인 것처럼 이야기하는 모습을 보자 그런 가정은 완전히 사라졌다.

그 뒤로도 가끔 먼발치에서 상황을 지켜봤다.

테루미의 모습이나 생활은 전혀 바뀌지 않았다.

챠토라와 닮은 고양이를 챠토라로 대하며, 나중엔 살아 있을 리도 없는 때가 되었을 때도 챠토라라 부르기를 계속했다.

몇 년이고, 몇십 년이고.

사랑하는 반려인이 자기 존재에 얽매어있는 광경을 보는 일은 니이 씨에게는 그저 천벌 그 자체일 뿐이었다. 지금 자기 모습을 보인다고 해서 상황이 개선될 것 같지도 않았다. 만약 노망이 든 것이라면 오히려 악화시킬지도 모른다는 생각이 들었다.

반려인이 미쳐버리고 말았다. 원인제공은 니이 씨 말고는 없다.

약속을 깼기 때문이다. 깨서는 안 되는 약속이었다.

자기 목숨이 아까워서 겁을 집어먹는다는 자신의 미천한 약점을 노리고 신령들이 파고들었다. 신령들에게 한마디 저항도 하지 못하고 신령이 되었다. 큰 실수였다. 신령 따위 안 되는 게 훨씬 나았다. 신령이 되지 않았으면 테루미가 저렇게 변한 꼴을 보지 않아도 됐는데——.

그렇게…… 회상에 잠겨있던 니이 씨는 그대로 잠들어 버렸다.

축축한 냄새가 나기는 하지만 비는 그친 모양이었다. 구름 틈새로 달이 보였다. 초승달이었다.

지금쯤…… 테루미는 숨을 거두었을지도 모른다. 결국,

신령님이 되고 난 뒤로 한 번도 만나지 않았다. 아니, 못했다. 하지만 이게 가장 정답이다, 하고 향수(鄕愁)를 짓눌러 버린다.

"니이 씨…… 니이 씨, 계세요?"

모두가 무난하게 넘어갈 수 있는 '정답'을 좋게 보지 않는 존재가 토리이 너머에서 걸어 들어오는 모습이 보였다.

뚝, 뚝, 물 떨어지는 소리가 난다.

거친 숨소리도 들린다. 달빛에 비친 소녀, 미츠케루.

온몸이 흠뻑 젖은 데다가 진흙투성이였다.

"뭐…… 하는 건가?"

옷 가게 딸 마이하마 사에코에게 받았다고 기뻐하던 캐미솔과 무릎까지 오는 양말이 엉망진창이었다.

신령님이라고는 하나, 인간의 육신을 받아 둔갑한 상태로는 인간과 별반 다르지 않은 법이다. 추울 텐데. 오한도 들 텐데. 그런데도 굳이 저런 모습이 될 이유가 어디 있단 말인가?

딸랑, 하고 방울이 울렸다. 강바닥에 가라앉아 있어야 할 방울이었다.

"설마…… 자네?"

뒤져서 찾아냈다는 말인가? 그 물이 흐르는 강 안에서? 차가운 비가 쏟아지는 하늘 아래에서?

"저는…… 물건을 찾는 신령이에요."

젖은 앞머리 틈으로 보이는 불타오르는 것만 같은 눈동자가 쏘아본다.

"어떤 물건이라도 어떤 상황에서라도, 잃어버린 물건이나 떨어뜨린 물건을 찾아내는 것이, 지금 제가 부여받은 역할이에요……."

――그렇다고 해서 이렇게까지 할 필요가 있단 말인가?

니이 씨는 공포에 가까운 감정을 품었다. 그 감정은 한때 평범한 고양이었던 시절 콘지키히메노미코토에게 품었던 외경심과 닮아있을지도 모른다.

"그리고 저는 답을 제시하는――본래는 그런 역할을 맡은 존재니까요."

불타오르는 듯한 눈동자가 격한 감정으로 흔들린다. 분노가 아니라고 직감했다――그렇다면 도대체 무슨 감정이란 말인가?

"니이 씨…… 분명 당신은 위대한 분이에요."

하지만! 하고 작은 신령님이 외친다.

"당신은 자기가 얼마나 사랑받아 온 존재인지 전혀 모

르고 있어요!"

어느새 미츠케루는 니이 씨의 코앞까지 다가온다. 젖은 양손으로 니이 씨의 몸을 붙잡고 안아 올리더니 그대로 내달렸다.

"테루미 할머니와 지금 바로 만나라고는 말하지 않겠어요. 하지만 저도 이 정도로 고생했어요. 그러니 다른 분들과는 만나주는 게 인지상정이에요."

미츠케루가 지금 무슨 말을 하는 것인지 니이 씨는 이해가 가지 않았다. 하지만 구속을 풀어낼 마음도 들지 않았다. 지금 이 순간만큼은 스승인 자기보다 제자인 미츠케루가 훨씬 더 어른스럽게 느껴졌으니까.

미츠케루가 향한 장소는 시부야 부부 집 근처에 있는 공원이었다.

그곳에는 의외의 얼굴들이 니이 씨를 기다리고 있었다.

"뭐야…… 자네들은 여기 뭐하러 모여 있는 거지?"

낯이 익은 얼굴들이 죽 늘어서 있다. 사람이 아니라 고양이들이었다.

시장에 사는 고양이들이 공원에 집합했다.

"저에게는…… 고양이님들이 무슨 말을 하는지 이해하는 능력이 없어요."

뛰어와서 힘이 빠진 모양이다. 니이 씨를 땅에 내려놓은 미츠케루는 풀썩 주저앉았다.

"그래서 지금부터는…… 지금까지 파악한 조건들을 근거로…… 제 일방적인 추측을…… 이야기해보겠어요."

허억, 허억, 하고 숨을 토하느라 말이 중간중간 끊긴다. 어쩌면 몸 상태가 안 좋아 열이 나는지도 모른다.

"테루미 할머니는…… 시부야 테루미 씨는…… 챠토라와 닮은 고양이를 골라 집으로 불러들인 게 아니에요…… 사실은 정반대라고요……."

"뭐라고…… 정반대?"

"그래요…… 테루미 할머니가 불러들인 게 아니라, 챠토라와 닮은 길고양이들이 할머니 집으로 찾아갔던 거예요. 니이 씨를 위해서……."

…….

도대체…… 지금 무슨 말을 하는 거지? 이해가 가지 않았다.

하지만 한 권속인 고양이들을 보니 미츠케루의 말은 틀리지 않은 모양이다.

모인 고양이들은 모두 부끄러워하면서 니이 씨에게 겁을 먹고 귀를 접은 채 꼬리를 둥글게 말았다.

'어이…… 그래, 거기 자네.'

니이 씨가 갈색 털이 난 성묘에게 말을 걸었다.

시장에서 테루미의 방울을 주워 미츠케루에게 가져다주었던 고양이다.

움찔, 몸을 떤 고양이는 조심조심 니이 씨 앞으로 걸어갔다.

평소에는 보는 앞에서 늘어지게 뒹굴거려도 아무 문제가 없었지만, 이렇게 분위기가 험악할 때 니이 씨는 다른 신령과 마찬가지로 경외심이 들게 하는 존재였다.

'이게 어떻게 된 거지?'

'저기…… 송구합니다만, 실례를 무릅쓰고 말씀을 올립니다. 저 신령이 말한 대로, 저희들 신령님의 권속들은 저희끼리 그렇게 정해서 저 할머니 집을 찾아갔습니다."

실은 시장에 사는 고양이들이 몇 대에 걸쳐 이어온 '제례'와도 같은 것이었다.

갈색 털에 무늬도 니이 씨와 비슷한 고양이는 시부야 테루미의 집으로 찾아가야만 하노라.

우리를 지도하시고 인간과 공존시키신, 큰 은혜를 베푸신 신령님의 은인이 슬픔에 잠기는 일이 없도록, 시부야 테루미의 집을 찾아가야만 하노라. 가서 가까이 지내야 한다.

생각지도 못한 일이다. 니이 씨는 분노했다.

'왜 그딴 쓸데없는 짓을 맘대로 했느냐?'

'한마디로 말씀 올리자면 신령님께 경의를 표하기 위해서이옵니다.'

'제발 용서해주십시오, 용서해주십시오…….'

'그저 저대로 계속 이별한 상태로 있는 것이 너무나 안타까운 일이라고, 부모님은 물론이고 조부모, 증조부모 시절부터 잠자리 베갯머리에서 옛날이야기로 전해 들어왔기에 그만…….'

모든 고양이가 일제히 바닥에 엎드려 절을 하고 울음소리를 냈다.

니이 씨는 그 광경을 코앞에 두고 곤혹스러워했다.

——이래서야, 내가 나쁜 놈 같지 않은가?

'괭이수호신령님, 괭이수호신령님…… 제발 간곡히 부탁드립니다. 저 불쌍하고 가련한 인간 암컷에게 부디 한 줌의 자비라도 베풀어 주십시오.'

그렇게 부탁하는 고양이는 아직 성묘가 되지도 못한 새끼고양이였다. 갈색 털이 난 고양이다. 다음 대의 '챠토라'로 예정되었을지 모를 일이다.

'저 암컷 인간은, 계속해서 영겁의 세월을 맛보며 괭이수호신령님을 기다려 왔습니다. 그 소원을 제발 들어주시옵소서…… 저희들이 거짓을 고하는 것이 아니니, 제발 괭이수호신령님께서 직접 그 소원을…….'

찌릿! 하고 노려보자, 새끼고양이는 펄쩍 뛰어올랐다. 그러고도 이마를 이내 땅에 박은 채 애원했다.

'송구합니다! 용서해주십시오! 그러나, 제발 간청드립니다. 제발 한 줌의 자비를 베풀어…… 괭이수호신령님께서는 평범한 고양이 시절의 기억 따위는 그저 버려버리고 잊어버린 기억에 지나지 않을지도 모르옵니다만…… 제발…….'

아니다. 그게 아니다. 오히려 돌아갈 수만 있다면 평범한 고양이로 돌아가고 싶었다.

약속을 깨기 전, 그 시절로.

물론 이루어지지 않을 꿈이다.

현실은 호락호락하지 않다.

——아, 그렇구나.

마이하마 사에코와 일이 있었을 때 미츠케루에게도 이야기하지 않았던가?

"그 친구는…… 자네를 증오하고 있을지도 모르네. 다시는 만나러 오지 않을지도 모르지. 만나게 된다 해도 두 번 다시 눈을 마주치지 않으려 할지도 모르고. 하지만 다 감내해야지…… 사람도 신령도 그런 식으로 원치 않은 것들을 바탕으로 삼으면서 살아가는 법이니."

갑작스럽게 들린 혼잣말에 미츠케루가 "네?"하고 목소리를 높였다.

적어도 이 후배 신령은 다 감내하고 이겨내면서 여기까지 왔다.

니이 씨가 하지 못한 일을 이 친구는 이미 해내고 있었다.

니이 씨를 무서워하면서도 테루미와 재회하기를 탄원하는 갈색 털을 가진 새끼 고양이도 그렇다.

도망치고 있는 것은 니이 씨 자신뿐이었다.

'그래…… 알았다. 너희들 얼굴을 봐서 시키는 대로 하마.'

작은 울음소리를 낸 뒤, 이번에는 미츠케루에게 말했다.

"다녀오겠네."

뒤를 돌아보지는 않았지만, 모두가 지켜보고 있다는 사실을 피부로 느꼈다.

——이제는 정말 도망치기 어려워졌군.

시부야 부부의 집으로 니이 씨가 발을 들인 것은 30년 만이었다.

아니…… 정확히 따지면 아까 방울을 꺼내려고 들어갔을 때 발을 들이기는 했지.

하지만 그때는 마음에 여유가 없었어.

현관으로 보이는 광경은 과거의 추억과 상념을 거칠게 뒤흔들었다. 그리운 냄새가 났다. 가구 배치나 풍기는 분위기——그 모든 것이 옛날과 변한 게 없었다. 마치 이 공간만이 시간이 멈춰버린 것 같았다. 신령님이 된 일 자체가 다 길고 긴 꿈을 꾼 것일 뿐, 니이 씨는 여전히 평범한 고양이고, 30년 전 시장에서 다른 고양이와 싸워 이긴 뒤 콘지키히메노미코토를 만나는 일도 없이 의기양양하게 그대로 막 돌아오기라도 한 것 같은——착각이 들었다.

하지만 방 안쪽에서 들려오는 테루미의 숨소리가 그 슬픈 착각을 산산이 무너뜨렸다.

신음하듯 실처럼 가느다란 호흡. 소리가 들리는 쪽으로 니이 씨가 한 걸음, 한 걸음, 다가간다.

한심하게도 다리가 떨렸다. 소리치고 욕을 할지도 모른다. 울음을 터뜨릴지도 모른다. 그게 무서워서 30년 세월을 도망치고 또 도망쳤다. 이제부터는 각오를 단단히 해야 한다. 무슨 말을 들어도 받아들이자——그런 각오가.

그러나 바닥에 누운 테루미를 봤을 때, 니이 씨는 다른 각오를 해야 했다는 사실을 뼈저리게 깨달았다.

괴로워하며 끙끙대는 모습을 보는 것이 괴로웠다.

"누…… 구……?"

힘없는 목소리가 들려왔다.

"여보……? 당신이에요……?"

둘이서 살 때 자주 들었던 음성이다. "그렇게 쉽게 떠나거나 모습을 감추지 말아줘……."라고 애원하던 그 말투였다.

"아니…… 미안하네, 난 탄지가 아니야."

고양이 모습으로 사람의 말을 하는 때가 오리라고는 생각도 못 했다.

"응……? 누구니……?"

대답 대신 니이 씨는 테루미 곁으로 다가갔다. 눈이 불편한 테루미라도 알아볼 수 있을 정도로 바로 곁에. 콧김이 닿을 정도로 얼굴을 가까이 댔다.

테루미의 눈꺼풀이 놀라움을 표현하려는 듯이 천천히 열린다.

"알아…… 보겠어? 나야."

테루미는 천천히 고개를 끄덕였다.

“미리 못을 박아두겠지만, 환각이 아니에. 그렇다고 저승사자나 저승길 마중을 나온 것도 아니야…… 마중은 곧 찾아올 거야. 하지만 아직 시간이 남았어. 그러니까 그사이에 치졸한 변명을 하려고 찾아왔네.”

욕을 먹을까 봐 겁이 났다. 그래서 무슨 말을 하기 전에 일단 속에 있는 말을 먼저 쏟아 놓을 생각이었다.

“일단 먼저 내 말을 들어줬으면 해. 왜 내가 말을 할 수 있는지, 왜 내가 갑자기 모습을 감추었는지, 모습을 감춘 뒤에 무슨 일을 했는지——”

니이 씨가 크게 심호흡을 했다. 용기와 각오가 온몸에 퍼지도록.

“옛날- 옛날- 한 옛날에—— 고양이 한 마리가 있었네.”

니이 씨가 고른 말투는 어미 고양이가 새끼고양이에게 옛날이야기를 들려줄 때의 말투였다.

테루미의 구조. 행복. 약속. 싸움만 하던 과거. 고양이들의 두목, 즉 ‘니이 씨’가 된 것. 인간을 곤란하게 했던 것. 신령에게 찍힌 것. 자신이 신령이 된 것. 신령이 되고 나서 고양이를 이끈 것. 신령이 되어 조합 사람들에게 은근슬쩍 시장이 나아가야 할 방향성을 제시했던 것————

이 모든 것을 하나하나 이야기했다.

콘지키히메노미코토 앞에서 오줌을 지린 것, 일시적이기는 했지만 자기 목숨 귀한 줄만 알고 테루미와 한 약속을 어긴 것은 이야기하지 않았다. 아니, 이야기하지 못했다.

"——그리고, 내가 돌아왔네. 그대가 숨을 거두는 길을 배웅하려고."

마지막까지 다 이야기한 뒤, 찾아온 것은 성취감 대신 죄악감이었다.

가장 중요한 것을 말하지 않았다.

"실은…… 고맙다는 말을 하려고 왔어."

이상했다. 그렇게나 도망쳐 왔는데 지금 이 순간만큼은 솔직하게 진심을 이야기하고 싶었다.

"약속을 어겨서…… 미안하네."

이야기를 다 들은 테루미는 힘겹게 입술을 떨었다.

"세상에…… 설마, 그랬구나……."하고 중얼거리더니, 이렇게 고했다.

"정말로 신령님이 되었을 줄이야……."

…….

……?

니이 씨는 당황스러웠다.

——무슨 말인가?

——내가 신령이 된 사실을 이미 알고 있었나?

——아니, 그럴 리가 없는데. 그런 말투는 아니었어.

"챠토라야, 나는 말이지…… 아주 오래전부터 네가 신령님이 된 게 아닐까 하고 상상했단다……."

테루미는 힘없이 미소지으며 이야기해 주었다.

네가 없어졌을 당시에는 말이지, 물론 슬펐단다.

그래도 그 일이…… 네가 없어지고 나서 1년 정도가 지났을 때였나…….

너랑 똑 닮은 갈색 털 고양이가 마당에 갑자기 나타났지 뭐니…….

야옹야옹 낯도 안 가리면서 내게 다가오더구나.

울음소리는 달랐지만 우는 방법이 너랑 똑 닮았었지.

아주 잘 쓰다듬어 보면 털의 감촉도 무늬도 달라. 하지만 무척 닮았었어.

방울을 좋아하는 것도, 쓰다듬어 주면 좋아하는 장소도.

나한테 애교를 부리는 방법까지도 널 빼다 박았더구나.

그 고양이 한 마리만 그런 게 아니었단다.

같은 시간대에 서로 다른 고양이가 몇 마리나 찾아와 너와 똑같은 몸짓으로 애교를 부렸지.

심지어 말이다, 몇 년이 지나도, 또 다른 갈색 털이 난 새로운 고양이가 찾아왔단다.

몇 년이고…… 몇 년이고…… 그렇게 몇십 년이나.

게다가 말이야, 네가 좋아하던 그 방울 있지…….

귀가 잘 안 들리기 시작한 뒤로 내가 몇 번이고 떨어뜨려서 잃어버리곤 했었어.

그런데…… 그때마다 갈색 털이 난 고양이가 주워와서 내게 가져다주는 게 아니니?

처음에는…… 당황했단다.

나는 말이지, 언제부턴가 한 가지 사실을 믿기 시작했단다.

네가 없어진 날, 네 말대로 시장에서 이상한 소문이 흐르기 시작했거든.

장수하던 챠토라가 고양이 요괴가 되었고 괭이수호신령이 된 게 아니냐, 하고.

그래서 나는 믿기로 했단다.

챠토라는 정말로 괭이수호신령이 되었구나.

신령님이 되었으니, 내게는 찾아오지 못하게 된 게 아닐까?

그래도 그건 나랑 한 약속을 깬 것인데.

그래서 네가 매번 다른 고양이의 몸을 빌려서 우리 집으로 놀러 온 것이 아닐까?

자기랑 닮은 갈색 털 고양이에게 빙의해서 나를 만나러 오는 게 아닐까…….

내가 적적하지 않도록…… 말이다.

그런 동화 같은 생각을 하면서, 계속…… 계속…… 30년을…… 살아남았던 거야.

"그래서…… 다른 고양이를 챠토라라고 불렀던 건가?"

"그래…… 30년 동안 네 기척을 느끼지 않은 날이 없었지…… 네가 곁에 있어 주는 것만 같아서 외로울 일이 없었단다……."

분명, 그랬다. 니이 씨는 구석에 숨어, 몰래 테루미가 지내는 모습을 관찰했다.

하지만 곁에 있는 고양이는 다른 고양이다. 다른 고양이를 귀여워하며 행복해하는 테루미의 모습을, 니이 씨는 오해하고 있었다.

테루미는 외롭다 못해 미쳐버린 게 아니라, 순수하게 믿고 있었을 뿐이었다.

챠토라는 약속을 지켰다고. 그래서 멀리서 바라본 테루미가 그렇게나 행복해 보였던 것이었다——.

"뭐야…… 그랬나? 일이 그렇게 되었던 거로군……."

——착각하고 있었다. 더 빨리 깨달았어야 했다.

——자기를 위해 희생하고 있었던 고양이들의 마음을.

"계속 시장을 지켜주고 있었지? 우리 아저씨처럼…… 그렇지?"

니이 씨는 대답 대신 고개를 끄덕였다.

지금은 아무 말도 꺼낼 수가 없었다.

"고맙구나……. 나는 말이야, 그 시장을 참 좋아해……. 우리 아저씨가 동료들과 함께 열심히 만들고, 지키고, 키워온 그 시장을…… 추억이 잔뜩 깃들어있지. 눈이 나빠지기 시작해도 말이다, 다들 나한테 얼마나 친절한지 모른단다. 알고 있었니? 정육점 주인아저씨는 말이야, 내가 장을 보러 오면 항상 덤을 더 챙겨준단다. 그렇게 안 챙겨줘도 괜찮아요, 하면 항상 무슨 소린가, 챙겨주기는 무슨, 테루미 씨 눈이 더 나빠졌나 보구만? 하고 일부러 농담처럼 얼버무리려고 하지. 정말 착한 사람이야……. 얼마 전에는 우리 아저씨 기일이었는데, 그때도 있지? 다들 불단으로 찾아와서 합장하고 명복을 빌어주었단다. 선물도 잔뜩 주었지……."

괴로워 보였던 테루미의 호흡은 어느새 편안하게 가라앉았다.

니이 씨는…… 이게 무슨 뜻인지 확실하게 느껴졌다.

곧 있으면 작별이다.

"챠토라야…… 그 시장을 앞으로도 지켜주겠다고 약속해 주겠니?"

아주 살짝 니이 씨의 대답이 늦어졌다.

"——지키고말고. 이번에야말로 약속을 꼭 지키겠네."

"무슨 말이니. 약속을 어긴 적은 한 번도 없잖니…… 그렇지?"

테루미가 짓는 미소를 니이 씨는 똑바로 보지 못했다. 고개를 푹 숙이고 몸을 웅크린 채 새끼고양이처럼 연약하게 떨리는 목소리로 작고 가늘게 울었다.

테루미의 손이 이마를 쓰다듬어 준다.

"아…… 그럼 그럼…… 이 느낌이지…… 그립구나…… 참…… 따스해……."

그 말이 마지막 유언이었다.

초승달이 빛나는 6월 밤에 있었던 일이다.

◆ ◆ ◆

밤.

시부야 부부가 살던 집 근처 주민들은 고양이들이 일제히 커다랗게 우는 소리를 들었다.

싸움이라도 하는 거냐, 발정이라도 난 거냐, 대체 뭐냐, 하고 다들 생각했다.

얼마 뒤 울음소리는 멈추었지만, 한참 뒤 다시 고양이가 크게 우는 소리가 들렸다.

어차피 놔두면 알아서 조용해져.

그렇게 생각했지만, 아무리 시간이 지나도 울음을 멈추지 않았다.

게다가 아까와 달리, 여러 고양이가 우는 것도 아니다.

단 한 마리가 울고 있는 것 같았다.

한 시간 가까이 울음소리가 이어졌다. 창문을 열고 소리가 어디서 나나 확인한다.

귀를 기울이니 시부야 부부 집 방향에서 들려온다.

안 그래도 평소 길고양이를 끌어들인다고 평판이 나쁜

집인데.

이번 소음이 결국 참고 참았던 인내의 둑을 무너뜨렸다.

가장 가까이 사는 주부가 남편을 대동하고 잔뜩 화가 난 얼굴로 시부야 부부 집으로 향했다.

문이 열려있었다. 현관도 살짝 열려있다. 묘한 상태였다.

게다가 두 사람이 다가오자 울음소리가 멈추었다.

어안이벙벙해 어쩔 줄 몰라 하는 사이 현관문 안에서 하얀 고양이가 나타났다.

평소에 보던 갈색 고양이와는 전혀 다른 고양이가 나타나 동네 사람인 둘은 곤혹스러워했다.

하얀 고양이는 야옹, 하고 울더니 앞발로 현관을 능숙하게 열었다. 그리고 집 안으로 사라진다.

뭔가…… 불길한 예감이 들었다. 두 사람은 살금살금 집 안으로 들어갔다.

하얀 고양이가 장지문 앞에 서 있었다. 제대로 쫓아오나 확인한 뒤 안으로 들어간다.

하얀 고양이 뒤를 쫓아 안으로 들어가니 응접실이었다.

이불이 깔려있다. 할머니가 누워있다.

저기…… 시부야 할머니?

말을 걸어도 응답이 없다.

살짝 가까이 다가간다. 초승달 불빛이 드리운 얼굴…… 숨을 쉬는 기색이 없었다.

경찰과 구급차를 불렀지만 이미 때는 늦었다.

간단한 조사를 마친 경찰이 옆집 부부를 놓아주었다.

동네 사람들이 걱정해 주었지만, 두 사람에게 큰 충격은 없었다.

둘은 한 가지 생각을 거듭 곱씹었다.

——도대체, 어떤 마지막 순간을 맞이하면 그렇게 평온한 얼굴로 저승길에 오를 수 있는 걸까?

◆ ◆ ◆

경찰과 구급대원이 시부야 부부의 집을 들락거리는 모습을 니이 씨는 미츠케루와 함께 멀리서 바라보았다. 시장 고양이들은 아까 해산시켰다. 밤은 악당이 돌아다니는 시간이다. 밤에 순찰하는 것도 괭이수호신령 권속이 할 일이었다.

"정말…… 괜찮으신가요?"

니이 씨를 품에 안은 미츠케루가 걱정스레 묻는다.

"괜찮아. 고맙네."

아직 테루미가 쓰다듬어 준 곳이 따스하다. 온화하고 따듯한 마음이 들었다.

"잠깐잠깐…… 아니 자네가 왜 울고 앉았어?"

"그렇잖아요…… 테루미 할머니가…… 니이 씨이……."

울음 섞인 목소리로 미츠케루가 코를 훌쩍였다.

"이건 누가 오더라도 어쩔 수 없는 일이야. 사람과 신령은 인생을 보내는 시간이 다르니까. 먼저 보내는 때도 있는 거지."

훌쩍, 하고 미츠케루가 콧물을 들이마셨다.

"할망구가 노망난 게 아닌 걸 언제부터 알았나?"

"이야기를 나누다 보니…… 자연스럽게 검색조건이 늘어났고 결과가 좁혀졌어요. 여러 가지 이상한 점이 많았어요. 그렇게 많은 '챠토라'랑 놀아주는데도 방울은 '옛날에 키웠던' 고양이가 좋아했던 장난감이라고 한다거나, '고양이들'이 방울 끈을 물어뜯어서 금방 상한다고 한다거나. 결정타는 본인에게 직접 물었을 때 얻었지만요."

"그랬군."

"저는…… 이번에도 쓸데없는 짓을 한 건가요?"

힘없고 어찌할 줄을 몰라 하는 말투로 하는 질문이었다. 꼭 안아서 몸을 조여오는 몸짓을 통해서도 불안함이 피부로 전해져 왔다.

지가 굳이 남의 일에 비집고 들어왔으면서, 하고 니이 씨가 쓴웃음을 짓는다.

어지간히도…… 테루미가 떠난 게 충격을 준 모양이다.

"스승으로서는 당연히 혼쭐을 내줘야 맞겠지. 하지만 고맙게 생각하네…… 자네에게도, 한 권속인 고양이들에게도. 뭐가 하나라도 부족했으면 그런 기적 같은 마지막 순간은 없었겠지. 다 같이 답을 찾아준 셈이야, 진심으로 감사하네. 나 같은 것 때문에 괜한 고생을 시켜서 미안해."

"그런 말씀은 말아주세요. 니이 씨가 헌신해온 덕이니까요. 니이 씨가 성실하게 신령님의 역할을 다해왔기 때문에 모두가 이렇게 보답하려고 움직인 거예요. 저 또한…… 마찬가지니까요."

"흐음, 그런가…… 짜증 나는 스승이라고 생각하는 주제에?"

"굳이 지금 그런 말을 하니…… 짜증 나기는 하네요."

후후, 하고 니이 씨가 웃었다.

"이보게, 미츠케루. 그 방울, 아직도 가지고 있나? 부탁이 하나 있어."

미츠케루에게 안긴 채로 니이 씨는 미츠케루에게 두세 마디, 무언가를 말했다.

다음 날, 미츠케루는 아침 일찍 시장 반려동물용품점으로 향했다.

빨간색 목걸이를 사서 니이 씨에게 채워준다.

거울 앞에 선 니이 씨가 살짝 몸을 흔들자, 딸랑— 하고 청량한 소리가 가게 안에 울려 퍼졌다.

두 번 다시 잃어버리는 일이 없도록 목걸이와 방울은 아주 단단히 끈으로 매듭을 지었다.

에필로그

시장을 수호하는 미츠케루

—

심야. 강물에 푹 젖어 감기에 걸려버린 미츠케루는 신사 경내에 지은 목조주택 안에서 깊이 잠들어 있었다.

일어난 뒤에도 상태가 안 좋으면 육신을 해제하고 쉬게 하는 편이 좋을지도 모른다.

니이 씨는 미츠케루가 일어나지 않은 사실을 확인한 뒤 놓아두었던 스탬프 수첩에 꼼꼼하게 도장을 찍었다. 깔끔하게 발바닥 핑크 젤리 마크가 초승달이 비추는 달빛 아래 선명하게 보이는 것을 확인한 뒤, 니이 씨는 조용히 신사 경내로 발을 옮겼다.

걸어 다닐 때마다 딸랑, 하고 청량한 방울 소리가 울린다. 그 소리를 들으면 니이 씨는 마음이 차분해졌다. 토리이 부근에서 하늘을 올려다보고 약속한 시각이 다가오는 것을 기다린다.

그렇게…… 5분 뒤, 토리이 앞에 밝은 빛과 함께 남신(男神) 와쿠무스비가 나타났다.

"건재한가, 히타치몬의 괭이수호신령이여."

"보시는 바와 같습니다."

니이 씨는 형식적인 말투로 인사한 뒤 고개를 숙였다. 신에게 계급은 없으나 와쿠무스비가 한참 선배였다. 제신인 콘지키히메노미코토의 소속신으로서, 제신의 체면을 위해서라도 예의를 잊어서는 안 된다.

"잘 지내는 모양이니 다행이군…… 미안하지만 거두절미하고 본론부터 말하겠네. 어떤가? 그 신입은? 전에 자네가 보았을 때는 큰 재난을 가져올지도 모른다고 했는데, 좋은 신령이 될 자질이 보이는가?"

와쿠무스비의 말이 니이 씨의 기억을 파헤친다.

미츠케루를 만났던 약 2개월 전 기억을.

만남은 당돌했다. 제신 콘지키히메노미코토가 "오곡과 양잠의 신 와쿠무스비가 신입을 데리고 이리 온다고 합니다. 제대로 대접하여 환영토록 하세요."라 하는 연락을 받고, 오기를 기다렸다.

와쿠무스비가 데리고 온 신령은 소녀처럼 보이는 귀여운 신령이었다.

니이 씨는 와쿠무스비로부터 "길 잃은 고양이를 찾아주는 점에서 자네와 비슷하네. 그래서 자네를 스승으로 임

명하겠네."라는 말을 듣고 어이가 없었다.

겨우 30년밖에 안 된 젊은 신령인 데다가 원래는 그저 고양이였던 몸. 그런 자신이 왜 스승을 맡게 되었단 말인가? 더욱이 데리고 온 신입은 누가 보아도 자신보다 더 뛰어난 신통력을 지니고 있다. 자신이 돌봐줄 깜냥이 된다는 생각이 안 든다. 와쿠무스비는 니이 씨를 손짓해서 불러들여 속삭였다.

"솔직히 까놓고 말하겠네. 이 친구, 좀 별종에 돌연변이 같은 부분이 있거든. 우리도 어떻게 대해야 좋을지 가늠이 안 가."

애초에 와쿠무스비의 소속신이 될 예정도 아니었던 모양이었다.

"원래는 청면금강이 담당할 예정이었네. 그 친구 신사에서는 잃어버린 물건을 찾거나 가출한 사람을 찾아달라는 기도를 올리는 일이 많지 않은가? 이 신입의 역할도 그런 것이거든. 하지만 청면금강은 찾는 게 전문분야는 아니니까. 게다가 그 친구에게는 얼마 전에 술 마시기 대결에서 지는 바람에 빚을 지고 있어서…… 내게 떠넘긴 것이야."

이야기는 들어서 알고 있기는 했지만, 신령계도 여러 가지로 사정이 있는 법이다.

"그렇게 노골적으로 싫어하는 표정을 짓지는 말게. 청면금강이 떠넘긴 탓에 시작하기는 했지만, 자네가 있어서 받아들이기도 한 것이니까. 나는 자네가 신입을 만나도록 해주는 역할에 지나지 않네. 이 친구가 좋은 신령이 될지 말지는 자네가 보고 판단해주게."

——왜 내가? 이야기를 들을수록 그런 생각이 더욱 강해졌지만, 명령에는 따르지 않을 수가 없다. 아이고 이런, 하고 삐딱한 기분이 들면서도 니이 씨는 신입에게 물었다.

"자네는 어떤 신령인가?"

'그'는 대답했다.

"같이 정답을 검색하고 검색결과를 정하는 요정입니다."

"음…… 미안하네, 잘 모르겠군. 어떤 경위로 신령이 되었나? 어떤 신령인가?"

"도깨비입니다."

"도깨비……? 요즘 같은 시절에?"

도깨비라고 한다면 최소 몇십 년에서 최대 100년 가까이 사람들에게 애착을 받으며 손때가 묻은 도구에, 신통력이 깃들어 도구가 신령이 되는 것으로 나타나는 존재다.

대량소비사회가 되어버린 요새는 태어나는 일이 거의 없다고 봐도 좋다.

"무슨 도깨비인데?"

"인터넷 검색 프로그램을 가동하던 낡은 '서버'입니다."

——질문에 대답이 될 만한 가능성을 가진 정보를 많이 제시하는 도구.

——입력된 조건에서 경우의 수를 줄여서 결과가 될 만한 정보를 골라내 답을 찾는 사람을 도와주는 도구.

일본뿐 아니라 세계 곳곳에 있는 사람이 사용하는 도구입니다, 라고 '그'…… '미츠케루'는 설명했다. 이상할 만큼 빠르게 도깨비가 된 이유가 그래서구나, 하고 납득한다.

"신통력이 깃든 기계는, 이 나라 어딘가에 존재하고 있어요. 어디에 있는지는 숙녀의 비밀인 걸로."

"'섭어'라는 물고기가 있었나? 뭔지는 모르겠지만, 일단 이야기를 계속하게."

미츠케루는 자기 바람을 니이 씨에게 말했다.

"저는 예전부터 사람들에게 답이 될 만한 가능성이 있는 후보를 제시해왔어요. 하지만, 사람들은 무엇을 '진정한 정답'인지는 고르지 못한 채, 알지 못한 채, 쭉 자기 일을 완벽하게 해내지 못하고 있다는 부족함을 절실하게 느껴왔던 거예요. 그래서 이제 신령이 되었으니, 그 답을 제시하는 존재가 되고 싶어요. 모든 사람이 품은 모든 문제에 대해 유일무이한 답을 제시하는 존재가. 그러면 더 많은 사람을 행복하게 만들어 줄 수 있을 게 분명해요. 그런 존재가 되기 위한 답을 저는 찾고 있어요."

——아이고, 와쿠무스비가 무슨 말을 한 것인지 알겠네. 확실히 위험한 생각을 하고 있군. 큰 재앙을 불러올지도 모를 일이야.

일단 손 쓰기 쉬운 부분부터 먼저 시험해 보기로 했다.

"하나 물어도 되나?"

"넵!"

"예를 들어서인데, 혹시라도 악한 사람이 자네를 속여서 힘을 빌리려고 하면 어떻게 할 건가?"

"넵! 그럴 때는…… 그럴 때는…… 가만있어 보자…… 어떻게 해야 좋을까요?"

"아하. 그래, 알았어. 대강 파악됐군."

니이 씨는 "수행을 위해"라고 미츠케루의 신통력 대부분을 봉인했다. 여기에 더해 찾는 답에 제한을 두지 않는 미츠케루에게 기본적으로는 물품 찾는 것만 하도록 명했다.

“신령님도 결국 서비스업이란 말이야. 또렷한 캐릭터가 있어야지. 사람들 신앙심을 모으려면 일단 알기 쉬워야 한다 이 말이야. 어엿한 신령님으로 인정받으면 봉인을 풀어주겠네.”

대강 그럴듯한 이야기를 늘어놓기는 했지만, 말할 것도 없이 미츠케루가 자기 힘을 악용하지 못하도록 하기 위한 굴레였다. 미츠케루 자신이 폭주했을 때 큰 재앙이 벌어지지 않도록 하기 위한 굴레이기도 했다. 미츠케루는 삐쳤지만 “그게 절차라면 할 수 없죠.”라고 결국 받아들였다.

도장을 100개 모으면 원래 힘을 되찾아 강력한 신령이 된다고. 많은 사람에게 순식간에 답을 제시하는 상태로 돌아간다고――.

회상을 마친 니이 씨는 새삼 와쿠무스비의 눈동자를 바라보고, 대답했다.

“결론부터 말씀드리자면 잠재력이 있다, 입니다.”

니이 씨는 근거로 미츠케루와 만났을 때부터 있었던 일을 늘어놓았다.

우선 라면 가게 미사키정 부녀 사이의 오해를 훌륭히 해결했다. 도중에 무단으로 부친 방에 들어갔을 때는 혼쭐을 내야 하나 고민했지만, 결과적으로 잘 풀렸다. 그 덕분에 까불게 된 점은 니이 씨의 실수였다만. 그 점은 솔직히 인정했다.

부모님 사이의 불화를 걱정한 신도 히로키의 부탁을 들어준 점도 이야기했다. 양친의 이별을 막기 위해 니이 씨가 알려준 아이디어를 바탕으로 미츠케루가 활약했다. 스승의 제안을 솔직히 받아들여 배울 점으로 여기고 발전하는 모습은 인정할 만한 태도였다.

하지만 마이하마 사에코와의 교류에서는 큰 실수를 저질렀다. 찾지 말았어야 할 것을 찾아버렸고, 심지어 이 사실을 당사자에게 전달해 마음이 크게 동요하게끔 했다. 그때 배운 점 중에는 미츠케루가 도달해야 할 '정답'이 포함되어 있었을 것이나, 아직 알아차리지 못했다.

그렇다 하더라도 오답을 낸 미츠케루에게 마이하마 사에코는 돌아왔다.

마이하마 사에코뿐만 아니라 많은 가게 사장님들이나 시장을 방문하는 손님들까지, 폭넓은 층의 사람들이 미츠케루를 받아들이기 시작했다.

쥐뿔도 없이 신령님이 된 니이 씨가 부러워할 정도로 '재능'이 있었다.

"방향성만 잘 맞추면 미츠케루의 재능은 많은 이를 구원할 것입니다."

그 대표적인 사례가 저승사자 사진기를 되찾아 준 아게오 쇼조와 다른 누구도 아닌 니이 씨 자신이었다.

"아직은 미숙한 점만 눈에 밟히는 게 사실입니다. 그 신입은 신령이라고 자칭하기에는 너무 착해 빠졌습니다…… 그러나 오히려 그런 착한 심성 덕분에 구원받은 이가 있습니다. 저 자신도 그중에 한 명입니다. 다른 누구도 아닌 제가 그 신입 신령에게 구원받았습니다. 그 친구, 선한 신령으로서 든든한 기둥이 될 재목입니다."

자신이 생각할 수 있는 최대한의 찬사였다. 절대 당사자에게 들키고 싶지 않다.

"음, 잘 알았네. 그렇다면 앞으로도 신입의 스승 노릇을 잘 부탁하네. 부족한 부분은 자네가 잘 돌봐주도록 하게…… 자 그럼, 다른 이야기를 하지. 실은 용건이 하나 더 있었거든. 히타치몬 괭이수호신령, 자네, 신통력이 많이 약해진 모양인데. 이유를 알겠는가?"

——아픈 데를 자비도 없이 찔러대는군.

숨기지도 못할 것 같아 니이 씨는 "네."하고 솔직히 긍정했다.

"요 몇 년 동안 힘이 서서히 약해지고 있다고 느낍니다. 이전에는 시장 안에서 벌어지는 일이라면 두루 파악하는 게 가능했습니다. 사람들의 바람도, 목소리도, 다 저에게 전해진다고 자부했습니다만, 최근에는 눈도 귀도 조금씩 먹어가는 것 같습니다…… 부끄럽지만, 그냥 고양이였던 시절의 은인이 하루하루 약해져 가는 모습을 보고 저 자신의 마음도 흔들렸던 모양입니다."

은인과 한 약속을 깬 사실에 절망하고 신령이 된 사실을 저주하고 자신의 못난 면을 저주했다.

신령의 힘은 사람들의 신앙심에 크게 좌우되지만, 무엇보다도 자기 자신을 믿는 마음도 일종의 '신앙심'에 들어간다. 자기 자신을 믿지 못하는 자에게 큰 힘이 깃들 리가 없었다. 시장의 활기가 줄어드는 모습이 눈에 보이기 시작한 게 결코 시대의 변화 탓만은 아니다.

"그렇다면 앞으로 자네는 어떻게 할 생각인가? 다시 마음을 단단히 먹을 수 있겠나?"

"아마…… 어려울 것 같습니다."

은인과의 약속은 권속인 고양이들 덕분에 지킬 수 있었

다. 미츠케루 덕분에 마지막도 편안하도록 배웅할 수 있었다. 하지만 시부야 테루미가 마지막 가는 길을 떠나는 과정을 지켜본 뒤로…… 니이 씨 마음을 채우고 있는 것은 만족감과 적막함이다. 시장을 지켜주기를 바란다는 소원을 부탁받기는 했지만 앞으로 아무리 오래 지킨다 하더라도 앞으로 시장에서 시부야 테루미의 모습을 찾아보는 일은 불가능하게 되었다…… 더는, 두 번 다시, 돌아오지 않는 것이다. 마음속에 남아있던 집착을 잃은 부분이 뼈아팠다.

"잘해봐야 앞으로 십몇 년…… 삐끗하면 몇 년…… 그게 신령으로서의 제 수명이겠지요."

"내가 보기에도 그러하네. 통찰력이 있군, 과연."

"앞으로…… 어찌 될지는 물론 확실하게 정해져 있지 않습니다. 하지만 손을 써야만 할 것입니다. 이 땅에서 살아갈 사람의 자식, 고양이의 자식을 위해서라도 후임자 선정을 서둘러 마쳐주시기를 간곡히 청 올리는 바입니다."

"청을 접수했네. 청에 따라 콘지키히메노미코토에게 연락이 갈 걸세. 그때까지는 자네가 이 지역을 지켜야 하네."

와쿠무스비는 자기 할 말만 하고 자리를 뜨려고 했다.

니이 씨가 "기다려주십시오."하고 청한다.

"송구하나, 여쭙고 싶은 게 하나 있습니다."

지금까지 계속 마음에 걸리던 점을.

"저 신입을 여기로 데리고 오신 이유는 혹시 저 때문입니까? 제 후임을 맡기실 생각입니까?"

미츠케루라면 언젠가 그리될 수 있을 것이다.

이 시장을 좋은 방향으로 이끌 신령님이 될 것이다. 이미 그럴 가능성을 충분히 보여주고 있다.

"그렇다면 처음부터 다 꿰뚫어 보고 계셨다는 말씀이시군요. 제가 약해지고 있는 것도, 신입에게 딱 부러지지 못하는 무르고 여린 부분이 어떤 부분인지, 반면에 훨씬 강인한 부분이 어떤 것인지도…… 처음부터 전부 다, 제가 신령이 된 그 날부터, 멀리 내다보자면 이렇게 될 것이라고 전부 다 알고 계셨던 겁니까?"

와쿠무스비가 입가에 미소를 짓는다. 아무 말도 하지 않은 채 빛과 함께 공간에 녹아 사라졌다.

미츠케루를…… 잘 키워내고 지켜보아 '정답'을 찾게 함으로써 시부야 테루미와 나눈 마지막 약속을 지킬 수 있다는 것일까?

비 냄새가 남아있는 바람을 맞으며 니이 씨는 신사 경내에 가만히 서 있다.

그 모습을 한쪽 구석에서 권속 고양이들이 걱정스레 바라보고 있었다.

◆ ◆ ◆

날이 밝아와도 미츠케루는 이불에서 일어나지 못했다.

얼굴이 빨갛고, 쌕쌕하고 괴로운 숨소리를 냈다.

누가 보아도 명백하게 심한 감기에 걸렸다.

니이 씨가 육신을 풀고 쉬라고 권했지만 미츠케루는 고집스레 거부했다.

"감기에 걸린 건 처음이니까요. 무슨 일이든 다 경험이에요. 언젠가 이 경험이 도움이 될 날이 있을지도 모르니까 나을 때까지 이대로 버티겠어요."

"마음가짐은…… 참 훌륭하다고 칭찬받아야 한다 생각하고 끈기도 좋다고 생각하기는 하지만, 아무리 봐도 보통 감기가 아닌 거로 보이는데 말이지."

"괜찮아요. 금방 나을게요."

말하는 중간에도 콜록콜록, 기침하고 콧물을 줄줄 흘려

가며 미츠케루는 고집을 부렸다.

몇 번을 말해도 생각을 바꿀 맘이 없어 보였기 때문에 결국 니이 씨도 포기하고 병간호에만 전념하기로 했다.

신주 모습으로 가게를 돌면서 여러 가지 물건을 잔뜩 사들여 왔다. 약은 약국에서 시판하는 약을 샀다. 건강보험증이 없어서 병원에는 가지 못하기 때문이다.

"해열 베개에 이온 음료, 사과에 레토르트 식품 잔뜩. 목캔디도 있네."

"고맙습니다. 고생 많으셨어요."

"고마워하기보다는 영체로 돌아갔으면 더 좋겠는데 말이야…… 콧물을 질질 흘리고 콜록거리는 기침 소리를 듣고 있자니 '니이 씨 때문에 감기 걸렸거든요-'하고 뭐라 하는 것 같이 들려서 기분이 처져."

투덜투덜하면서도 니이 씨는 뜨거운 물을 끓여 녹차를 내왔다. 말은 그렇게 해도 평소보다 더 잘 챙겨줬다. 빚진 게 있다고 느끼기는 하는 모양이었다.

그렇게 순식간에 1주일이 지났다.

눈을 뜬 미츠케루는 창문에서 내리쬐는 밝은 빛을 받으

며 눈이 부신 듯 눈을 가늘게 떴다.

"아…… 아…… 으……."

목에 손을 가져다 대고 목소리 상태를 확인해본다. 목감기로 완전히 잠겨서 쉬어버렸던 목소리가 다시 돌아왔다. 목이 안 아팠다.

"부활이에요!"

아무도 없는 방에서 이불을 걷어차고 벌떡 일어나 라디오 체조 동작을 몇 개 해보았다. 살짝 몸이 굳어있기는 하지만 아무런 문제가 없어 보였다.

니이 씨가 베갯머리에 준비해 둔 옷으로 갈아입으니 성대하게 배꼽시계가 울렸다.

그러고 보니…… 먹을 게 마침 떨어졌을 때 아닌가?

니이 씨 모습이 보이지 않는 것도 장 보러 가서일지도 모른다.

그런 생각을 하는 사이, 누군가가 현관문을 두드리는 소리가 났다.

"아, 네-! 나가요-! 누구세요?"

"안녕하세요, 미츠케루."

"마이하마 언니!"

장바구니를 든 사에코는 차분한 미소를 지으며 미츠케

루를 바라보았다. 오늘은 일요일이라 학교가 쉬는 날이었다.

"신주님께 슬슬 감기가 나을 것 같다는 말씀을 들어서 이렇게 찾아왔어요. 들어가도 괜찮을까요?"

"물론이죠! 들어오세요!"

미츠케루는 사에코를 안내해 거실로 돌아왔다. 차를 내오려고 하자, "무리하면 안 돼요."하고 부드러운 제지를 받았다.

"아픈 몸이 조금 호전된 참이니 더 안정을 취해야 해요. 장바구니에 마실 것과 도시락을 가져왔어요. 드세요."

"고맙습니다!"

"감사는 저 말고 신주님께 드리세요. 저는 전해달라는 부탁을 받았을 뿐이랍니다."

"아, 그랬군요. 니이 씨……."

하고 말한 순간, 미츠케루가 황망히 입을 다문다.

"후후…… 역시나. 제 생각대로였군요."

"죄, 죄송합니다……. 지금 말한 사실은 제발 비밀로 해주세요……."

"걱정하지 마세요. 자, 식기 전에 얼른 드세요."

니이 씨가 사다 준 도시락에 미츠케루가 천천히 젓가락

을 댔다. 한 입, 두 입, 입에 담는 속도가 빨라져 점점 정신없이 흡입하기 시작했다.

"휴우…… 잘 먹었습니다."

"아주 복스럽게 잘 드시네요."

"앗, 아…… 부끄러워요."

"아니에요. 감기가 나았으니까 양껏 드셔야 기운이 나죠."

식사를 끝낸 미츠케루는 사에코와 평범한 잡담을 나누었다. 미츠케루는 선물 받은 옷을 더럽히고 만 것에 사과했고, 사에코는 "또 만들어드릴 테니 걱정 마세요."하고 미소 지어 주었다.

마음 편하게 이야기를 나누는 사이 손님이 더 찾아왔다.

"밋쨔—앙!! 어머 이제 괜찮니? 신주님이 이제 괜찮아졌다고 하셔서 보러 왔어!"

라면집 미사키정의 마스코트 요코가 등장했다.

"요코 언니, 안녕하세요."

"안녕! 어머, 사에코짱도 같이 있었구나?"

"얼레…… 두 분 아는 사이셨어요?"

미츠케루의 질문에 요코가 명랑한 말투로 대답한다.

"협동조합 모임 때 자주 보기도 했고, 학교도 연관이 있어서. 나도 히타치몬 중학교 졸업생이거든."

"학교가 시장에서 뭔가 할 때 졸업생분들과 상담해서 결정하는 일이 많거든요."

그렇구나, 하고 미츠케루가 이해한다.

"여하튼 일단 이 이야기는 나중에 하고――아몬드 젤리 가지고 왔으니까 같이 먹자!"

단 걸 먹기 시작한 미츠케루는 기분이 아주 좋아졌다. 사에코도 빙긋 웃으며 아몬드 젤리를 한 입 떠먹는다. 요코가 두 사람에게 말을 건다.

"신주님이 있지, 다 먹으면 밋쨩 데리고 시장으로 오라고 그러셨어. 오늘 시장 스탬프 카드 행사가 끝나잖아? 조금 더 모으면 다 채울 것 같으니까 장을 같이 보자고 부탁하셨거든."

"그랬군요. 그렇죠, 스탬프 카드 기한이 오늘까지였…… 아아!"

미츠케루가 무언가 떠올렸다.

"죄, 죄송해요, 잠시만요. 실례할게요!"

미츠케루는 달음박질로 거실을 뒤로하고 달려 침실에 도착했다. '100개를 모으면 어엿한 신령님으로 독립한다.' 라는 조건이 붙은 소중한 스탬프 수첩을 그냥 내팽개쳐

두고 있었다.

스탬프 수첩은 무사히 책상 위에서 찾을 수 있었다. 잘 보이는 장소에 둔 사람은 니이 씨인지도 모른다. 문득 생각이 나서 안을 열어 확인해보았다.

니이 씨의 발바닥 젤리 마크가 두 개 더 찍혀있었다. 분명 니이 씨 몫과 테루미 할머니 몫 도장이었다.

살짝…… 눈가를 훔친 뒤 거실로 돌아갔다.

미츠케루는 요코와 사에코를 데리고 시장으로 향했다.

여기저기에서 '오늘이 마지막! 스탬프 카드 2배로 찍어드립니다!'라는 문자가 여기저기 춤을 춘다. 그래서인지 평소 일요일 때 보다 사람이 더 많이 다닌다.

미츠케루는 요코의 손을 잡고 정육점에 들렀다.

평소에 목소리가 호탕한 정육점 사장님은 평소보다 더 호탕하게 소리를 지르고 있다. 미츠케루를 발견하자 "오우! 잘 왔어!"하고 기뻐했다.

"밋쨩! 다 나았구나! 신주님한테 아프단 말을 듣고 얼마나 걱정했나 모른다."

힘찬 목소리에 자연스레 미소가 지어졌다.

사장님은 미츠케루에게 저녁밥으로 가게추천 상품을 골

라주었다. 스탬프도 몰래 덤으로 하나 더 찍어주었다.

"다른 사람들도 걱정 많이 했다고. 얼굴이라도 비추러 가주고!"

"네! 감사합니다."

"어잇! 감사합니다-!"

가게를 나설 때도 커다란 목소리로 배웅해 주었다. 사에코가 자기도 모르게 느낀 바를 이야기한다.

"정육점 아저씨, 요새 기합이 잔뜩 들어가셨네요."

"응…… 저기, 시부야 할머니랑 사이가 좋으셨잖아……."

요코가 한 말에 사에코가 미간을 좁혔다. 무슨 소리일까, 하고 미츠케루가 궁금해하는 사이 등 뒤에서 딸랑 소리가 났다.

"테루미 할망구 유언이 잘 통한 모양이군."

니이 씨 목소리였다. 고양이 모습으로 둔갑한 상태가 더 편한 모양이지 신주로 둔갑했을 때 보다 목소리가 힘차게 들린다.

"며칠 전에 발인과 장례가 끝났거든. 그러고 나서 유언이 공개되었지. 시부야 탄지에게 물려받았던 유산을 모두 시장 발전을 바라며 협동조합에 기부하겠다고…… 내가 죽더라도 손님들에게 더욱 밝은 모습을 보이면서 맞이하기를 바랍니다. 탄지와 함께 지켜보겠습니다. 라고 했다더군."

미츠케루는 말을 하지 못했다. 처음부터 마지막까지 테루미 할머니다운 유언이라고 생각했다.

"저기, 갑자기 아무 말도 없이 안는 것은 그렇다 쳐도 그렇게 꽉 껴안지는 말아주지 않겠나?"

불만스러운 목소리에 헉, 하고 놀라 정신을 차린다.

"죄송합니다…… 저도 모르게 그만."

팔에 힘을 빼자 요코가 다가왔다.

"니이 씨도 밋짱이 기운이 나서 좋은가 보네—."

요코가 볼을 쿡 찌르자 니이 씨가 몸을 비튼다. 방울 소리의 음색이 널리 퍼졌지만 바로 시장에서 오고 가는 이야기 소리에 가려졌다.

테루미 할머니를 떠올리며 들었던 적적함이 가슴 속에 드리웠지만 미츠케루는 고개를 세차게 저으며 생각을 고쳐먹었다.

——나도 명랑하게 사람들을 대해야 해!

——괜찮아요! 제가 누구예요? 신령님이에요! 스탬프도 이렇게…….

“스탬프 100개 정도쯤이야 금방 모아서 바로 어엿한 신령님으로 인정받고 독립할 거예요. 식은 죽 먹기에요…… 같은 생각을 하고 있지?”

니이 씨의 예리한 지적에 움찔, 하고 찔린 미츠케루의 동작이 굳었다.

“아이고 하여튼…… 내가 정곡을 찔렀나 보군. 일이 잘 풀렸다고 까불지 말고 정신 바짝 차려야 한다고 했을 텐데? 이래서야 스승이 어디 쉴 수가 있어야지.”

끄응…… 하고 미츠케루가 입을 삐죽거린다. 뭔가 눈치 챈 모양인지 사에코가 재미있어하는 미소를 짓는다. 요코는 야옹야옹 우는 니이 씨를 계속 쓰다듬어 준다.

“저기, 미츠케루…… 맞나요?”

그 목소리를 들은 모두가 돌아보았다. 말을 건 사람은 처음 보는 사람이었다.

“네, 맞습니다만…….”하고 대답한 순간, 말을 건 사람이 미소 지었다.

“다행이다! 겨우 찾았어! 실은 물건을 잃어버려서 곤란한 상황이에요. 도와주시겠어요?”

계속 찾는 것으로, 익숙한 존재가 된 미츠케루.

많은 사람에게 알려지게 된 그녀는 앞으로도 계속 잃어버린 것을 찾아 나설 것이다.

사람들의 잃어버린 물건과 행복을 추구하는 이야기는, 하얀 고양이 한 마리가 지켜보는 가운데 계속된다――.

〈끝〉

작가 후기

아마도 그건 2016년 겨울. 데뷔한 뒤로 좋은 소설이 잘 안 써졌던 저는 일과 관련된 미팅을 하려고 신주쿠행 전철을 탔습니다.

의욕은 줄어들 줄 몰랐고 풀도 죽지 않았기 때문에 그날도 의자에 앉아 멍하니 생각에 잠겨 있었습니다.

도대체 나는 어떤 걸 써야 누군가에게 도움이 되는 이야기를 쓰게 될까——.

쉽게 답이 나오면 이런 고생은 안 하지, 하고 마음속으로 쓴웃음을 지으면서 주변을 둘러보았을 때 어느 학생분 모습이 눈에 들어왔습니다. 교복을 입은 소녀입니다.

소녀는 아주 슬퍼하는 표정을 짓고 있었습니다. 분명 어떤 괴로운 일이 있었던 게 틀림없다고 생각했습니다. 눈물을 꾹 참으며 간간이 자기 손을 손가락으로 쓰다듬었습니다.

말을 걸어야 하나, 진지하게 고민했습니다. 그 정도로 무언가 구석에 몰려 여러 생각을 거듭하는 모습으로 보였습니다.

고민하는 사이 전철이 멈추었고 소녀는 전철에서 내렸습니다.

——어떻게 해서든 그 소녀에게 도움이 될 만한 소설을 쓰고 싶다.

그 소녀뿐 아니라 마찬가지로 괴로운 마음을 안고 사는 분들이 많이 있으리라 생각합니다. 다들 괴로운 마음을 잘 숨겨가며 겉으로 티가 나지 않게 살아가는 것이라고도 생각합니다.

그럼에도 불구하고 그 감정을 감추지 못할 정도로 괴롭고 슬퍼질 때가 있지요.

이번 작품은 다 읽고 난 뒤 그런 기분이 조금이라도 누그러지기를, 하는 바람을 담아 쓴 소설입니다.

읽어주신 여러분에게 그런 기분이 들기를 간절히 바라고 있습니다.

같이 썼다고 해도 과언이 아닐 정도로 도와주셨던 담당 편집자 두 분, 콘도(近藤) 씨와 사토(佐藤) 씨에게는 너무나 많은 신세를 지고 도움을 받았습니다. 앞으로도 잘 부탁드립니다.

몇 번이고 몇 번이고 고민을 들어주신 스기오카(杉岡) 씨, 코토노하(コトノハ) 씨에게도 감사를 드립니다. 아마도 나중에 또 신세를 질 것 같습니다. 그때도 잘 부탁드립니다.

집필할 때는 물론이고 평소 생활을 지탱해준 아내에게도 감사 인사를 보냅니다. 당신이 잃어버린 물건으로 난리를 피운 덕분에 미츠케루가 탄생한 셈입니다. 다음에도 좋은 소재를 제공해주기를.

마지막으로 독자 여러분에게 최대한 감사의 마음을 담아 고마움을 전합니다. 감사합니다.

여러분에게도 부디 좋은 바람이 불어오기를. 나중에 또 뵐 날이 오도록 열심히 노력하겠습니다.

〈끝〉

잃어버린 것을 찾아드립니다
~신비한 소녀와 고양이 신령님~

초판 1쇄 I 2019년 10월 06일
초판 3쇄 I 2021년 05월 17일

지은이 센푸키 마와루 I **옮긴이** 손지상
펴낸이 서인석 I **펴낸곳** 제우미디어 I **출판등록** 제 3-429호
등록일자 1992년 8월 17일 I **주소** 서울시 마포구 독막로 76-1 한주빌딩 5층
전화 02-3142-6845 I **팩스** 02-3142-0075 I **홈페이지** www.jeumedia.com

ISBN 978-89-5952-940-7
*파본은 구입하신 서점에서 교환해 드립니다.

제우미디어 네이버포스트 post.naver.com/jeumediablog
제우미디어 페이스북 facebook.com/jeumedia
제우미디어 트위터 twitter.com/JMBOOKNOVEL

만든 사람들
출판사업부 총괄 손대현 I **편집장** 전태준
책임편집 박건우 I **기획** 안재욱, 서민성, 양서경, 이주오
디자인 총괄 디자인그룹 헌드레드 I **제작, 영업** 김금남, 권혁진, 김용훈